Heimatsinfonie

Eine Auswahl der
schönsten Heimatromane

WINFRIED BLACH VERLAG

Pia Stauffen

Sieg der Liebe

Seite 5

Das Mädel aus dem Forsthaus

Seite 109

Dieses Buch wurde auf chlorfrei gebleichtem
Papier gedruckt – der Umwelt zuliebe

Titelbild: Michael Wolf, München
Vertrieb: Weltbild Verlag GmbH, Augsburg
Im Verkaufspreis ist die gesetzliche Mehrwertsteuer enthalten
Printed in Germany

ISBN 3-86047-992-X

Sieg der Liebe

Elf Uhr! Die alte Standuhr in der mächtigen Halle von Ottfingen schickte ihre elf dumpfen Schläge durch den hohen Raum. Bursch, einer der beiden Jagdhunde, die auf den Fellen neben dem Eingang lagen, hob blinzelnd den Kopf. Aber da heute nun kein Knecht kam, um das Feuer im Kamin zu schüren und neue Scheite aufzulegen, räkelte der Hund sich in der Sonne, die durch die hohen Fenster fiel.

Es war ja Sommer, und die Knechte wurden alle draußen in den Wäldern gebraucht. Aber soweit konnte Bursch nicht denken. Er vermißte nur die wohlige Wärme, denn in der Halle des alten Gutshofes blieb es auch im Sommer kühl.

Bursch legte den Kopf auf die Pfoten. Auf seiner Hundestirn bildeten sich zwei angestrengte Falten. Er horchte nach nebenan. Von dort drangen Stimmen, und eine davon war die seines Herrn.

In der Tat, in der großen Arbeitsstube, die zur rechten Hand von der Diele aus lag, saßen sich Hubertus von Ottfingen und Bürgermeister Balser an dem breiten Eichentisch, der fast die ganze Stube einnahm, gegenüber. Landkarten und Pläne lagen vor ihnen ausgebreitet, auf denen Balsers großer Finger herumfuhr.

„Der Bau der Verbindungsstraße zwischen dem Böhmerwald und dem Bayerischen Wald ist beschlossene Sache. Daran werden wir nicht rütteln können, Herr Baron. Und daß diese Straße von uns Bauern viele Opfer verlangt, ist auch klar. Der Wald wird darunter zu leiden haben, und vom Wald leben wir ja nun alle. Aber vielleicht haben wir noch Einfluß auf die Führung der Straße, daß sie uns nicht gerade den besten Bestand nimmt. Deshalb bin ich hier, um zu hören, ob Sie die Pläne schon eingesehen haben!"

Bürgermeister Balser schaute prüfend auf sein Gegenüber. Hubertus von Ottfingen war noch jung. Anfang Dreißig gerade. Auch nicht mehr gar zu jung, aber im Verhältnis zu ihm – hm, eben doch noch jung. Vielleicht kannte er sich deshalb besser mit diesen ganzen Schlagworten wie Infrastruktur, Logistik, Tourismus aus. Er, Balser, war alt geworden im Wald ohne diesen neumodischen Kram. In sechzig Jahren seines Lebens hatte sich hier nichts verändert. Aber nun …

Der junge Ottfinger war dem Gespräch nachdenklich gefolgt. „Wir können den Anschluß des Bayerischen Waldes an das Verkehrsnetz im Westen nicht verhindern, Balser. Wir dürfen es nicht! Wir müssen uns dem Tourismus öffnen, wenn wir am Leben bleiben wollen. Wir und unsere Nachkommen. Aber Sie haben recht: Es muß alles sorgfältig geplant werden. Unsere Wälder dürfen nicht darunter leiden. Was sagen denn die andern Bauern?"

„Keine Frage, Herr Baron, sie lehnen das Projekt ab. Der Schaffner und der Huber haben schon Eingaben gemacht. Einmal wegen des Waldes. Aber dann auch wegen die Leut. Wann's erst aus der Stadt zu uns herauskommen werd'n, dann geht's bergab mit uns, mit der Moral und mit dem Brauchtum. Sie wollen nix wissen von den Städtischen. Von daher gibt's ein Widerstand. Freilich, alle schauen auf Sie, Herr Baron. Seit Jahrhunderten hat die Ottfinger Herrschaft das Sagen gehabt. Wenn Sie die Verhandlungen mit der Regierung führen täten ..."

Seine letzten Worte klangen bittend und zögernd zugleich. Prüfend streifte der Blick des alten Balser das Gesicht des Jüngeren.

Es war verschlossen. Nur die große Narbe auf der Stirn, die das sonst so männlich-schöne Gesicht entstellte, schwoll ein wenig an.

„Ich kann nicht, Balser! Sie wissen, daß ich es nicht kann!" Schroff und abweisend klang die Antwort.

Der alte Balser blieb ruhig. Sie kannten sich so lange Jahre. Sie waren Freunde, er, der Alte, und der Junge.

„Sie sollten es sich zutrauen", sagte er leiser. „Das ist meine Meinung. Es muß ja auch nicht heute entschieden sein. Man muß die G'schicht halt nur im Auge behalten."

Er zündete sich umständlich seine Pfeife an, ohne den Ottfinger anzuschauen. Dann fuhr er ablenkend fort:

„Ach ja, es gibt da noch eine G'schicht, warum ich hier heroben bin."

Er kramte in seiner großen Aktentasche und brachte einen Schnellhefter zutage. Das Thema „Straße" schien für ihn erledigt.

„Es geht um die Krankenstation, Herr Baron. Einen tüchtigen Arzt, der sich in der Praxis vom alten Staudinger niederlassen würd, haben wir nicht gefunden. Die jungen Leut heut haben wohl andere Vorstellungen. Aber wir brauchen wieder jemand, der sich um die Alten und Kranken in der Gemeinde kümmert. Und wann's halt nur eine Krankenschwester is. Sie könnt im alten Doktorhaus wohnen, wenn nur wieder jemand da is."

Hubertus von Ottfingen ging bereitwillig auf dieses Thema ein. „Schon recht, Balser. Hast jemand gefunden? Ich meine, für eine Frau ist das nicht leicht."

Der alte Balser nickte bekümmert.

„Wir müssen's halt versuchen. Auf die Annonce in der Zeitung hat sich nur ein Madel gemeldet. Fünfundzwanzig is sie und ordentlich tut's ausschauen."

Er hatte den Schnellhefter geöffnet und entnahm ihm ein Foto, das er dem Ottfinger über den Schreibtisch schob.

Ruhige dunkle Augen aus einem schmalen schönen Gesicht schauten ihn an. Wunderbare Augen. Unwillkürlich schaute Hubertus von Ottfingen dieses Foto mit Interesse an.

„Sie hat sich auf eine Anzeige gemeldet?"

„Ja. Sie schreibt, daß sie auch als Hebamm ausgebildet is und daß sie eine Aufgabe sucht. Versuchen wir's halt."

„Haben Sie ihr ehrlich geschrieben, was sie hier erwartet, Balser?" Immer noch ungläubig schaute der Ottfinger auf.

Der Alte zuckte die Schultern.

„Nicht alles natürlich. Das Doktorhaus schaut schlimm aus. Der alte Staudinger hat alles verkommen lassen."

„Dann lassen Sie es herrichten, wie es sich gehört. Ich zahle die Kosten. Irgend jemand muß schließlich her."

Die trüben Augen des Balserbauern leuchteten sekundenlang auf. „Danke, Herr Baron. Vielen Dank."

Hubertus hatte das Foto wieder zurückgeschoben. Damit war eigentlich auch dieses Thema erledigt.

Sie saßen noch eine Weile und sprachen über dies und das. Der Ottfinger schenkte von dem starken Kräuterkorn nach, den die Leute hier tranken.

Nach einer Weile erhob sich der Balser.

„Tja, Herr Baron, ich will nicht länger stören. Das wär's ja auch. Und vielen Dank für den Korn."

„Schon gut."

Auch von Ottfingen hatte sich erhoben und geleitete den alten Mann bis zur Türe. Die Sonne fiel in die Diele. Die Hunde wieften und schnufferten. Draußen war es ein herrlicher Sommertag, als der Balser sich auf den Heimweg machte.

Hinter ihm zwischen den Tannen blieben die spitzen Giebel des mächtigen Waldhofes zurück. Vor ihm lag aber noch ein weiter Weg bis ins Tal.

Kräftig schritt der Balserbauer aus, während seine Gedanken noch bei dem Gespräch mit den jungen Ottfinger weilten. Ob er sich nun endlich überwinden und seine Menschenscheu aufgeben würde? Das schreckliche Geschehen, dem der junge Baron seine schwere Verletzung verdankte und das wie ein Fluch über dem Tal hing, lag nun schon Jahre zurück. Einmal mußte der Fluch doch durchbrochen werden. Einmal mußte wieder Leben herrschen auf dem Ottfinger Bergspitz und im Tal. Einmal …

★

Um diese Zeit befand sich Christina auf der Fahrt nach Norden. Sie hatte die alte Bischofsstadt Passau, wo sie einige Jahre gelebt und gearbeitet hatte, hinter sich gelassen.

Eine Weile spiegelte sich noch der Fluß neben der breiten Autostraße. Die Donau! Wie ein silbernes Band leuchtete sie im Sonnenschein, vertraut mit ihren Inseln und schmucken Schiffen. Wie oft hatte sie vom Fenster ihres Zimmers in der Klinik auf dieses anheimelnde Bild geschaut!

Aber das war jetzt vorbei.

Der Abschied tat ein bißchen weh, obwohl sie freiwillig ging. Aber da war der Gedanke an Max. Max Fröbius. Was er jetzt wohl machte? Sicher stand er noch im Operationssaal. Der Mittwoch war für ihn gewöhnlich ein heißer Operationstag. Dann ging es bis nachmittags im OP. Und natürlich würde er bis zuletzt da sein, wie man es von ihm als Oberarzt erwartete.

Da durfte es keine privaten Gedanken geben. Und für Max gab es sie wohl auch nicht. Denn gestern hatten sie voneinander Abschied genommen. Endgültig.

Vor ihr tauchten seine spöttischen Augen auf. „Du willst also wirklich fort? Und ausgerechnet in den Bayerischen Wald ans Ende der Welt, wo Fuchs und Hase sich gute Nacht sagen?"

So richtig spöttisch, fast überheblich hatte es geklungen. Und sie war richtig wütend gewesen. War es noch.

Dabei war doch alles einmal so schön gewesen. Zwei Jahre lang. Bis Dr. Eschenbach kam. Sabine Eschenbach. Narkoseärztin. Mit ihr kamen Ehrgeiz, Hochmut, Standesdünkel. Sie, Christina, war ja nur eine Krankenschwester.

Christina preßte die Lippen zusammen. Es tat noch ein bißchen weh, aber es war vorbei.

Der einzige Abschied, um den es ihr richtig leid

tat, war der von Manfred, dem jüngeren Bruder. Seit dem plötzlichen Tode der Eltern waren sie unzertrennlich gewesen. Aber Manfred hatte noch ein paar Semester Studium vor sich. Wer weiß, wohin ihn das Leben dann führen würde.

Christina schob die dunklen Gedanken fort. Es war ein so wunderschöner Tag. Die Sonne schien. Und sie hatte sich entschieden. Sie wollte die Zukunft nicht schwer und düster angehen. Sicher hatte das Leben auch für sie noch Schönes bereit.

Und außerdem mußte sie auch aufpassen, daß sie den Weg nicht verpaßte.

Neben ihr auf dem Sitz lag eine Landkarte, auf der der Ort Ottfingen von Hand nachgetragen war, außerdem der Brief von einem Bauern namens Balser, bei dem sie sich melden sollte. Und nun hatte sie den Fluß hinter sich gelassen und folgte der breiten Autostraße.

Noch war die Landschaft sanft und hügelig. Vom Wald war nichts zu sehen.

Aber irgendwann im Laufe des Tages würde sich das wohl ändern, und so war es denn auch. Je weiter sie nach Norden kam, um so mehr veränderte sich die Landschaft. Wiesen und Felder blieben zurück. Hellgrüner Mischwald leuchtete in der Mittagssonne. Kleine, schmucke Städte. Dann wandelte sich auch dieses Bild. Das Gebirge tauchte auf, steile Hänge, wie ein Dom der Wald über den Straßen.

Sie war längst von der Hauptstraße abgewichen, der Weg fraß sich immer höher und tiefer in das Gebirge hinein. Nur selten noch tauchte ein Marktflekken auf, dafür einzelne einsame Gehöfte.

Ihr war ein bißchen beklommen zumute. Ein reiches, aber einsames Land, dachte sie. Und hier werde ich nun leben.

Da! Unwillkürlich trat sie auf die Bremse. Aus dem Waldweg tauchte die hohe Gestalt eines einzelnen Reiters auf. Er verhielt sein Pferd, einen großen Fuchs. Wie ein Standbild wirkten sie, Pferd und Reiter. Sie konnte das Gesicht des Mannes nicht erkennen. Er trug eine übergroße Sonnenbrille und darüber eine Reitkappe. Und plötzlich hatte er den Fuchs gewendet und preschte in den Wald hinein.

Christina schaltete den ersten Gang ein. Sie hatte den Schreck noch ein wenig in den Gliedern. Und sie konnte nicht wissen, daß dies ihre erste Begegnung mit dem Herrn von Ottfingen war. Langsam fuhr sie weiter.

Und dann öffnete sich das Tal in seiner ganzen Schönheit vor ihr. Ein paar wenige schindelgedeckte Häuser um einen weißen Kirchturm. „Ottfingen" – wie auf einer Postkarte lag es da.

★

Es war schon Abend, als der Balserbauer Christina zu ihrer neuen Wirkungsstätte begleitete.

Etwas verlegen führte er sie durch das Haus, in dem noch Dr. Staudingers altes Mobiliar stand. Der erste Eindruck war in der Tat niederschmetternd. So alt und verwahrlost hatte sie sich das alles nicht vorgestellt. Dr. Staudinger mußte ein uralter Mann gewesen sein.

Tapfer schluckte sie ihre Enttäuschung hinunter. Immerhin, der Wohnteil des Hauses war geräumig. Eine große Wohnküche mit Kachelofen, Schlafkammer, Kammer und Bad.

„Tja, das is nun so“, räusperte sich der Balser. „Der Staudinger war ein alter Mann. Selbstverständlich lassen wir das Haus herrichten. Das kann ich Ihnen zusagen. Es soll alles so werden, daß Sie sich wohl fühlen bei uns. Und im Schuppen hinterm Haus können S' den Wagen lassen. Das wär's dann wohl. Sie wollen sicher noch auspacken und sich ein wenig umschauen. Wenn S' ein Anliegen haben – die Tür auf dem Balserhof is offen für Sie.“ Es mochte wohl etwas von der Enttäuschung auf ihrem Gesicht zu lesen sein, denn er zögerte noch.

„Ist noch was, Herr Balser?“

„Nein, es is nix.“ Er streckte ihr seine große Hand hin.

„Haben S' ein bissel Geduld mit uns, Schwester Christa. Wir brauchen einen guten Geist in der Gemeinde. Schlecht sind wir nicht, nur – halt ein bissel starrköpfig und schwerfällig. Ich wünsch Ihnen alles Glück. Und sagen S' nicht „Herr Balser“ zu mir. Ich bin der Balserbauer. Und nun gute Nacht!“

„Gute Nacht, Balserbauer.“

Christina begleitete ihn hinaus. Von der Kirche läuteten die Abendglocken zur Andacht. Dünn und hell klang es durch das Tal. Langsam kehrte sie zurück.

Irgendwie war ihr ganz schwer ums Herz, als sie so allein in der leeren Stube stand.

Aber sie biß die Zähne zusammen. So schnell wollte und durfte sie nicht aufgeben. Sie hatte ja keine Bleibe sonst. Und vielleicht konnte sie eines Tages hier heimisch werden.

★

Die Renovierungsarbeiten im alten Doktorhaus erwiesen sich als umfangreicher als vermutet. Bei näherem Hinschauen hatte sich herausgestellt, daß auch die Wasserleitung brüchig und verrostet war, die Abflüsse undicht und verstopft.

Und da man nun einmal dabei war, wurde auch die elektrische Leitung erneuert, Decken und Wände gestrichen. Dachrinnen ausgebessert. Eins kam zum andern.

Der Balserbauer hatte seinen ältesten Sohn Franz hinübergeschickt, der als Forstrat in Regen arbeitete. Franz Balser hatte eine lange Liste aufgestellt und war dabei nicht kleinlich gewesen. Jetzt, gegen Ende Oktober, sah das Haus schmuck und manierlich aus.

Sogar von innen war es inzwischen behaglich geworden. Unter den Möbeln vom Staudinger waren alte schöne Sachen gewesen, die jetzt frisch aufpoliert ihren wahren Wert zeigten.

„Uff!" Christina pustete sich das Haar aus der Stirn. Das war nun also auch geschafft!

Mit kritischem Blick musterte sie die Vorhänge, an denen sie bis vorhin genäht hatte. Der leuchtende Stoff hob sich warm von den weißen Wänden ab, die beiden Schals hingen ordentlich. Damit waren auch die Krankenstuben fertig.

Ihr Blick glitt zur Uhr. Schon vier!

Draußen war es bereits fast dunkel. Um halb fünf gab's beim Balser Kaffee, und da Sonnabend war, würde sicher auch der Franz dasein. Sie zog die Vorhänge zu und legte Briketts nach. Zehn Minuten später hatte sie das Haus verlassen.

Es war nicht weit bis zum Balserhof, der oberhalb der Kirche mitten im Dorf lag. Aber der Wind pfiff kalt durch den Lodenmantel. Die Luft war voller Schnee.

Die Balserbäuerin empfing sie schon an der Türe.

„Schön, daß Sie pünktlich sind, Christina. Gehen S' nur schon rein. Die Männer sitzen in der Stub. Der Franzl is auch kommen. Gelt, es is kalt?"

Ja, es war bitterkalt. Aber in der Stube, wo die Männer saßen, brannte das Feuer; es roch nach Kaffee und frischem Napfkuchen. Franz' ruhige graue Augen leuchteten bei ihrem Eintritt sekundenlang auf.

„Schön, daß Sie da sind, Christina."

Christina lächelte. Dankbar empfand sie die Herzlichkeit, mit der sie hier aufgenommen war.

Bald saßen sie alle um den großen ovalen Tisch. Die beiden Balsersöhne Franz und Josef, der Balser und die Bäuerin und Christina.

Die Männer sprachen über das Holz und die Preise. Und über das Wetter.

„Es wird ein' frühen Winter geben, heuer. Nur gut, daß wir mit den Renovierungsarbeiten in der Krankenstation fertig geworden sind. Holz ist wohl genug zum Heizen da?"

Christina nickte.

„Ja, Holz ist reichlich da. Überhaupt ist alles gut geworden im Haus. Nur – es kommt keiner in die Krankenstation. Aus dem Dorf hat sich noch niemand bei mir sehen lassen, geschweige denn um Hilfe gefragt. Und dabei will ich doch für die Leute dasein. Was mach ich nur falsch, Balserbauer?"

Franz Balser schaute auf.

„Hat sich das denn immer noch nicht geändert, Vater? Übertragen die Leute ihre Ablehnung nun auch auf Schwester Christina?"

Balser antwortete bedächtig.

„Du weißt doch, wie das bei uns ist, Franz. Zum alten Staudinger sind die Leute nicht mehr gegangen. Lieber haben sie sich selbst kuriert. Und nun dauert's halt, bis sie ihr Mißtrauen überwinden. Wann einmal ein rechter Notfall kommt, wird sich das ändern. Gut Ding will Weile haben."

Franz schaute voll Wärme zu Christina hin.

„Vater mag recht haben. Er kennt die Waldbauern am besten. Wenn erst einer den Anfang macht, dann ist das Eis gebrochen. Solange muß man warten können."

Christina nickte nachdenklich.

„So schnell geb ich auch nicht auf. Es ist nur – die Zeit scheint hier stillzustehen. Nirgendwo erkennt man einen Fortschritt. Ganz seltsam ist das."

Die Männer tauschten einen raschen Blick. Aber sie wichen dem Thema aus. Sie sprachen von was anderem. Franz war in Christinas Nähe immer besonders aufgeschlossen und gesprächig.

Es war schon neun Uhr, als Christina sich erhob.

„Ich muß nach meinem Ofen schauen, sonst friert mir das Haus noch ganz ein", lächelte sie.

Auch Franz war aufgestanden und brachte die Mäntel herbei.

„Ich bring Sie nach Haus", sagte er ruhig.

Draußen hatte es zu schneien begonnen. Und da es glatt war, schob er ihren Arm unter den seinen.

„Nun komme ich erst zu Weihnachten wieder", berichtete er.

„Haben Sie zu den Feiertagen schon was vor?"

Sie schüttelte den Kopf.

„Bis jetzt bestimmt nicht. Vielleicht kommt mein Bruder. Aber das ist noch nicht sicher."

„Dann darf ich mir schon jetzt erlauben, Sie für den Heiligen Abend einzuladen? Ich würde mich sehr freuen, wenn Sie zusagen. Weihnachten muß man entweder in der Familie oder mit Freunden verbringen. Und Freunde sind wir doch?"

Da hatten sie das Haus schon erreicht. Christina schob rasch den Schlüssel ins Schloß und wendete sich noch einmal um.

„Ja", sagte sie herzlich. „Freunde sind wir. Ich danke Ihnen für die Einladung. Ich nehme sie sehr gerne an."

Ihre schönen dunklen Augen schauten offen und klar. Franz Balser dachte, daß er noch nie in so schöne Frauenaugen geschaut hatte. Er lächelte.

„Schließen Sie schon auf! Ich warte, bis drinnen das Licht angeht. Gute Nacht, Christel!"

„Gute Nacht, Franz."

★

Es war mitten in der Nacht, als Christina von einem unsanften Gepolter an der Haustüre geweckt wurde.

Sie taumelte im Bett hoch. Was hatte dieses Poltern zu bedeuten?

In aller Eile warf sie sich den Morgenmantel über und hastete an die Haustüre.

Ein bärtiger Mann stand draußen und zog den Hut.

„Bin ich hier recht bei der Hebamm?" stieß er atemlos hervor.

Christina schaute in das braune, verwitterte Antlitz.

„Ja, das bin ich. Was wollen Sie von mir?"

„Der Haffnerbauer schickt mich. I soll die Hebamm holen, hat er gesagt. Die Frau, die Bäuerin, ist schwanger. Es geht ihr net gut."

Der Notfall! fuhr es Christina durch den Kopf.

„Ich komme", sagte sie kurz.

Der Knecht nickte.

„Is gut. Ich werd's dem Bauern sagen."

Er verschwand schon in der Nacht, noch ehe sie die Türe geschlossen hatte.

Christina brauchte keine zehn Minuten zum Ankleiden. Im Skianzug, dick vermummt, starbete sie den Wagen. Er sprang gleich an. Die Scheinwerfer bahnten sich ihren Weg durch das tiefverschneite Dorf und dann weiter in den Wald hinein.

Sie kam auf dem verschneiten Weg nur langsam vorwärts und mußte gut achtgeben, daß sie nicht ins Rutschen geriet.

Jetzt war sie wohl schon eine Viertelstunde unterwegs. Wenn der Kammweg wenigstens beleuchtet wäre! Es war stockdunkel.

Und plötzlich passierte es. Der Motor stockte, heulte laut auf, die Räder drehten sich auf der Stelle. Sie steckte in einer Schneewehe. Und dann – aus. Sie stand.

Ruhe bewahren! dachte sie. Ganz langsam versuchen, ob die Räder nicht doch noch fassen. Sie gab nur wenig Gas. Aber der Wagen rührte sich nicht vom Fleck, die Räder wühlten sich höchstens noch tiefer fest.

Sie beschloß, auszusteigen und sich die Sache anzusehen. Sie hatte Besen und Schaufel im Wagen. Vielleicht konnte sie sich damit befreien.

Aber schon als sie ausstieg, wußte sie, daß es ein hoffnungsloser Versuch sein würde. Rundumher war es spiegelglatt.

Sie mußte zu Fuß weiter. Das war der einzig mögliche Weg. Es konnte nicht mehr weit sein.

Wenn sie nur eine Taschenlampe hätte! Gerade die hatte sie vergessen.

Sie beugte sich in den Wagen und suchte ihre Hebammentasche. Da schrak sie plötzlich zusammen.

Hinter ihr ein Geräusch. Und dann – wie aus dem Erdboden gewachsen eine hohe, dunkle Gestalt.

Christina stand wie gelähmt.

„Guten Abend! Sie brauchen nicht zu erschrecken. Ich tue Ihnen nichts."

Seine Stimme hatte einen dunklen, ruhigen Klang. Dennoch – er sah finster aus. Der Hut war tief in die Stirn gezogen. Das halbe Gesicht bedeckte eine Schneebrille.

„Mein Gott – wer sind Sie?" brachte sie schwer atmend hervor.

Sie sah, daß er lächelte.

„Das gleiche könnte ich Sie fragen. Was tun Sie hier mitten in der Nacht?"

Er musterte sie auffällig.

„Der Haffnerbauer hat nach mir geschickt. Ich bin Hebamme und werde gebraucht", antwortete sie ruhiger. „Wer sind Sie? Können Sie mir sagen, wie weit es noch ist bis zum Haffner?"

Trotz der Dunkelheit fühlte sie seinen durchdringenden Blick.

„Also Hebamme? Von der Krankenstation? „

Sie nickte. Irgendwie waren ihre Knie weich, und sie fühlte sich gar nicht mutig.

Er musterte sie. Dann nestelte er an dem breiten Gürtel, den er über dem Anorak trug, und reichte ihr eine Lampe.

„Da! Damit Sie den Weg nicht verfehlen. Immer geradeaus. Es ist nicht mehr weit."

Es verschlug ihr die Sprache. Sie schaute ihn fassungslos an.

„Nun machen Sie schon. Sie werden erwartet!"

Christina schlug den Kragen hoch und hängte die Lampe um. Er hatte ja recht. Sie durfte keine Zeit verlieren.

„Danke. Vielen Dank. Und – gute Nacht."

Ohne sich noch einmal umzuschauen, stapfte sie vorwärts in die Dunkelheit hinein. Nur die Laterne, die sie vor der Brust trug, wies ihr den Weg, daß sie nicht abstürzen konnte.

Und dann tauchten die Umrisse des Haffnerhofes vor ihr auf.

★

Es war eine schwere Geburt.

Schon am Nachmittag hatte die Haffnerbäuerin, eine junge, stämmige Frau, Wehen verspürt. Aber da es noch nicht die Zeit war für das Kind, hatte sie es verschwiegen, bis das Fruchtwasser kam und eine Blutung einsetzte.

Nun hatte Christina alle Hände voll zu tun. Das Kind hatte eine falsche Lage, und die Frau war geschwächt. Aber endlich, nach Stunden, wurde das Köpfchen sichtbar. Christina konnte zufassen, zog das Kind an den Schultern heraus.

Es war ein Junge. Sie hielt den kleinen Erdenbürger an den Beinen, bis er seinen ersten Schrei tat. Ein gesunder, krebsroter Junge!

„Da, Bäuerin, schau!"

Sie war noch zu schwach, um sich aufzurichten. Das dunkle Haar glänzte von Schweiß und Anstrengung. Aber in den Augen stand ein Leuchten, daß es einem das Herz warm machte.

Christina versorgte Mutter und Kind. Sie hüllte den Knaben in einfache weiße Linnen und legte ihn in das große Bett. Bleich und erschöpft noch hielt die Haffnerin das Kind. Mit einem Lächeln schaute sie auf das flaumige Köpfchen.

„Ein Bub! Gott vergelt's Ihnen, daß Sie mir geholfen haben. Darf der Bauer ihn sehen?"

Christina nickte. Sie hatte ein wenig Ordnung geschafft und die Sachen fortgeräumt, die nicht für Männeraugen bestimmt waren. Jetzt öffnete sie die Türe.

„Es ist soweit, Bauer. Ein Bub! Herzlichen Glückwunsch!"

Da stand er, der große kräftige Mann, wie ein kleiner Junge. Die Hände waren geballt, das Gesicht kreidebleich.

An ihr vorbei schaute er auf das Bett. Und er sah nur die Frau. Und das Kind.

Christina zog die Türe leise hinter sich zu.

In der Diele stand sie einen Augenblick und atmete tief.

Von der Küche klang das Klappern von Geschirr. Eine Magd stand am Herd.

Christina lächelte.

„Hast was Gutes gemacht für die Bäuerin? Sie kann es vertragen. Sie hat einen gesunden Buben. Gute Nacht."

„Is recht, Schwester. Gute Nacht."

Christina trat in einen frühen kalten Morgen. Im Osten graute ein neuer Tag, und sie hatte noch eine weite Strecke vor sich. Sie wandte sich nach rechts zum Weg hin – und blieb wie angewurzelt stehen.

Dort stand Fridolin, ihr Auto! Auf festem Grund stand er da, gewendet und vom Schnee befreit. Und der Schlüssel, den sie in der Aufregung vergessen hatte, steckte drin.

Sie versuchte, ihn anzulassen. Er sprang sofort an.

Ein heißes Gefühl von Dankbarkeit war in ihr. Sie war so erschöpft – zum Umfallen erschöpft.

Langsam fuhr sie ins Tal. Es war genau sieben Uhr morgens, als sie das Haus betrat.

★

Der Balserbauer sollte recht behalten.

Von dieser Nacht an war das Eis gebrochen. Schon am nächsten Tag meldeten zwei Familien Kranke bei ihr; die alte Mona, Bäuerin auf dem Geierhof, ließ um einen Besuch bitten. So konnte sie auf dem Weg zum Haffner gleich noch zwei Krankenbesuche machen.

Auch am Wochenende war sie unterwegs. Fridolin mußte zeigen, was er konnte.

Die Leute nahmen sie wortkarg, aber freundlich auf. Das Eis war gebrochen.

Auf allen Wegen hoffte sie, dem unbekannten Fremden zu begegnen. Aber vergebens. Er ließ sich nicht mehr sehen.

So war es wieder Sonnabend, ehe sie zum Balser kam.

Bei Kaffee und Kuchen erzählte sie die Geschichte jener Nacht, als sie zum Haffnerbauern gerufen worden und im Schnee steckengeblieben war.

„Auf einmal stand der Fremde vor mir. Wie aus dem Erdboden gewachsen, tauchte er auf. Sie können sich vorstellen, wie erschrocken ich war. Sie kennen doch hier jeden, Balserbauer. Wer kann es gewesen sein?“

Der Balser hörte aufmerksam zu, als sie die Geschichte erzählte. Nachdenklich ruhte sein Blick auf Christina.

„Wie sah der Mann aus? Können Sie ihn beschreiben?“

Sie überlegte einen Augenblick.

„Es war dunkel, und ich konnte nicht in sein Gesicht schauen. Außerdem trug er eine große Schneebrille, die das halbe Gesicht verdeckte. Aber er sah groß und stattlich aus.“

„Und sonst ist Ihnen nichts aufgefallen?“

Christina erinnerte sich, daß sie den Eindruck hatte, als sei er rechtsseitig etwas behindert.

„Ich bin nicht ganz sicher, ob es eine Behinderung war oder nur Ungeschicktheit. Aber es sah so aus.“

„Dann bin ich fast sicher, daß es sich um den Herrn von Ottfingen handelt“, sagte er nachdenklich. „Ihre Beschreibung paßt ganz genau. Und nur ihm ist diese Geschichte zuzutrauen. Dann wird es bald Föhn geben. Vor einem Wetterumschlag treibt es ihn immer hinaus.“

Christina schaute interessiert und fragend auf.

„Der Herr von Ottfingen!“ sagte sie spöttisch. „Das hört sich so an, als wenn er der König der Wälder wäre!“

„Er ist es!“ nickte der Balser nachdenklich. „Er ist der König der Wälder. Wissen Sie das nicht?“

„Nein. Aber Sie machen mich neugierig. Wer ist er wirklich?“

Der Balser schien nach Worten zu suchen. Dann wiegte er den Kopf. „Man muß schon ziemlich weit ausholen. Aber vielleicht ist es gut, daß Sie die Geschicht von mir erfahren. Die Ottfinger sind ein altes Geschlecht. Sie haben ihren Stammsitz seit dem vierzehnten Jahrhundert in unseren Wäldern und sind von altem Adel, fast so wie die Fürsten von Schwarzenberg. Auch heute noch umfaßt der Besitz fast das ganze Land."

„Davon hat Ottfingen dann wohl auch seinen Namen?"

„Richtig. Die Leut hier waren allesamt leibeigen, und etwas davon hat sich bis auf den heutigen Tag erhalten, obgleich sie schon lange freie Bauern sind. Immer noch schauen sie auf den Herrn."

Christina hörte gespannt zu.

„Daß es so was heute noch gibt! Darum gibt's wohl hier auch keinen Tourismus, keine Fremden, nicht wahr?"

„Ja, das hat wohl auch damit zu tun. Ottokar von Ottfingen, der Vater des jetzigen jungen Herrn, war ein leidenschaftlicher Jäger. Er wollte keine Fremden in seinen Wäldern haben. Er fürchtete, sie könnten ihm das Wild vergraulen. Er wollte dieses Paradies für alle Zeiten erhalten, und er dachte wohl, er würde ewig leben. Aber das Jagen ist ihm schließlich zum Verhängnis geworden."

Der Balser machte eine kleine Pause, als zögere er noch weiterzusprechen. Die Balserbäuerin, die an einem Strumpf strickte, hielt den Kopf eifrig über der Handarbeit gebeugt.

Christina aber hörte gespannt zu.

„Heuer sind es fünf Jahre, da passierte das Unglück. Im Wald, oberhalb vom Waldschloß, hatte ein kapitaler Hirsch sein Revier genommen. Es war einer von den ganz besonderen, wie man sie heute nur noch höchstens in Ungarn oder in Kanada findet. Er stand unter Schutz, und der alte Ottfinger war wie besessen von diesem Hirsch. Er verfolgte ihn Tag und Nacht. Aber der Hirsch war schlau wie ein Luchs. Nur zur Brunftzeit verlor er seine Vorsicht. Das wußte der alte Ottfinger. Darauf wartete er. An einem Tag im Mai lauerte er ihm auf. Stundenlang hatte er im Gebüsch gesessen und gewartet. Dann endlich, im Dämmern schon, trat der Hirsch heraus. Der Ottfinger schoß. Er konnte nicht wissen, daß um diese Zeit sein Sohn unterwegs war. Der junge Ottfinger wußte um die Jagdleidenschaft des Vaters, der keine Rücksicht kannte. Er wollte den Kapitalen retten und hatte versucht, die Brunft zu stören. Die Kugel des Vaters traf den Sohn. Es war ein Kopfschuß. Wie gesagt, es dämmerte schon, das Licht war schlecht. Als der Alte erkannte, daß der Schuß den Bub'n getroffen hatte, setzte er die Waffe an sich selbst. Er war sofort tot. Der junge Ottfinger wurde gerettet. Aber er behielt eine Hirnverletzung zurück. Von Zeit zu Zeit leidet er unter schweren Krämpfen und Anfällen, die oft tagelang anhalten. Früher war er ein aufgeschlossener, freundlicher Mann. Ich kenne ihn gut. Aber seither lebt er ganz zurückgezogen auf dem Waldhof. Kaum jemand hat ihn seither gesehen."

Christina hatte mit wachsendem Interesse zugehört. Das Schicksal dieses Mannes rührte sie seltsam an. Zweimal war sie ihm nun schon auf geheimnisvolle Weise begegnet.

Der Balser fuhr fort:

„Immerhin wird meine Vermutung, daß der Ottfinger Ihr guter Berggeist war, durch die Wandlung der Leute bekräftigt. Er ist für sie immer noch das Leitbild. Gegen Fremde sind sie mißtrauisch, aber wenn der Ottfinger erst zu jemand ja gesagt hat, dann gilt dies auch für die Leute. Sicher hat ihn in der Nacht jemand gesehen. Vielleicht als er den Wagen beim Haffner abstellte. So was spricht sich hier von Mund zu Mund."

„Dann müßte ich mich ja für doppelte Hilfe bedanken", lächelte Christina nun doch etwas betroffen. „Er ist wohl eine Art Berggeist."

Der Balser lachte.

„Ja, so kann man ihn wohl bezeichnen. Er hört und sieht alles, was im Ottfinger Land geschieht. Na, ich freue mich jedenfalls, daß alles eine gute Wende genommen hat. Ich hätt's schon sehr bedauert, wann Sie aufgegeben hätten. Sie sind eine besondere Frau, Schwester Christel. So was wie Sie brauchen wir hier."

Christina wurde ein bißchen rot.

„Danke, Balserbauer. Es tut gut, daß Sie das sagen. Aber eigentlich war ich ja nur gekommen, um Bescheid zu sagen, daß mein Bruder an Weihnachten hiersein wird."

„Na, dann bringen Sie ihn doch mit zu uns. Der Franzl und der Josl sind auch da; auf einen mehr kommt es da nicht an. Ich freu mich auf ein'n gemütlichen Heiligabend."

Sie kamen auf ein anderes Thema. Aber Christina mußte noch lange an dieses Gespräch denken. Ob sie dem Ottfinger-Herrn, dem sie so viel verdankte, jemals begegnen würde?

★

Die Tage vergingen. Es waren ausgefüllte Tage.

Der Balser hatte recht. Es gab sehr viele Alte und

Kranke, die der Hilfe bedurften. Außerdem hatte es seit Tagen geschneit. Aber die Mühen lohnten sich. Wenn sie durchs Dorf fuhr – für Fridolin hatte der Balserbauer inzwischen Schneeketten besorgt – grüßten sie die Leut, als wäre sie eine der ihren. Und manchmal stand ein Korb mit frischen Sachen vor ihrer Tür: Eier, Butter, Käse, Brot. Einfach so.

So kam die Adventszeit.

Christina hatte einen großen Kranz aus Tannengrün geflochten und war dabei, ihn aufzuhängen. Sie hatte einen Haken in den großen Eichenbalken geschlagen und stand auf der Leiter, als draußen die Glocke läutete.

Gott sei Dank! Gerade noch geschafft! Der Kranz hing.

Christina schaffte die Leiter fort und öffnete die Türe.

„Guten Morgen ...", das Wort blieb ihr auf der Zunge stecken.

Dort vor ihr im matten Licht des Hauses erkannte sie die hohe Gestalt. Der Berggeist!

Er sah jetzt nicht so finster aus, ohne Hut, nur mit einem breiten Wollband über der Stirn. Sein schmales Gesicht war noch jung und von männlicher Schönheit. Und die Augen – tiefblaue Augen. Ihre Blicke begegneten sich eine Sekunde, schienen einander abzutasten.

„Guten Morgen. Ich – störe wohl sehr?"

Jetzt erst sah sie, daß sein rechter Arm schlaff herabhing. Und er mußte starke Schmerzen haben.

„Entschuldigung. Bitte kommen Sie rein. Natürlich stören Sie mich nicht. Sie haben sich verletzt, nicht wahr?"

Vorsichtig schob sie ihn in die Krankenstube,

nahm ihm behutsam den Lodenumhang von den Schultern.

Sie sah, daß er die Zähne zusammenbiß, aber sie fragte nicht viel. Vorsichtig tastete sie den Arm ab. Es war keine Verletzung zu sehen. Aber die Schulter war ausgekugelt. Sie wußte, was das bedeutete.

„Das sieht böse aus. Wann ist es passiert?"

„Gestern, am späten Abend."

„Und warum sind Sie nicht gleich zu mir gekommen? Wie sind Sie überhaupt gekommen, doch nicht zu Fuß?" Ihre Stimme klang besorgt.

Er schüttelte den Kopf. Er versuchte zu lächeln, aber es wurde nur eine schmerzhafte Grimasse daraus.

„Nein. Der Knecht hat mich mit dem Schlitten gebracht."

„Na, Gott sei Dank!" Christina lächelte aufmunternd. „Sie müssen ja schreckliche Schmerzen haben. Ein ausgekugelter Arm! Sie gehören sofort ins Krankenhaus." Sie zögerte eine Sekunde. „Wenn Sie sich mir anvertrauen wollen? Ich bringe Sie nach Zwiesel in die Klinik."

„Das dürfte ein ziemlich aussichtsloser Versuch sein!" Er winkte mit dem gesunden Arm ab. „Wir sind eingeschneit. Eine Bundesstraße, die geräumt wird, gibt es bei uns leider nicht." Da hatte er recht. Es konnte höchstens ein Versuch sein.

„Aber unternehmen müssen wir etwas. Das können Sie doch nicht aushalten!" Er schien ihre Teilnahme zu spüren.

Seine Augen ruhten auf ihrem feinen Gesicht.

„Deswegen bin ich ja zu Ihnen gekommen. Trauen Sie es sich zu?"

„Sie meinen – die Schulter einrenken?"

Er nickte.

Christina zögerte. Eine Schulter einrenken! So was hatte sie noch nicht gemacht, höchstens dabei zugesehen. Sie war eine ganze Weile in der Chirurgie und in der Orthopädie tätig gewesen. Aber solche Sachen machte eben ein Arzt.

„Bitte versuchen Sie es!"

Er mußte starke Schmerzen haben, sonst würde er sie nicht darum bitten. Noch zögerte sie. Aber in Gedanken ging sie schon alle Griffe durch, die notwendig waren.

„Bitte. Auf meine Verantwortung!"

„Also gut. Ich versuche es. Aber es wird weh tun."

Sie zog einen Hocker für ihn herbei. Sie durfte jetzt nicht daran denken, daß er starke Schmerzen hatte. Mit einem festen Griff unter dem Schulterblatt faßte sie zu, fühlte, wie das Gelenk in seine natürliche Lage rutschte, faßte nach.

Er stieß einen dumpfen Schrei aus. Es war wie ein Brüllen. Aber da war es schon passiert.

Christina ließ los. Munter sagte sie:

„Geschafft! Jetzt dürfen Sie ruhig brüllen. Mein Gott, was haben Sie bloß angestellt?"

Sie holte Verbände und eine Schere herbei und begann, sein Hemd aufzuschneiden.

„Ich bin gestürzt. Ich wollte das Wild füttern. Die Raufen sind alle verschneit. Ein Reh war in eine Wehe geraten."

„Dann haben Sie also wieder einmal den helfenden Berggeist gespielt", lächelte sie. „Ich glaube, Sie können es nicht lassen."

Er schaute nicht auf.

„Ich weiß wirklich nicht, was Sie meinen ..."

„Doch! Sie wissen schon, was ich meine. Ich habe

den Berggeist von neulich nachts noch nicht vergessen und immer darauf gewartet, mich bei ihm bedanken zu können, was ich hiermit tue. Es war eine sehr große und wichtige Hilfe für mich."

Sie arbeitete rasch und geschickt.

„Es ist immer eine große Gefahr, bei Neuschnee ins Gebirge zu fahren", wich er aus.

„Darauf kann ich leider keine Rücksicht nehmen. Ich bin hier, um zu helfen. Wenn ich gebraucht werde, muß ich fahren."

„Ein schwerer Beruf für eine Frau."

Er schaute auf ihre schlanken Hände. Sie wirkten irgendwie zart und doch energisch.

Christina schüttelte den Kopf. Ihre Augen waren voll Wärme.

„Manchmal natürlich schon. Aber das Bewußtsein, wirklich gebraucht zu werden und helfen zu können, wiegt alles auf. Übrigens werden Sie diese Motivation ja kennen. Sonst wären Sie gewiß nicht Berggeist geworden."

Er hatte ein so ernstes, verschlossenes Gesicht. Aber jetzt zeigte sich die Spur eines Lächelns darauf.

„Berggeist ist gut. Stammt das von Ihnen?"

„Nein." Sie schüttelte den Kopf. „Die Leute nennen Sie hier so."

Er schaute jäh auf. Und nun war das Lächeln auf seinem Gesicht wieder erloschen.

„Die Leute! Also hat man Ihnen auch schon ..."

„... die Geschichte des Ottfinger Herrn erzählt, ja", vollendete sie ruhig. „Das bleibt doch in einem Dorf, wo sich noch alles wie vor hundert Jahren um den Erbherrn dreht, nicht aus. So, das hätten wir." Sie heftete ihm das Hemd fest und legte ihm den Umhang um.

„Bitte bewegen Sie den Arm möglichst wenig. Sonst besteht die Gefahr, daß er wieder aus der Kugel springt. In den ersten Tagen wird es auch noch etwas schmerzen. Das ist normal und braucht Sie nicht zu beunruhigen. In ein paar Tagen, wenn die Schmerzen nachlassen, kann man den Verband abnehmen."

„Danke." Er hatte sich erhoben. „Dann wären wir ja jetzt quitt, Fräulein ..."

Seine unvollendete Frage klang spöttisch.

„Ich bin Schwester Christina. Und falls Sie mich wieder einmal brauchen, ich bin für jeden Kranken da. Auf Wiedersehn, Herr von Ottfingen."

Sie hatte ganz ruhig und ganz fest gesprochen. Er schaute sie groß an.

Dann wandte er sich wortlos ab und verließ das Haus.

★

Eine Woche später überbrachte ein Knecht einen Brief für sie. Es war gerade Mittagszeit, und sie hatte das Essen gerichtet, als der Schlitten mit einem prächtigen Pferdegespann vor ihrem Hause hielt und der Knecht vom Bock sprang

„Ich bin vom Herrn Baron beauftragt, Ihnen diesen Brief zu bringen. Und ich soll auf Antwort warten, gelt", nickte der Mann. Es war ein schmales, langes Kuvert, das auf der Rückseite ein kleines goldenes Wappen trug.

Seltsam, obwohl gar kein Grund vorhanden war, spürte sie doch eine leise Erregung, als sie den Brief öffnete. Was wollte er von ihr?

Es waren nur wenige Zeilen in einer steilen Männerhandschrift:

„Sehr geehrte Schwester Christina!

Ich bitte höflichst um Ihren Besuch bei mir an einem der nächsten Nachmittage, wenn es Ihre Zeit erlaubt. Bitte geben Sie dem Boten eine Nachricht mit, wann ich Sie erwarten darf, wobei ich Sie bitte, frei über meine Zeit zu verfügen. Soll ich Ihnen den Schlitten schicken?

Ihr sehr ergebener

Hubertus von Ottfingen"

Christina wendete das Blatt in der Hand. Nichts weiter als diese paar Zeilen auf feinstem Bütten mit goldenem Wappen. Keine Erklärung, keine Andeutung, worum es ging, nichts.

Sie ging hinüber an ihren kleinen Schreibtisch und entnahm ihm eine Briefkarte. Sie überlegte kurz, dann flog ihre Feder über das Papier.

„Sehr geehrter Herr von Ottfingen,

eben habe ich Ihre Nachricht erhalten. Paßt es Ihnen am Mittwochnachmittag zwischen drei und vier? Wenn kein Neuschnee fällt, schaffe ich es wohl mit dem Wagen. Vielen Dank für Ihre freundliche Einladung.

Mit besten Grüßen

Christina Caspari"

Sie verschloß das Kuvert, schrieb seinen Namen darauf und brachte es dem Knecht. Irgendwie war ein eigenartiges Gefühl von Erwartung in ihr.

★

Pünktlich um halb drei am Mittwochnachmittag kam Christina von zu Hause weg. Sie kannte sich in der näheren Umgebung von Ottfingen nun natürlich schon sehr gut aus. Der Schnee war fest gefroren, und mit dem VW waren die Wege einigermaßen befahrbar.

Ihre Gedanken richteten sich erwartungsvoll auf das Kommende. Sie hatte nun schon soviel über die Ottfinger erfahren, daß man wirklich nicht neugierig zu sein brauchte, um nicht doch voll Erwartung zu sein.

Und außerdem – sie mußte sich eingestehen, daß seine Erscheinung sie beeindruckt hatte.

Schließlich erreichte sie den Waldweg, der in steilen Windungen zum Waldhof hinführte.

Sie war noch nie dort gewesen. Vom Dorf aus konnte man nur die hohen Giebel erkennen. Um so überraschter war sie jetzt, als der Wald eine große Lichtung freigab. Vor ihr lag ein mächtiger Berghof, zur einen Seite an den Rand eines Felsens gebaut, von hohen Tannen umgeben. „Das Schlößl", wie es die Einheimischen nannten. Aber ihr kam es mehr wie ein Schloß vor. Tiefe, langgezogene Dächer, zwei Löwen vor dem überdachten Eingang. Und über allem eine warme Wintersonne.

Christina stellte den Wagen gleich vor dem Eingang ab, wo der Platz frei von Schnee war.

Als sie ausstieg, erschien ein Knecht in Stiefeln, Pumphose und weißer Lammfelljacke.

„Grüß Gott, Schwester Christina. Den Wagen können S' da stehenlassen. Haben S' den Weg gleich gefunden? Gelt, es ist schön hier heroben? Der Herr Baron wartet schon, gleich hier geht's hinein."

Er ging voran und machte die Türe auf. Vor ihr öffnete sich eine sehr große, schöne Halle. Ein riesiger Kamin, kostbare Teppiche – „Wuff. Wuff!"

Die Hunde stürzten auf sie zu.

„Bursch! Maja! Aus!"

Der Knecht nahm ihr den Mantel ab. Sie trug ein gutsitzendes Flanellkostüm, das in seiner Schlichtheit ausgezeichnet zu ihr paßte.

„Die Taschen werden S' bei uns auch net brauchen", argwöhnte der Knecht beim Anblick ihres Hebammenkoffers, der ihr Verbandszeug enthielt. Christina mußte lächeln.

Sie folgte ihm nach links. Wieder öffnete er eine Türe. Und nun blieb sie überrascht stehen.

Vor ihr lag ein sehr großer, sehr schöner Salon, der mit alten kostbaren Mahagoni-Möbeln ausgestattet war.

„Herr Baron, der Besuch is' da!"

Er hatte am Fenster gesessen, mit dem Rücken zur Türe. Nun erhob sich die hohe Gestalt. Ihr Herz klopfte ein wenig. Er war es! Jung sah er noch aus, jung und doch männlich. Über der Stirn trug er wieder ein breites Wollband. Aber in seinen Augen lag ein Lächeln.

„Grüß Gott, Schwester Christina. Schön, daß Sie den Weg zu uns heraus gefunden haben. Darf ich bitten?"

Christina gewahrte überrascht den reizend gedeckten Teetisch, um den zwei alte, mit kostbarem Samt bezogene Sessel standen. „Das ist eine Überrumpelung! Ich dachte, ich mache einen Krankenbesuch!"

Sein Gesicht, das sie schon so gut kannte, war ernst. Aber er lächelte bittend.

„Es soll nur eine kleine Revanche sein. Sie haben mich in Ihrem Hause so selbstverständlich aufgenommen, und ich – ich habe mich wohl nicht so höflich benommen! Nicht einmal so recht bedankt hab ich mich. Bitte geben Sie mir Gelegenheit, dies heute auf meine Weise nachzuholen. Ich freue mich, daß Sie da sind", wiederholte er, und seine Worte klagen echt. „Wollen wir drüben Platz nehmen? Draußen ist es kalt, ein heißer Tee wird uns guttun."

Man konnte ihm nicht böse sein. Seine Art war so ernst und ruhig, daß sie sofort so etwas wie Vertrauen empfand.

„Danke, Herr von Ottfingen. Aber wenn Sie erlauben, würde ich mich gerne ein wenig umsehen. Ich habe eine Schwäche für alte Möbel, die es bei Ihnen so reichlich gibt. Wir hatten früher ein Haus mit vielen wertvollen Dingen, die meine Mutter sehr liebte. Aber meine Eltern sind tot. Alles, was wir besaßen, ist im Osten geblieben. Mein Bruder und ich sind als Flüchtlinge nach hier gekommen."

Sie fühlte seinen Blick. Es war wie ein Leuchten in diesen Augen, die sie unverwandt anschauten.

Er nickte. Die linke Hand machte eine einladende Handbewegung, er öffnete die Türe zum Nebenzimmer.

„Wenn Sie Interesse und Verständnis dafür haben, wird Ihnen meine Bibliothek Freude machen. Ich besitze eine Menge alter Stücke", gestand er voll Sammlerstolz.

Auch dieser Raum war groß und mit erlesenem Geschmack eingerichtet. Die Decke war holzgetäfelt, die dunklen Bücherborde reichten vom Fußboden bis unter die Decke. Vor dem großen Fenster eine gemütliche Leseecke mit Ledersesseln, die den Blick über das ganze Tal freigab. Eine Hausbar, in die Wand eingelassen. Ein wunderschöner Raum.

„Schauen Sie, in diesem Fach habe ich mittelalterliche Schriften, noch von meinen Urahnen. Und eine handgeschriebene Bibel aus Böhmen."

Er hatte einen dicken Schweinslederband herausgenommen und reichte ihr die Lupe, daß sie die winzigen verschnörkelten Buchstaben sehen konnte.

„Und hier sind verbriefte Königsrechte an die Ottfinger. Uralt und heute natürlich wertlos. Aber für mich besitzen sie immer noch ihren Wert."

Christina trat an das Fenster. An dieser Seite war der Waldhof auf einen Felsen gebaut. Steil ging es viele Meter tief in die Schlucht.

Sie wanderten weiter ins Musikzimmer. Ein offener Flügel, Cembalo, Cello und Geigen. An der Wand ein alter Tudorschrank, kostbare Kristallüster, eine Sitzgruppe aus der Zeit des Sonnenkönigs.

„Schön ist es hier", gestand Christina aus tiefstem Herzen.

„Ich habe immer gedacht, daß es einsam sein muß hier heroben. Aber wer so viele Schätze um sich hat, ist nicht einsam."

Er lächelte, aber er antwortete nicht. Nur seine Augen ruhten auf ihr.

Sie wanderten weiter in den nächsten Raum. Und dies war nun eigentlich der gemütlichste von allen. Ein großer Kamin, in dem Tannenscheite brannten. Wuffernd und schnuffernd erhoben sich die Hunde.

Ein Wink seiner Hand genügte. Sie hielten sich zurück; nur der Blick dunkler Hundeaugen folgte ihnen.

In diesem Raum gab es Fernsehen, Videorecorder, Radio und Tonband. An den Wänden hingen Büchsen und Waffen.

„Mein Zimmer", lächelte er entschuldigend. „Ich

finde ein bißchen Unordnung so gemütlich, zum Leidwesen von Josi, meiner Wirtschafterin. Über der Empore liegen dann noch die Schlafräume und Bäder. Früher waren wir eine recht zahlreiche Familie. Meine Mutter war eine lebensfrohe Frau, die viele Freunde besaß. Im Gegensatz zu meinem Vater. Und wenn ich aus dem Internat heimkam, brachte ich natürlich auch Freunde mit heim. Das war dann ein Leben hier heroben", lächelte er in der Erinnerung. Aber sein schmales Gesicht wurde sofort wieder verschlossen. „Das ist lange her, und die Zeit wird nicht wiederkehren. Ich bin wohl der letzte Ottfinger, der ..." Er brach ab.

Sie mußte flüchtig daran denken, was der Balserbauer gesagt hatte. Der letzte Ottfinger würde wohl ledig bleiben.

Langsam kehrten sie in den Salon zurück.

„Franzl!" Er rief nach dem Knecht und rückte ihr den Sessel zurecht.

„Jawoll, Herr Baron?"

„Den Tee bitte, Franzl."

„Kommt sofort, Herr Baron."

Der Knecht legte Scheite nach und zündete Kerzen an. Er schenkte den Tee ein und brachte Gebäck.

Draußen wurde es schon dunkel. Von Ottfingen reichte Zigaretten und Feuer. Christina mußte ausführlich berichten von ihrer Ausbildung und ihrer Arbeit. Und die ganze Zeit fühlte sie seinen Blick.

„Verzeihen Sie, ich rede immer nur von mir. Dabei ist das sicher alles ziemlich unwichtig für Sie."

„Im Gegenteil! Es ist mir sehr wichtig zu wissen, daß Sie sich wohl fühlen bei uns. Es muß überhaupt wichtig sein, den Beruf zu haben, den man sich wünscht." Er schaute vor sich hin. Und dann sagte er leise: „Ich hatte auch einmal Pläne. Und Träume. Wollen Sie wissen?"

„Ja, gerne."

In ihren dunklen Augen war eine so tiefe Wärme, daß es ihn zutiefst drängte, alles einmal auszusprechen.

Leise begann er:

„Ja, ich hatte auch meine Pläne. Wenn Sie meinen Vater gekannt hätten, wäre es leichter für Sie, mich zu verstehen. Er war ein Mensch vom alten Schlag, der sich gegen alles Neue und Fremde wehrte. Er wollte, daß die Welt stehenblieb, zumindest hier auf Ottfingen. Das hat dem Land und den Menschen Rückschläge und Armut gebracht. Ich weiß es, und ich wollte das ändern. Mit Hilfe der Bauern wollte ich das Tal erschließen für Menschen, die sich an der Natur freuen können. Einen Hort der Erholung wollte ich aus Ottfingen machen, und damit zwei Seiten nutzen. Die Pläne sind fast fertig. Auf dem Ottfinger Kopf, oberhalb der Quelle, sollte die Feriensiedlung stehen. Dreißig winterfeste Ferienhäuser aus Holz. Und eine Seilbahn dazu."

Er stand auf, brachte eine große Karte herbei, auf der das Ottfinger Tal eingezeichnet war. Und dazu Zeichnungen von gediegenen Holzhäusern ganz im Stil dieses Landstrichs, von Straßen und Wegen.

Christina staunte. Die Zeichnungen waren fachmännisch gemacht, alles war so gut durchdacht und geplant, und er erklärte und sprach, daß sie sich das alles so gut vorstellen konnte.

Plötzlich brach er ab. Das Leuchten in seinen Augen erlosch. Ein dunkler Schatten flog über sein Gesicht.

„Vergessen Sie's!" sagte er rauh. „Es wird niemals Wirklichkeit werden. Eine einzige Nacht hat alle Träume zerstört. Vergessen Sie's!"

Seine Stimme klang schroff.

Die Vertrautheit der Stunde war verflogen. Sie ahnte, daß er sich quälte. Und sie fand keine Worte für ihn. Sie wußte, daß ein billiger Trost ihn nur verletzen konnte. Und was hätte sie ihm auch Tröstliches sagen können?

Er trug die Zeichnungen fort. Nach einer Weile schaute Christina auf die Uhr.

„Es wird Zeit, daß ich heimkomme. Wenn man mich braucht, wird niemand mich hier vermuten. Was macht der Arm? Soll ich ihn mir anschauen?"

Er schüttelte den Kopf.

„Danke. Nicht nötig. Es wird schon." Seine Augen suchten die ihren. „Ich habe Sie hoffentlich nicht gelangweilt oder – gekränkt?"

„Im Gegenteil. Das wissen Sie doch. Es war – sehr schön bei Ihnen."

„Dann hoffe ich, daß Sie wiederkommen." Er sagte es leise. Der Zauber zerriß, als der Knecht Mantel und Tasche brachte. Noch ein fester Händedruck.

Er brachte sie bis zur Türe, stand noch dort, als sie schon längst im Wagen saß. Sehr allein, sehr einsam kam er ihr jetzt vor.

Langsam lenkte sie den Wagen in die Dunkelheit hinein. Herz und Gedanken blieben voll Unruhe zurück.

★

Hubertus stand noch eine ganze Weile und schaute dem Wagen nach. Nun, da er verschwunden war, kehrte er ins Haus zurück. Bursch folgte ihm schweifwedelnd. Er ließ seinen Herrn nicht aus den Augen. Sonst war dies die Zeit für den täglichen Rundgang. Aber heute war alles anders als sonst. Hubertus griff nicht nach Umhang und Flinte. Kein scharfer Pfiff rief den Hund.

Hubertus kehrte in den Salon zurück. Der Knecht hatte abgeräumt und Scheite nachgelegt.

Er war allein.

Und diesmal legte sich die Stille des Raumes lähmend auf ihn. Er war ja immer allein. Aber heute empfand er es besonders bedrückend. Es war so lange her, daß er mit jemandem sprechen konnte. Und seit dem Tode der Mutter hatte es auch kaum mehr Besuch auf Ottfingen gegeben. Jetzt aber – Christina – ein wunderschöner Name.

Etwas von ihr schien noch in diesem Raum zu sein. Das warme Leuchten ihrer dunklen Augen, das Lächeln, ihr Wesen.

Irgendwie erinnerte sie ihn an seine Mutter. Eine Frau wie sie hätte er sich auf Ottfingen gewünscht. Jemanden, der so jung und so weich war. Jemanden, der lachen und fröhlich sein konnte. Aber für ihn – für ihn durfte es keine Frau geben. Eine einzige Nacht hatte alle seine Träume zerstört. Der Schuß des Vaters. Vor ihm tauchte wie so oft quälend die Erinnerung auf: Jene Nacht auf dem Ottfinger Kopf, überlebensgroß die Gestalt des Vaters mit der zielenden Büchse, er selbst mit abwehrend erhobenen Händen. Und dann der Schuß, der rasende Schmerz, die Dunkelheit danach ...

Er versuchte, die Bilder fortzuwischen. Er versuchte auch, Christina fortzuwischen. Aber es ging nicht. Sie war da. Vom ersten Augenblick an, da er sie gesehen, war sie dagewesen. Warum mußte er auf ein Leben als Mann verzichten?

Er hatte begonnen, auf und ab zu laufen, und versuchte noch einmal, sein Leben zu überdenken.

Vor fünf Jahren, als er aus tiefer Bewußtlosigkeit erwachte, hatten die Ärzte ihm gesagt, daß er hirnverletzt sei, und daß er sich mit den Folgen abfinden müsse. Seither litt er oft unter schweren Krämpfen. Nur Franzl und ein paar Leute auf dem Hof wußten davon.

Seither war er nicht mehr in Behandlung gewesen. Er hatte versucht, sich mit seinem Schicksal abzufinden.

Aber seither waren fünf Jahre vergangen. Die Medizin hatte Fortschritte gemacht. Besonders auf dem Gebiet der Neurochirurgie. Gehirnoperationen waren heute keine Seltenheit mehr. Warum sollte nicht auch er eine Chance haben?

Hubertus war am Fenster stehengeblieben. Er preßte den heißen Kopf gegen die kühlende Scheibe.

Ja, warum sollte nicht auch er ein Anrecht haben auf ein normales Leben, auf Liebe und Glück?

Er fürchtete sich vor der Enttäuschung. Er hatte ja schon mit dem Leben abgeschlossen. Aber er war doch noch jung. War es denn so unnatürlich, wenn er sich nach Liebe und Glück sehnte? Immer wieder tauchten vor ihm ihre dunklen, wunderschönen Augen auf, lächelte ihr Mund.

Und da war dieses heiße Verlangen nach einem Menschen …

Bursch stand neben ihm, legte seine warme Schnauze in seine Hand.

Und die Nähe und Wärme des Hundes brachte ihn in die Gegenwart zurück.

„Träume, Bursch", sagte er leise. „Richtige Träume haben wir. Du, weil du in den Wald möchtest, und ich, weil ich raus möchte aus meinem Gestrüpp von Gedanken. Ich muß mich entscheiden, Bursch. So oder so. Ich kann sonst nicht mehr länger leben."

Der Hund schaute ihn mit seinen großen ruhigen Augen an. Und irgendwie fühlte auch Hubertus jetzt eine große Ruhe.

Ich werde mich noch einmal untersuchen lassen, dachte er. Ich will wissen, ob es nicht doch noch eine Chance für ein normales Leben gibt. Max muß mir helfen, den richtigen Arzt zu finden. Wo auch immer auf der Welt. Und wenn es keine Heilung gibt, dann will ich nicht mehr weiterleben. Dann soll es keinen Ottfinger mehr geben.

Er verließ den Salon. Und nun nahm er doch noch den Umhang und die Flinte, pfiff nach dem Hund. Bursch folgte ihm mit großen Sprüngen.

★

Es war Dienstag der folgenden Woche, als Dr. Max Fröbius seine Vormittagsvisite in der chirurgischen Abteilung des Krankenhauses „Rechts der Donau" beendete.

Der Dienstag war operationsfreier Tag, und er hatte sich viel Zeit genommen. Es gab einige schwere Fälle, die ihm viel Sorge machten. Da war zum Beispiel der Kollege Remmler, dem man nach einem Unfall das Bein amputieren mußte und der doch gelähmt bleiben würde. Und noch einige andere.

Jetzt war es zwölf Uhr vorbei. Mittagszeit.

Dr. Fröbius betrat sein Zimmer auf Station A. Dort lagen die Zeitungen und die Post für ihn bereit. Er warf einen flüchtigen Blick darüber. Das meiste waren Reklamebriefe von Arzneimittelherstellern, Kongreßunterlagen, Prospekte. Ein langes, weißes Kuvert mit handgeschriebener Adresse fiel ihm auf. Er wandte den Umschlag in der Hand. Der Absender: Hubertus von Ottfingen.

„Hubertus von Ottfingen", wiederholte er halblaut, und seine Gedanken begannen zu arbeiten. Hubertus! Das war der Freund, mit dem er seine Internatsjahre verbrachte. Seit Jahren hatten sie nichts mehr voneinander gehört. Ihre Wege hatten sich nach dem vierten oder fünften Semester getrennt. Damals hatte Hubertus sein forstwirtschaftliches Studium aufgegeben. Das war ziemlich lange her.

Und heute, nach so langer Zeit, ein Lebenszeichen.

Fröbius riß den Umschlag auf. Ein schlichter weißer Bogen mit dem Wappen von Ottfingen fiel heraus.

Er überflog die wenigen Zeilen.

„Lieber Max", schrieb Hubertus. „Du wirst sicher verwundert sein über diese Zeilen, denn es ist lange her, seit wir voneinander gehört haben. Die Gründe dafür sind rein persönlicher Art. Ich hatte einen schweren Unfall, der mich zwang, mein Studium aufzugeben, und an dessen Folgen ich heute noch leide. Trotzdem hoffe ich, daß ich mich nicht vergebens mit der Bitte um ein Gespräch an Dich wende. Ich brauche Deinen Rat als Arzt und als Freund. Könntest Du in der nächsten Zeit einen Besuch bei mir einplanen?

Für eine baldige Antwort wäre ich Dir dankbar.

Mit herzlichem Gruß und in aufrichtiger Freude auf ein Wiedersehn Hubertus."

Max Fröbius ließ den Briefbogen sinken.

Daran hätte er wirklich nicht gedacht. Der Brief klang ein bißchen wie ein Hilferuf. Oder sollte er sich da täuschen?

Er faltete den Bogen zusammen. Sein Entschluß stand schon fest. Natürlich würde er den Freund besuchen. Das war gar keine Frage. Es gab so viele Erinnerungen, die sie verbanden.

Ottfingen. Mein Gott, er erinnerte sich, das lag irgendwo im Bayerischen Wald. Ganz weit ab. Die Ottfingers waren ein altes Adelsgeschlecht und dort ansässig.

Aber irgendwie und wo hatte er den Namen noch in anderer Erinnerung.

„Christina!" Er stieß einen leisen Pfiff durch die Zähne. „Richtig, Christina hat davon gesprochen."

Dann war diese Fahrt ja eine Gelegenheit, einen Besuch bei Christina damit zu verbinden!

Er lächelte erwartungsvoll. Er konnte sich ihre Überraschung richtig vorstellen. Christina! Sooft hatte er in den letzten Wochen an sie gedacht.

Und nun dieser Zufall!

Gutgelaunt steckte er den Brief ein. Die Fahrt lohnte sich. Noch heute wollte er dem Freund schreiben.

★

Schon am übernächsten Wochenende war Max Fröbius unterwegs nach Ottfingen.

Er hatte dem Freund seine Ankunft kurz mitgeteilt. Dieses Wochenende war günstig, denn der Chef selbst machte Dienst.

Max Fröbius genoß das Gefühl, Besitzer eines neuen Porsche zu sein, und so war es erst früher Nachmittag, als er langsam in Ottfingen einfuhr.

Er erkundigte sich nach dem Waldhof und bog dann bald in den Weg ein, den man ihm beschrieben hatte.

Links und rechts schloß der Hochwald ihn ein, aber die Straße war auf Spur geräumt, so daß er ohne Behinderung fahren konnte. Unvorstellbar, dachte Fröbius, daß jemand in dieser Einsamkeit leben kann.

Es war ein etwas hochmütiger Gedanke.

Aber schon eine Viertelstunde später, als er dem Freund gegenübersaß, mußte er diesen Gedanken korrigieren. Hubertus von Ottfingen machte absolut keinen rückständigen oder hinterwäldlerischen Eindruck. Er war der absolute Herr auf Ottfingen, auch in seiner Haltung. Aber er zeigte unverhohlen die herzliche Freude des Gastgebers.

So war es Abend, als die Freunde dann nach einem Rundgang durch Haus und Wälder und einem ausgiebigen Abendessen in der Bibliothek bei einer Flasche Wein saßen.

Und erst jetzt kam das Gespräch auf den Zweck dieses Besuches.

„Ich freue mich sehr über deinen so baldigen Besuch, Max. Darauf hätte ich kaum zu hoffen gewagt. Aber du hast dich eben kaum verändert."

Fröbius lächelte geschmeichelt.

„Vielen Dank für das Kompliment, Hubertus. Du warst immer schon sehr positiv gegen deine Umwelt eingestellt. Danke dir. Um ehrlich zu sein, dein Brief war eine Überraschung für mich, kam mir aber sehr gelegen. Irgendwo in dieser Gegend gibt es nämlich eine Frau, die mir einmal sehr nahestand und die ich wohl aus eigener Schuld verlor."

„Aha. Und du möchtest sie wiedersehen? Kann ich dir irgendwie helfen?"

„Lieb von dir. Aber ich denke, es wird nicht nötig sein. Sie muß hier in Ottfingen tätig sein. Ich vermute, Ottfingen ist der Marktfleck am Fuße deiner Waldburg, und dort wird sich ja wohl eine Krankenschwester finden lassen."

Hubertus war unmerklich zusammengezuckt.

„Eine Krankenschwester? Hier bei uns?"

„Ja, sie wurde als Leiterin einer Krankenstation berufen."

Christina! dachte Hubertus. Das muß Christina sein. Wie konnte ich denn auch denken, daß sie noch frei ist ...

„Du meinst Schwester Christina", hörte er sich selbst wie aus der Ferne sagen.

Fröbius nickte erfreut.

„Genau! Kennst du sie vielleicht?"

„Ja." Immer noch klang die Stimme ganz fremd. „Ja, natürlich. In so einem Dorf bleibt ein neues Gesicht net lang verborgen. Sie – sie ist sehr beliebt."

„Nicht wahr, ein großartiges Mädchen? Ich begreife bis heute nicht, daß ich sie gehen ließ. Na ja, das wird sich alles einrenken. Aber nun zu dir, Hubertus. Dein Brief kam sicher nicht von ungefähr. Was ist mit dir los?"

Hubertus wirkte plötzlich irgendwie müde. Er dachte: Ja, was ist mit mir los? Was denn? Alles ist jetzt so unwichtig geworden. Er hatte ja nicht ahnen können, daß sie schon vergeben war. Aber er hätte es sich denken können, eine Frau wie sie ...

Er spürte Max' wartenden Blick, und er dachte: Max ist auch nicht mehr der Freund von früher. Irgendwie sind wir uns fremd geworden. Komisch.

Mit einiger Überwindung begann er:

„Ja, was ist mit mir. Das ist die Frage. Ich wollte

gerne deinen Rat hören. Du bist Chirurg und traust dir sicher ein gesundes Urteil zu. Ich hatte vor einigen Jahren einen Unfall. Einen Jagdunfall. Kopfschuß. Es gibt da gewisse Spätfolgen. Professor Iglheim, mein damaliger Arzt, hat mir damals kaum Hoffnungen auf Besserung gemacht. Es sei denn durch eine Operation, bei der das Risiko natürlich erheblich ist. Aber inzwischen sind fünf Jahre vergangen. Was hat sich in der Medizin in dieser Zeit getan?"

Max Fröbius schaute vor sich hin.

Jetzt erinnerte er sich wieder an die Gerüchte, die es damals an der Uni gab. Von Mord war da die Rede gewesen. Von absichtlicher Tötung und einem Familiendrama.

Jetzt erst fiel ihm die wollene Binde über der Stirn des Freundes auf. Auch davon war gesprochen worden. Hubertus sei bis zur Unkenntlichkeit entstellt. Ein Gerücht.

Er suchte sehr vorsichtig nach Worten, als er sagte: „Hubertus, du erwartest jetzt sicherlich keine endgültige Antwort von mir. Dazu müßte ich die ganze Krankengeschichte kennen. Und auch dann – ich bin kein Neurochirurg. Ganz allgemein kann ich aber sagen, daß die Medizin enorme Fortschritte gemacht hat. Es ist fast nichts mehr unmöglich, was operative Eingriffe betrifft. Ich kenne in Regensburg Professor Rodewitz. Er ist eine Kapazität auf dem Gebiet der Gehirnchirurgie. Wenn er ja sagt zu einer Operation, gibt es auch eine Chance. Wenn du willst, melde ich dich bei ihm zu einer Untersuchung an."

Sie sprachen noch eine Weile über medizinische Dinge. Aber das Gespräch strengte Hubertus sichtlich an.

Und so war es denn noch nicht Mitternacht, als sich die Freunde trennten.

„Ich wünsch dir eine gute Nacht, Max. Und Dank noch mal für deinen Rat. Du brauchst dich morgen früh nicht zu beeilen. Paßt dir das Frühstück um neun?"

Fröbius nickte.

„Selbstverständlich. Und bitte keine Umstände."

„Nein, nein, natürlich nicht."

Als Hubertus dann auf seinem Zimmer stand, öffnete er das Fenster weit.

Eine kalte, klare Nacht lag über dem Wald. In seinen Schläfen hämmerte und klopfte es.

Er holte aus seiner Nachttischschublade das Röhrchen mit den Tabletten, die er zur Beruhigung nahm.

Lange schaute er noch hinaus über die nächtlichen Wälder. Und immer wieder war die Frage nach dem Wozu in ihm. Wozu lebte er noch? Was bedeutete sein Leben? Fast hätte er vergessen können, daß sein Leben sinnlos war. Er hatte wieder zu hoffen begonnen. Aber jetzt wußte er, daß es keine Hoffnung mehr für ihn gab. Christinas junges Gesicht tauchte vor ihm auf, ihre wunderschönen klaren Augen. Lange würde sie nun wohl nicht mehr in Ottfingen bleiben. Wie glücklich mußte Max sein!

Im Osten graute schon ein neuer Tag, als das Licht in der Schlafstube endlich verlöschte und die Tabletten zu wirken begannen.

*

Am Nachmittag des folgenden Tages befand sich Max Fröbius auf dem Weg ins Dorf.

Hubertus hatte ihm das alte Doktorhaus genau beschrieben, und so war es nicht schwer für ihn, das Fachwerkhaus am Eingang von Ottfingen zu finden.

Die Einfahrt neben dem Haus war frei. Dort stellte er den Wagen ab.

Sein Blick glitt flüchtig über das kleine frisch getünchte Haus, das halb unter einer Gruppe hoher Tannen stehend eher wie ein Bauernhaus aussah.

Hier wohnte sie also?

Ja. Sie hatte ihn anscheinend auch schon gesehen, denn jetzt öffnete sie. Schlank, einfach, und dennoch mit einer unwahrscheinlichen Ausstrahlung stand sie da.

Sein Herz klopfte unwillkürlich schneller. Er hielt den großen Kasten Pralinen unter den Arm geklemmt, den er statt Blumen für sie besorgt hatte. Überrascht schaute sie ihm entgegen.

Ihr junges Gesicht blieb ruhig und beherrscht, obgleich auch sie ihr Herz klopfen fühlte.

„Grüß dich, Maxl!“ lächelte sie. „Daß du hierherkommst!“

Da stand er vor ihr, einen ganzen Kopf größer als sie, sehr gepflegt, sehr elegant.

„Grüß Gott, Christina! Ich bin sehr froh, dich wiederzusehen!“

Das Lächeln auf ihrem Gesicht vertiefte sich. Aber er spürte auch die leise Distanz. Er wollte sie sanft an sich ziehen, aber sie entzog sich ihm.

„Ich hab deine Karte bekommen. Dank dir. Bitte, komm herein.“

Sie hatte die Türe weit aufgestoßen. „Gleich links geht's in meine gute Stube. Oder wollen wir zuerst einen Rundgang durch die Station machen?“

Sie öffnete die Tür zum Warteraum und ließ ihn

zuerst eintreten. Im Laufe der Monate hatte sie den Raum mit viel Geschmack verändert. Überall standen Blumen; die Stühle hatten frische Kissen bekommen. Alles machte einen einfachen, aber frischen Eindruck.

„Tja, und dies ist mein Behandlungsraum. So eine Krankenstation auf dem Lande hält natürlich keinen Vergleich mit einer Klinik aus", lächelte sie. „Aber das muß es ja auch nicht. Hier wird geholfen, wo es not tut. Und das meiste spielt sich außerhalb ab."

Betroffen schaute er sich um. Dieser Raum war etwas größer als das Wartezimmer. Aber er enthielt nur wenig Mobiliar. Ein schlichter heller Schreibtisch neben dem Fenster, ein Rollschrank mit Formularen und Akten, ein großer Instrumentenschrank mit Schalen, Scheren und Bestecken neben einer einfachen Liege. Ein winziger Sterilisator als modernste Errungenschaft, daneben ein zweiter Schrank mit sehr viel Verbandmaterial, Schienen und Gipsleisten.

„Das sieht ja so aus, als wenn du hier Mädchen für alles wärst."

Es klang etwas spöttisch. Christina war seine Betroffenheit natürlich nicht entgangen. Sie ahnte, was er dachte.

„Das bin ich auch", nickte sie nicht ohne Stolz. „Vom Kinderkriegen bis zum Knochenbruch wird hier alles geboten."

„Und damit hast du dich abgefunden?"

„Natürlich. Es bleibt einem ja gar nichts anderes übrig. Man wird gerufen, und dann muß man dasein."

Das war wieder ihre energische Art, mit der sie

alles anfaßte und vor nichts zurückschreckte. Und das schätzte er an ihr.

„Mehr kann ich dir leider nicht bieten, Maxl", lächelte sie. „Und jetzt bin ich dafür, daß wir Kaffee trinken. Ich bin heute mittag gar nicht zum Mittagessen gekommen, weil eines meiner Kinder am Blinddarm erkrankt war."

Er schaute so verblüfft, daß sie lachen mußte.

„Was schaust du so entsetzt, Maxl! Es gibt keinen Arzt hier heroben: Und ehe ein Krankenwagen kommt, kann es leicht zu spät sein. Ich hab den Buben gleich ins Krankenhaus nach Zwiesel gefahren."

Sie ging voran in die Wohnstube. Auch hier schaute er sich zuerst neugierig um. Der Tisch war hübsch gedeckt, die Einrichtung sehr geschmackvoll. An der Wand ein riesiges Bücherregal, dazu ein alter, handgeschnitzter Tisch.

Christina wies auf einen Sessel und schenkte den Kaffee ein. Sein Blick traf bewundernd ihre schlanken schönen Hände. Auch in diesem einfachen Rahmen spürte man ihre frauliche Persönlichkeit, die er immer bewundert hatte. Flüchtig dachte er an Sabine Eschenbach.

„Ein bißchen enttäuscht, Maxl? Ja, so hatte ich es mir auch net vorgestellt. Aber nun fühl ich mich schon ganz wohl hier."

Er schaute auf.

„Ich bewundere dich, Christina. Aber ich glaube, es wurde höchste Zeit, daß ich komme und dich hier heraushole! Bitte, ich weiß, ich habe eine Riesendummheit gemacht. Du weißt schon – Dr. Eschenbach! Ich hab's eingesehen. Und du – du hast mir die ganze Zeit gefehlt, weißt du. Deshalb dachte ich, du ..."

Christina schloß eine Sekunde die Augen.

Deshalb war er also gekommen. Das mit der Eschenbach war vorbei. Aus irgendeinem Grund. Für ihn war das wohl nur eine Affäre gewesen. Und nun kam er zurück. Einfach so.

„ ... da dachtest du: ich schau mal bei Christina rein. Nicht wahr, das dachtest du?"

Ihre Augen waren ganz dunkel.

„Ja! Nein! Ach schau, Christina, mach es mir doch nicht so schwer. Man kann doch mal eine Dummheit machen! Ich hab dich wirklich vermißt. Es tut mir leid, daß ich dich gekränkt habe. Aber deswegen muß doch nicht alles aus sein. Zwischen uns war doch mal was. In einem Jahr läuft mein Vertrag an der Klinik aus. Dann möchte ich mich selbständig machen und irgendwo niederlassen. Das ist doch auch eine Chance für dich."

Christina dachte: Warum kann ich mich nicht freuen? Sie wartete auf ein Echo, horchte in sich hinein. Aber sie konnte keine Freude empfinden.

Wie von weitem hörte sie ihn drängender sagen:

„Komm zurück, Christina! Dies hier ist deiner doch nicht würdig. Wir fangen noch mal von vorne an."

Vor einem Jahr oder vor zwei Jahren wäre sie über diese Worte glücklich gewesen. Aber jetzt – ein anderes Gesicht tauchte vor ihr auf. Ein ernstes, schmales Gesicht, das sie nicht vergessen konnte.

„Laß mir Zeit, Maxl", wich sie seinem Drängen aus. „Ich muß darüber nachdenken. Es kommt alles so überraschend für mich."

„Gut", er nickte. „Das kann ich zwar fast nicht verstehen. Aber vielleicht kommt es wirklich überraschend für dich. Außerdem – ich bin ehrlich – ich konnte einen Besuch bei dir so gut mit einem Besuch bei meinem alten Freund Ottfingen verbinden."

Christina war unmerklich zusammengezuckt.

„Du kennst – den jungen Ottfinger?"

„Ja", er nickte beiläufig. „Wir sind alte Schulfreunde. Aber wir hatten uns aus den Augen verloren und Jahre nicht gesehen. Übrigens ein interessanter Fall, wenngleich hoffnungslos."

Er berichtete von dem gestrigen Gespräch mit dem Freund und seinem Eindruck.

Christina unterbrach ihn nicht. Sie machte jetzt einen stillen Eindruck, aber ihr entging kein Wort von seinem Bericht.

Die Stunden vergingen wie im Fluge. Draußen war es längst dunkel geworden.

Max Fröbius schaute unruhig auf seine Uhr.

„Es tut mir leid, daß ich nicht bleiben kann. Ich bin zum Dienst beim Chef eingeteilt und muß zum Nachtdienst zurück sein."

Er hatte sich erhoben, blieb aber vor ihr stehen. Er wollte sie in seine Arme ziehen, aber sie machte sich sanft frei.

„Laß es gut sein, Maxl. Es war schön, dich wiederzusehen, aber eine Überraschung reicht mir."

Er lachte.

„Du bist immer noch die alte, nimmst alles so schwer. Schreib mir bald, ja? Ich schau mich inzwischen nach einer Praxis um."

„Ja, Maxl."

Sie brachte ihn noch zur Türe. Draußen war es eisigkalt, aber der Wagen sprang sofort an. Er streifte die eleganten Schweinslederhandschuhe über und winkte noch einmal. Dann war er auf dem Hohlweg verschwunden.

Nachdenklich kehrte Christina ins Haus zurück. Über den Räumen lag nun eine bleierne Stille. Für ein paar Stunden hatte Max Fröbius die große Welt von draußen mitgebracht und in die Einsamkeit ihres Lebens getragen. Es war eine andere Welt. Seine Welt. Und sie sollte sich nun entscheiden, ob sie zu ihm zurückkehren wollte.

Vor ein paar Stunden noch hätte sie nie an eine solche Möglichkeit gedacht. Irgendwie hatte sich alles verändert. Oder war es nur sie, die sich verändert hat? Sah sie ihn jetzt mit anderen Augen?

In diesem Augenblick polterte es an ihrer Haustüre. Und dieses Poltern riß sie in die Gegenwart zurück.

Es war der Lindnerbub von der Molkerei. Ganz außer Atem war er.

„Schwester Christel, die Mutter schickt mi. Der Vat'r hat ein' Schlag bekommen. Ich soll fragen, ob du kommen kannst?"

Christina war hellwach.

„Natürlich Bepperl. Wart draußen, du kannst mit mir fahr'n." Sie warf den Umhang über und holte ihre Tasche.

Dann fuhr sie den Wagen aus dem Schuppen und ließ den Buben einsteigen.

★

Es war schon spät, als Christina von dem Besuch bei den Lindners heimkehrte. Es war wirklich ein Schlaganfall, und es hatte den Lindner arg getroffen.

Was sie tun konnte, hatte sie getan. Und morgen, bei Tage, mußte er mit dem Krankenwagen in die

Stadt gebracht werden. Gottlob arbeitete der älteste Sohn schon auf dem Hof. Das war bei fünf Kindern wichtig.

Christina war müde, als sie nun langsam heimwärts fuhr. Max' Besuch war nun schon wieder in weite Ferne gerückt. Es war schon ein harter Dienst, den sie hier ausübte. Aber andererseits machte es sie froh, wenn sie helfen konnte. Ob er das verstehen würde, daß sie dieses einfache Leben liebte?

Irgendwo im Wald tauchten Lichter auf. Das mußte der Waldhof sein! Auch dort wartet ein Mensch auf Hilfe, dachte sie.

★

Am späten Nachmittag des folgenden Tages kehrte Christina von einem Krankenbesuch am Ottfinger Kopf zurück. Als der Abzweig zum Waldhof auftauchte, bog sie entschlossen rechts ab.

Den ganzen Tag hatte sie heute mit einer seltsamen Unruhe an Hubertus von Ottfingen gedacht. Es gab keinen greifbaren Grund dafür. So gut kannten sie sich ja nicht. Und doch – es drängte sie, bei ihm reinzuschauen.

Sie parkte den Wagen direkt vor dem Eingang, aber sie fand die eichene Türe verschlossen. Das war hier ungewöhnlich.

Sie zögerte, aber dann betätigte sie den bronzenen Türklopfer.

„Wuff. Wuff." Bursch meldete sich, und dann erschien der Knecht.

„Schwester Christina! O mei, Sie sind's wahrhaftig. Sie schickt der liebe Himmel!"

Christina trat ein.

„Was ist denn los, Franzl? Ist der Herr von Ottfingen nicht im Hause?"

Der Knecht zögerte.

„Ja schon is er im Hause. Aber ich weiß net – er hat wieder einen Anfall. Seit gestern. So schlimm war's noch nie ..."

„Dann mußt du mich zu ihm lassen, Franzl. Jetzt sofort. Vielleicht kann ich ihm helfen."

Christina hatte gelernt, mit den Leuten hier umzugehen. Und ihr ruhiger, bestimmter Ton verfehlte auch hier seine Wirkung nicht.

Der Knecht ging voran, murrend noch.

„Ich weiß wirklich net, ob es dem Herrn Baron recht is. Ich weiß wirklich net. Die Anfälle gehen doch vorüber. Es is ihm sicher arg."

Ein Blick in ihr ruhiges, entschlossenes Gesicht ließ ihn verstummen.

Er machte eine der Türen auf, die über der Empore lagen. Ein kleiner Vorraum öffnete sich und dann – Christina blieb erschrocken stehen.

Hubertus von Ottfingen lag in einem breiten Eichenbett. Er war bewußtlos. Das wollene Band war über der Stirn verrutscht und gab die Narbe frei. Sehr bleich und ohne ein Zeichen von Leben lag er da, starr.

Der Anblick des sonst so gesunden, starken und geistig so lebendigen Mannes in diesem Zustand erschütterte sie.

Leise trat sie näher. Schweiß stand auf seiner Stirn.

Ein heißes, barmherziges Gefühl überkam sie, dieses schmale, bleiche Gesicht zu streicheln. Und sie tat es. Behutsam tupfte sie den Schweiß ab. Er spürte es nicht. Er lag wie in einem Starrkrampf.

„Gelt, es wird wieder mit ihm? Es braucht nur seine Zeit, gelt", jammerte Franzl.

Christina wandte sich um.

„Wir müssen ihm heiße Umschläge machen. Ich brauche meine Tasche aus dem Wagen, Franz. Und wo bekomme ich heißes Wasser?"

In der Badestub, gleich nebendran."

Er fügte sich jetzt ihren Anordnungen, froh, daß jemand da war. Christina arbeitete ruhig und umsichtig. Sie legte warme Kompressen auf Stirn und Gelenke. Sie flößte ihm die Medizin tropfenweise ein.

Franzl schob ihr einen Lehnstuhl herbei.

„Is schon ein Wunder, daß Sie heut kommen sind. Gestern hat er dauernd nach Ihnen gefragt. Gelt, Sie bleiben noch? Ich lasse was zum Abend richten und ein' heißen Tee."

Christina nickte schweigend. Sie würde nicht weggehen, auch nicht die ganze Nacht, wenn es sein mußte. Ein heißer Tee würde ihr guttun.

Als der Knecht gegangen war, rückte sie sich den Stuhl dicht an das Bett.

Es war still heroben. Eine ganz andere Stille als unten im Dorf. Der Hund lag neben dem Bett, den Kopf auf die Pfoten gelegt, und schaute sie unverwandt an.

Christinas Augen ruhten auf dem geliebten Gesicht. Es war noch jung. Aber irgendwie war es auch sehr einsam und ernst. Sie wußte so wenig von ihm. Aber es war ihr so vertraut, daß sie es hätte malen können.

Der Knecht kehrte zurück. Er brachte Tee und eine Platte mit Broten. Ein Weilchen machte er sich im Raum zu schaffen, schaute nach dem Feuer und streichelte den Hund.

Dann ging er hinaus, und es war wieder still.

Christina wechselte die Kompressen. Sie wußte nicht, wie lange sie schon hier saß, da kehrte sanfte Röte in sein Gesicht zurück. Sie beugte sich über ihn, tupfte das Gesicht ab.

Und wirklich – da schlug er die Augen auf.

Es war wie ein Erwachen von weit her, und er brauchte eine kleine Weile, bis er begriff. Sie lächelte unter Tränen.

„Du bist hier?" Seine Lippen bewegten sich kaum, aber sie hatte die Worte doch verstanden.

„Ja, Hubertus. Ich bin hier." Und dann nach einer kleinen Weile: „Hast du Schmerzen?"

Das Du war in diesem Augenblick so selbstverständlich zwischen ihnen, daß es ihr gar nicht bewußt wurde.

Er schaute sie lange an. Dann schüttelte er kaum merklich den Kopf.

„Schmerzen? Nein. Bist du schon lange hier?"

„Seit einer Stunde."

„Hat Franzl dich ...?"

Sie schüttelte sanft den Kopf.

„Nein, Franz hat mich nicht gerufen. Ich bin von allein gekommen, um nach dir zu schauen."

Ein dankbares Lächeln huschte über sein Gesicht.

„Du bist gut", murmelte er. „Du bist so gut."

Er lag wieder eine Weile still. Aber plötzlich richtete er sich erregt auf.

„War er bei dir?"

Christina verstand die erregte Frage nicht.

„Wer soll bei mir gewesen sein? Wen meinst du?"

„Max! Max Fröbius! Er war doch bei dir." Er ließ sich müde zurücksinken. „Er hat mir alles erzählt.

Ich wußte nicht, daß ihr euch kennt. Ich hatte wirklich keine Ahnung. Es kam ganz überraschend für mich. Liebst – du ihn sehr?"

In diesem Augenblick waren sie einander vertraut, als wäre es immer so gewesen.

Christina lächelte.

„Nein!" sagte sie, und in diesem Augenblick wußte sie, daß dies die Wahrheit war. Sie liebte Max Fröbius nicht. Die Zeit, da es hätte anders sein können, war vorbei.

Sein Blick forschte auf ihrem Gesicht.

„Ist das wahr?"

Er schien mit sich zu kämpfen, aber dann fuhr er leise fort: „Christina, ich muß Ihnen etwas sagen. Ich muß ..."

Sie schob ihre Hand sachte unter die seine.

„Laß es bei dem Du, Hubertus", bat sie.

Er hielt ihre Hand fest.

„Danke. Weißt du, warum ich Fröbius um seinen Besuch gebeten hatte? Ich wollte von ihm erfahren, ob es für mich eine Möglichkeit gibt, mich operieren zu lassen. Seit ich dich kenne, habe ich nur den einen sehnlichsten Wunsch: gesund zu werden. Für uns! Dann kam Max und erzählte mir von dir. Es war ihm ernst, und ich mußte annehmen, daß ihr euch einig seid. Es traf mich hart. Aber selbstverständlich hättest du dann nie erfahren sollen, daß ich dich liebe. Das Schicksal hat dich mir über den Weg geschickt. Vom ersten Augenblick an habe ich gewußt, daß dies kein Zufall war. Aber ich habe kein Recht, dich an mich zu binden, Christina, solange ich noch ein Krüppel bin. Aber ich werde mich untersuchen lassen. Und wenn es auch nur eine winzige Chance für eine Operation gibt, dann werde ich diese Chance herausfordern. Und wenn ich gesund werde, – willst du dann bei mir bleiben, hier auf Ottfingen?"

Sie legte den Kopf auf seine Hand. In ihren Augen standen Tränen – Tränen eines unbeschreiblichen Gefühls, wie sie es noch nie vorher empfunden.

„Ja, Hubertus. Ich werde auf dich warten."

Seine Hand strich über ihr Gesicht. Er lag ganz still.

Nach einer Weile fragte er leise:

„Christina, glaubst du daran? Ich meine – an eine vollständige Heilung?"

Sie hielt die Augen fest geschlossen, die Wange auf seiner Hand. „Ja", sagte sie inbrünstig. „Ja Hubertus, ich glaube an unser Leben!"

Der Hund stieß einen Laut aus und legte den Kopf auf ihre Knie, als wenn er sie verstanden hätte.

★

Weihnachten war vorüber.

Christina hatte den Heiligen Abend im Schlößl verbracht. Es war der erste Heilige Abend seit vielen Jahren, der sie an zu Hause erinnerte.

Hubertus hatte in der großen Halle eine riesige Tanne aufstellen lassen. Im Speisezimmer war der Tisch festlich gedeckt. In allen Räumen klang Musik, Orgelmusik, Kantaten, Weihnachtslieder. Über allen Räumen lag eine so wunderbare Stimmung.

Und auch die Leute schienen es zu spüren, daß es wieder Leben gab im Schlößl. Irgendwie war alles voll Fröhlichkeit.

Auch Hubertus und Christina.

Sie kannten sich ja noch so wenig. Es gab so viel,

was sie einander erzählen mochten. Aber irgendwie schien alles unendlich vertraut.

Am ersten Weihnachtstag dann kam Manfred von Passau herüber. Sie verbrachten den Nachmittag bei dem Balserbauern, wo es im Kreise der großen Familie auch frohe Weihnachten gab.

So waren die Tage rasch vergangen.

Gleich in den ersten Tagen des neuen Jahres hatte es viel Schnee gegeben. Abgeschnitten von der Umwelt lag das Dorf nun da. Für den fünfzehnten Januar hatte Hubertus sich bei Professor Rodewitz zu einer gründlichen Untersuchung angesagt. Und heute schrieb man den zweiundzwanzigsten. Ein Donnerstag.

Hubertus stand am Fenster seines Zimmers, das er in der Regensburger Klinik bewohnte, und schaute auf die Stadt hinab, die zu seinen Füßen lag.

Es war später Nachmittag. Draußen sank die Dunkelheit herab. Aber unter ihm leuchtete ein Meer von Lichtern.

Es war still im Zimmer. Rodewitz machte um diese Zeit seine tägliche Visite. Und heute sollte das Abschlußgespräch stattfinden.

Hubertus wandte sich um und begann auf und ab zu laufen. Sechs Schritte hin, sechs zurück. Er empfand dieses Warten als eine unerträgliche Spannung. Seit einer Woche war er hier. Seit einer Woche hatte er alle Untersuchungen, Röntgenaufnahmen, Blutabnahmen und Messungen über sich ergehen lassen. Und von Tag zu Tag war die Spannung ein wenig gewachsen.

Niemand hatte ihn sonderlich beachtet. Es gab so viele schwere Fälle hier, viel schwerere als er es war. So hatte er auch nichts über das Ergebnis der einzelnen Untersuchungen erfahren können.

Gab es Hoffnung für ihn? Würde Professor Rodewitz den Eingriff wagen? Und wenn ja – und wenn nein …

Immer die gleichen Gedanken, die ihn seit Tagen verfolgten.

Es klopfte.

Gespannt hob Hubertus den Kopf.

„Ja, herein!"

Es war Rodewitz. Mit der Ruhe, die der kleine schmächtige Mann überall ausstrahlte, wo er auch auftauchte, trat er ein.

Die wasserhellen Augen trafen Hubertus freundlich, aber mit versteckter Schärfe.

„Guten Abend, Herr von Ottfingen. Wie ich sehe, haben Sie schon auf mich gewartet. Es ist ein bißchen später geworden wegen des Frischoperierten von heute morgen. Ich bitte um Entschuldigung. Ein schwerer Fall, wissen Sie." Er brach ab.

Irgendwie schämte Hubertus sich plötzlich seiner Ungeduld. Dieser kleine alte Mann trug eine ungeheure Verantwortung auf seinen Schultern. Und er, Hubertus, war nicht der einzige, der von ihm Hilfe erhoffte.

„Verzeihung, Herr Professor. Ich wollte nicht ungeduldig sein."

Rodewitz lächelte, ruhig und fast ein bißchen dankbar.

„Setzen wir uns doch, Herr von Ottfingen. Ich habe Zeit. Ich habe immer Zeit für meine Patienten. Wissen Sie, Sie haben auch gar keine Veranlassung, ungeduldig zu sein."

Er wies auf einen der beiden Lehnstühle am Fenster und nahm selbst Platz.

Wieder streiften die hellen Augen Hubertus' gespanntes Gesicht. Jung ist er, dachte er. Und sympathisch. Und er braucht Hoffnung. Die kann ich ihm geben. Aber auch die Wahrheit über das Risiko. Das auch.

Zögernd begann er:

„Ich habe mir heute noch einmal alle Ergebnisse und Unterlagen angesehen, Herr von Ottfingen. Die Vorgeschichte kenne ich ja schon, und ich kann und muß den Befund meiner Kollegen bestätigen. Die Verletzungen am Gehirn sind eindeutig an den Narben erkennbar. Durch zunehmende Verhärtung lösen diese Narben bei Ihnen vermehrte Beschwerden aus. Es kommt zu den bewußten Krämpfen. Bis jetzt. Das ist die Situation, die sich täglich ändern kann."

Hubertus nickte. So viel Offenheit hatte er fast nicht erwartet. Und Rodewitz fuhr fort:

„Sie haben mich um ein Urteil über die Möglichkeit einer Operation mit dem Ziel einer Heilung gebeten. Wir sind in der neurochirurgischen Medizin schon sehr weit fortgeschritten. Wir operieren schwerste Tumore. Aber ein Fall wie der Ihre ist noch immer keine leichte Sache. Wir müssen versuchen, die Narben zu treffen und zu zerstören, auf elektrischem Wege selbstverständlich, um das Gehirn wieder voll funktionsfähig zu machen. Das heißt, wir müssen hundertprozentig sichergehen. Sonst könnte das Gegenteil eintreten. Um es kurz zu sagen: Ich halte eine solche Operation für möglich. Ich muß Sie aber über das Risiko aufklären. Wenn wir einen Fehler machen, wenn es auch nur die geringste Abweichung gibt, kann es für Sie verheerende Folgen haben. Darüber müssen Sie sich im klaren sein."

Hubertus hatte gespannt zugehört. Den ursprünglichen Befund kannte er ja schon. Für ihn ging es nur um die Bestätigung, daß es eine Möglichkeit zur Operation gab. Alles hing davon ab. Er hob den Kopf.

„Und das Risiko, Herr Professor? Wie sieht es aus? Die Wahrheit bitte, Herr Professor."

Rodewitz schaute vor sich.

„Schwer zu sagen, lieber Herr von Ottfingen. Gedächtnisverlust, Sprachstörungen, Lähmungen – es handelt sich immerhin um das Gehirn. Es ist alles möglich bei Ihrer Diagnose. Dagegen in Ihrem jetzigen Zustand können Sie bei vernünftiger Lebensführung ..."

„Alt werden, wollen Sie sagen!" Hubertus schloß die Augen.

„Vernünftige Lebensweise, Herr Professor", sagte er gepreßt. „Wissen Sie, was das heißt? Zur Untätigkeit verurteilt sein, keine Arbeit, keine Belastungen, Vegetieren an Leib und Seele, Einsamkeit. Die unendliche Einsamkeit der Wälder von Ottfingen." Er hatte leise gesprochen. „Und natürlich – keine Liebe. Nennen Sie das ein Leben?"

Rodewitz schwieg eine Weile. Er konnte ihn verstehen, diesen Jungen, der sein Sohn sein könnte. Er konnte verstehen, wie zermürbend die Untätigkeit und die Hoffnungslosigkeit sein mußten.

Die Verantwortung, die auf ihm lastete, war groß. Andererseits ...

„Herr von Ottfingen, ich entlasse Sie heute mit der Versicherung, daß ich Sie operieren werde. Allerdings unter zwei Bedingungen. Sie überlegen sich noch einmal, was für Sie auf dem Spiele steht ..."

Hubertus hob den Kopf.

„Sie würden es tun?"

Ihre Blicke begegneten sich.

Rodewitz nickte.

„Ja. Meine zweite Bedingung: Ich brauche ein halbes Jahr Vorbereitungszeit. Hier im Hause. Ich will ganz sichergehen. Sieg oder Niederlage, Herr von Ottfingen! Darüber müssen wir uns beide im klaren sein. Wird es ein Sieg, dann wird er vollständig sein. Eine Niederlage wäre tödlich."

Er hatte sich erhoben. Er hatte die ganze Zeit ruhig gesprochen. Aber jedes seiner Worte war von unendlichem Gewicht.

Klein, fast zart und gebrechlich stand er da und streckte Hubertus die Hand hin.

„Ich denke, ich erfahre Ihre Entscheidung?"

Hubertus nickte. Es saß ihm wie ein Kloß in der Kehle. Dieser schmächtige alte Mann mit dieser ungeheuren Kraft machte einen unbeschreiblichen Eindruck auf ihn.

„Sie hören von mir, Herr Professor. Und es wird keine unreife Entscheidung sein."

Ihre Augen trafen sich sekundenlang.

Das erwarte ich von Ihnen, mein Junge. Gute Nacht! Und – gute Reise. Und grüßen Sie mir das Mädel – und den Böhmerwald!" Er wandte sich an der Türe noch einmal um, schien sich an Hubertus' überraschtem Gesicht zu weiden.

Dann war er gegangen.

Hubertus war allein. Aber irgendwie war er es auch nicht.

★

Am Sonnabend nachmittag befand sich Christina auf dem Weg zum Waldhof.

Es hatte seit Tagen geschneit, aber Hubertus hatte ihr den Knecht mit dem Schlitten geschickt und sie gebeten, sich für die Nacht einzurichten.

Die beiden braven Haflinger kannten den Weg. Der Knecht hatte nicht viel Arbeit mit ihnen. Im gleichmäßigen Trab zogen sie unter dem fröhlichen Geläut ihrer Glöckchengeschirre den Weg durch den Wald.

Alles war so vertraut, alles war so anheimelnd. Und unter normalen Umständen hätte sie jede Sekunde, jeden Augenblick frohen Herzens genossen.

So aber lastete die bange Frage auf ihr: Was würde Hubertus ihr zu sagen haben? Es war klar, daß er ihr etwas sagen wollte. Würde es der Beginn für sie beide sein? Oder das Ende aller Hoffnungen?

Mit aller Inbrunst hatten ihre Gedanken ihn in der vergangenen Woche begleitet. Nur für ihn hatte sie gebetet und gehofft.

Nach einer Weile endlich öffnete sich der Wald. Tiefverschneit lag der Waldhof da. Aber die Lampen vor dem Eingang waren erleuchtet. Ein zauberhaftes Bild.

„Hüho!"

Die beiden Falben folgten auf der Stelle.

„Lassen S' die Taschen nur stehen. I bring's gleich ins Haus?"

„Danke, Joschi."

Der Knecht half ihr aus den dicken Felldecken. Es war bitterkalt.

Christina lief die paar Meter zum Portal. Die schwere Eichentüre war unverschlossen.

Und dann – da stand er in der Diele! Hochaufgerichtet stand er da, schaute ihr mit ruhigen guten Augen entgegen.

Er breitete die Arme aus. Christina zögerte keinen Augenblick. Sie flog in diese weit ausgebreiteten Arme, fühlte seinen Herzschlag, seinen Mund, die Wärme seines Atems.

Sie wußten nicht, wie lange sie so gestanden hatten, innig umschlungen und einander so nah. Erst das leise Jaulen des Hundes brachte sie in die Gegenwart zurück.

Bursch saß neben ihnen. Die ganze Zeit hatte er da gesessen und zu ihnen aufgeschaut.

Hubertus lächelte.

„Daran wird er sich wohl erst gewöhnen müssen!"

Christina strich dem Hund über den Kopf. Der Zauber dieses Augenblicks ließ jetzt noch alles vergessen.

Es gab jetzt nur das Gefühl der Nähe und das Wissen, geliebt zu werden.

★

Später am Abend saßen sie dann in den beiden bequemen Sesseln am Kamin. Die Glut verbreitete eine mollige Wärme. Hubertus hatte nur die Stehlampe entzündet. Sie hatten zu Abend gegessen. Jetzt lag tiefe Stille über dem Haus.

Und nun konnte Christina die drängende Spannung auch nicht mehr unterdrücken.

„Hubertus, du willst mir etwas sagen, nicht wahr? Deswegen wolltest du, daß ich bleibe? Ist es so? Bitte, was immer es auch sein mag, ich möchte es mit dir teilen."

Jetzt war sein Gesicht tiefernst, hatte den leuchtenden Ausdruck verloren.

„Ja, Christina. Ich will, daß du die Wahrheit kennst. Und auch – meine Entscheidung."

Er besann sich einen Augenblick. Dann begann er zu sprechen. Es wurde ein sachlicher Bericht, von all den Untersuchungen und Tests, die er durchlaufen hatte, von den Ergebnissen, soweit er sie kannte, und auch den Zusammenhängen. Und endlich von seinem Gespräch mit Professor Rodewitz.

„Er will die Operation wagen. Allerdings unter bestimmten Bedingungen. Er braucht ein halbes Jahr Vorbehandlung. Und dieses halbe Jahr muß ich in seiner Klinik verbringen. Er hat mir nichts verschwiegen, Christina. Ich weiß um das Risiko. Sieg oder Niederlage! Das waren seine Worte. Das heißt, wenn die Operation gelingt – vollständige Genesung! Wenn sie mißlingt ..."

Er brach ab. Er mochte es nicht aussprechen, was Rodewitz ihm gesagt hatte: Siechtum ... Nein, nicht vor Christina. Aber sie ahnte es auch so.

Ihre dunklen Augen hingen an ihm.

„Du mußt es nicht tun, Hubertus. Wir können auch so glücklich sein. Ich liebe dich. Für mich mußt du es nicht tun."

Es dauerte eine Weile, bis er antwortete. Seine Stimme klang dunkel, aber fest.

„Nein, Christina. Unter den jetzigen Umständen können wir nicht zusammenleben. Du bist jung und gesund. Du hast ein Recht darauf, glücklich zu sein. Ich bin aber nichts – nur ein Wrack, das nicht mehr für dieses Leben taugt. Ich könnte unter diesen Umständen nicht neben dir leben. Früher war das alles nicht so wichtig für mich. Ich wollte mich damit abfinden! Aber im Grunde habe ich mich nur selbst belogen. Niemals kann ich mich mit diesem Zustand abfinden. Glaube mir, ich habe in dieser Woche Tag und Nacht darüber nachgedacht. Ich bin Professor Rodewitz für seine Aufrichtigkeit dankbar. Und auch für seine Bereitschaft. Sieg oder Niederlage! Ich nehme diese Bedingung an. Ich kehre entweder gesund heim oder – nie mehr."

Er machte eine Pause, fuhr dann aber fest und ernst fort:

„Es wird keine leichte Zeit werden. Das weiß ich. Du sollst dich nicht gebunden fühlen, Christina. Du bist frei für jede andere Entscheidung. Aber meine Gedanken werden immer bei dir sein ..."

„Und die meinen bei dir, Hubertus."

Sie schauten einander in die Augen. So stark war das Verlangen nach der Nähe des anderen, so heiß der Wunsch, eins zu sein in dieser Stunde.

Aus diesem tiefen Wunsch streckte Christina die Hand aus.

„Komm!" sagte sie leise.

Da fühlte sie sich emporgehoben. Stark und sicher trug er sie nach oben, legte sie behutsam auf sein Bett.

Sie hatte die Arme um seinen Hals geschlungen, als könnte sie diese Stunde festhalten für ein ganzes Leben. Und sie fühlte seine warmen Hände, die ihren Körper streichelten, zart und behutsam.

Und dann war nur noch sein Mund da, und das heiße Flüstern:

„Christina! O mein Gott, Christina! Ich möchte, daß du meine Frau wirst. Meine Frau, hörst du ...?"

Ihre Antwort ging in seinen Küssen unter.

★

Das war der Abschied von Hubertus.

Schon in der folgenden Woche verließ er den Waldhof, ohne sich noch einmal bei Christina zu melden.

Und Woche um Woche verging.

Auf dem Waldhof blieb es still.

Christina fühlte sich heimatloser und verlassener als jemals zuvor. Aber das Leben ging weiter. Und die Arbeit war hart. Meterhoch lag draußen der Schnee.

Die Bauern hatten sich daran gewöhnt, ihr den Schlitten zu schicken. Und so konnte sie auf einem Weg gleich mehrere Besuche machen.

Aber es wurde oft spät, bis sie heimkehrte. Dann war das Haus kalt und leer.

Und keine Nachricht von Hubertus.

Als Ende April der Schnee langsam wich, war es für alle eine Erlösung.

„Für diesmal ist der Winter um", frohlockte der Balserbauer. „Es wird Frühling. Wirst sehen."

Ja, er sollte recht behalten.

Zuerst waren die aufgeweichten Waldwege noch unangenehm für Fridolin. Aber dann schien die Sonne Tag für Tag. Überall brach der Frühling durch. Die Menschen atmeten auf.

Auch Christina.

★

An einem Wochenende Mitte Mai war Franz Balser wieder einmal von Zwiesel herübergekommen und stand schon am Vormittag vor Christinas Tür.

Prüfend glitt sein Blick über das schmale, blasse Gesicht.

„Grüß Gott, Christina! Keine Umstände bitte, ich bin nur auf ein' Augenblick hier. Aber heute nachmittag hole ich Sie zum Spaziergang ab. Punkt drei Uhr, gelt. Keine Widerrede, bitte. Ich laß mich net abweisen. Also – bis dahin!"

Er lüftete fröhlich seinen Hut, ohne Christinas Antwort abzuwarten.

Und pünktlich um drei Uhr stand er dann vor dem Haus.

Christina war fertig. Sie trug ihr Lodenkostüm und feste Schnürschuhe. Und heute hatte sie das dunkle Haar nicht wie sonst streng aufgesteckt, sondern nur ein breites Band hineingebunden.

Richtig jung sah sie aus.

Bewundernd blieb sein Blick an ihr hängen. Aber er sagte nichts. „Fertig, Madl? Na, dann kann's ja losgehen. Ich schlag vor, daß wir den Weg über den Ottfinger Kopf nehmen. Dort is es jetzt besonders schön." Er deutete auf sein Fernglas. „Ich hoffe, daß wir Wild sehen."

Christina nickte und schloß die Haustüre ab.

Es ging ein Stückchen über die Dorfstraße und dann nach links über den Steg steil in den Wald hinauf.

Der Weg war schmal, und Franz Balser ging voran, nicht zu schnell, aber mit dem gleichmäßigen Schritt des gewohnten Bergsteigers.

Es war wirklich ein herrlicher Tag, einer jener wunderbaren Frühlingstage, die alles in helles Licht tauchen, und von denen man wieder den Glauben an das Leben gewinnt.

Je höher sie stiegen, um so klarer wurde die Luft, und um so herrlicher der Blick in die tief unter ihnen liegenden Täler. Christina atmete tief.

Langsam wich die gedrückte Stimmung von ihr. Der Kopf wurde klar von schweren Gedanken.

„Wie herrlich die Welt hier heroben ist", sagte sie leise, und die Worte kamen ihr aus tiefstem Herzensgrund.

Er nickte bestätigend und lächelte.

„Ja, das ist sie. Schauen Sie dort! Sehen Sie das Nest dort oben? Ein Adlerhorst! Es gibt nur noch ganz wenige davon bei uns."

Ja, in schwindelnder Höhe und auf einem der höchsten Baumwipfel erkannte sie den Adlerhorst. Und dann – sie hielten den Atem an – aus dem Licht der Sonne schoß er heraus, ein Adler, stolz und königlich mit ruhigem, breitem Flügelschlag.

Sie wanderten weiter, und je höher sie kamen und je tiefer in den Wald, um so mehr Natur war um sie. Blumen und seltene Kräuter, Spuren von Wild.

Plötzlich, als die Sonne schon langsam sank, blieb Franz Balser stehen. Er hatte das Glas an die Augen gesetzt. Gegenüber am Berg tat sich eine Lichtung auf, ein Stück kahler Hang mit Baumstubben und dürrem Gras.

Mit bloßem Auge konnte sie dort das Wild erkennen, winzig klein und nicht so deutlich. Aber da reichte er ihr schon das Glas. „Schauen Sie nur", flüsterte er. „Ein Kapitaler!"

Sie hatte das Glas an die Augen gesetzt. Ein herrliches Geweih, ein stolzer großer Hirsch, ein kapitaler! Und dann kamen aus dem Bergwald ein zweites, ein drittes Tier. Kitze, klein und scheu und eng an die Mutter gedrängt.

Die Lichtung lag im warmen Licht der untergehenden Sonne, und es war ein Bild tiefen Friedens.

Nach einer Weile wanderten sie weiter.

Franzl berichtete:

„An einigen Plätzen gibt es in dieser Gegend noch Hirschrudel. Sie werden sorgsam gehütet und waidmännisch gepflegt. Nur die ganz schwachen Tiere dürfen geschossen werden. Vermutlich kommen sie weiter aus Böhmen und Ungarn. Gott erhalte uns noch lange den Frieden unserer Wälder und damit auch den Lebensraum für das Wild!"

„Aus Ihnen spricht der Jäger!" lächelte Christina über seine Begeisterung. Aber er schüttelte den Kopf.

„Nein, der Heger. Ich eigne mich ganz bestimmt nicht zum Jäger, sofern man darunter nur Schießen versteht. Ich kann mich an dem Anblick ergötzen, ohne einen Schuß zu tun. So, nun müssen wir aber heim, sonst überrascht uns die Dunkelheit!"

Es ging nun über einen ebenso schmalen Pfad bergab. Und nach einer Weile erreichten sie den Hauptweg, über dem die riesigen Tannen einen herrlichen Dom bildeten.

Christina atmete tief.

„Die Luft ist voll Frühlingsahnen", sagte sie. „Riechen Sie nur! Schon als Kind habe ich diesen schweren Geruch, der aus dem Boden kommt, geliebt."

Er schaute sie rasch von der Seite an.

„Sie sind nicht von hier, Christina, aber gewiß hat es in Ihrer Heimat auch Wälder gegeben?"

„Ja", nickte sie. „Ich bin im Riesengebirge geboren. Vielleicht ist mir das Land hier deshalb so vertraut." Sie lächelte. „Wenn man so heimatlos ist wie ich, denkt man oft zurück. Mein Vater unternahm mit uns Kindern immer große Wanderungen. Und er wurde nicht müde, uns immer wieder etwas von Gottes schöner Natur zu erzählen. Er kannte jeden

Käfer, jedes Grün. Und ich bin sicher, unbewußt ist auch diesmal schon etwas davon haften geblieben. Man steht der Schöpfung ganz anders gegenüber, wenn man immer wieder darauf hingewiesen wird."

Er nickte bestätigend.

„Da treffen Sie genau das richtige Wort. Im Wald und in der Natur spürt man die Schöpfung. Und viele Dinge unseres Lebens, die wir für wichtig hielten, verlieren dann an Bedeutung. Andere aber vertiefen sich. Die Natur bringt Klarheit in unsere Gedanken und Gefühle. Und dann wird das Bedürfnis stark, sich einem Menschen mitzuteilen. Ich meine, einem Menschen, den man liebt."

Er schaute sie an.

„Christina, seit ich Sie kenne, ist der Wunsch, alle Gedanken und Erlebnisse mit Ihnen zu teilen, übermächtig in mir. Ich habe schon lange auf eine Gelegenheit gewartet, Ihnen dies zu sagen. Ich weiß net, ob Sie meine Gefühle erwidern können. Wir kennen uns noch net lang, und doch is mir, als würden wir uns ewig kennen. Glauben Sie, daß Sie sich bei uns wohl fühlen könnten? Ich meine, für immer? Geben Sie mir ein Wort der Hoffnung?"

Sie spürte eine jähe, ungewohnte Erregung.

Und sie war zutiefst erschrocken.

So stand es also um ihn. Und sie hatte immer einen Freund in ihm gesehen, einen Menschen, mit dem sie ein starkes Vertrauen und viele Dinge verbanden. Aber lieben? Lieben konnte sie ihn nicht. Und sie wußte, daß sie ihm weh tun mußte.

Sie fühlte, daß er auf eine Antwort wartete.

„Franzl, lieber, lieber Franzl, warum mußt mich so was fragen." Ihre Hand suchte die seine. „Ich hab dich gern, wie man einen Freund gern hat, von ganzem Herzen und ganzer Seele. Und ich möcht dich behalten. Als Freund, weißt ..."

Seine Augen waren jetzt ganz ernst.

„Sie wollen mir einen Trost geben, Christel, aber – aber keine Hoffnung?"

Ihre dunklen Augen waren klar und offen.

„Nein, Franzl, ich kann dich net belügen. Dazu bist du mir zu schad'. Es gibt niemand, dem ich mehr vertraute als dir. Aber da ist der Hubertus, weißt. Ich hab ihn gern."

Sie sah, daß er mit sich kämpfte. Eine ganze Weile sagte er nichts.

„Ich hab's schon geahnt. Du hast mir ja auch wenig Hoffnung g'macht."

Auch jetzt blieb er der zuverlässige, wunderbare Kamerad. Sie waren einander menschlich so nah.

„Wie geht es Hubertus? Hast Nachricht von ihm?"

Christina senkte den Kopf.

„Nein, er wollte es nicht anders. Er wollte keine Verbindung zwischen uns, bis er Gewißheit über sein Leben hat. Ich muß diese Entscheidung respektieren und darf es ihm nicht noch schwerer machen. Ich glaube, er macht es sich selbst nicht leicht", setzte sie leiser hinzu. „Aber Professor Rodewitz hat versprochen, ihn zu gegebener Zeit zu operieren. Solange müssen wir warten und – hoffen."

Er drückte ihre Hand.

„Ich wünsch dir Mut, Mädel. Und für den Hubertus wünsch ich auch, daß die Operation gelingt. Mach dir keine Gedanken um mich. Wann du ein' Freund brauchst – er geht an deiner Seite."

Christina schaute auf.

Sein Gesicht war ruhig und herb und auch verschlossen wie immer. Aber sie spürte die Aufrichtigkeit seiner Worte. Es war Verlaß auf ihn. Nie hatte sie das so stark und dankbar empfunden wie in diesem Augenblick.

Sie reckte sich und küßte ihn auf die Wange.

„Danke, Franzl."

Unter ihnen tauchte der Balserhof auf, und am Himmel erschienen die ersten Sterne.

Was morgen kam – wer konnte es wissen?

★

„Also, dös müssen's mir näher erklären, Herr Landrat. Dös versteh einer, wer will, aber net ich. Da haben wir uns ein Jahr lang bemüht wie ein Teufel, damit wir ein' Doktor ins Tal bekommen. Nix und niemand hat uns dabei unterstützt. Es will keiner hierher in diese gottverlassene Gegend, hat's allemal geheißen. Macht's, was ihr wollt, es gibt keinen Nachfolger für den verstorbenen Dr. Staudinger. Endlich haben wir dann jemand gefunden, der sich um unsere Alten und Kranken kümmert! Auch wenn's kein Doktor is, Herr Landrat, auf Schwester Christel laß ich nix kommen net. Redlich geplagt hat sich das Mädel. Und tüchtig ist sie auch! Und nun soll ich ihr sagen, daß sie net mehr gebraucht wird? Der Landkreis hat beschlossen, die Station zu schließen. Basta! Und was die Alten und Kranken sagen, danach fragt keiner!"

So laut und poltrig hat der Balserbauer selten in seinem Leben gesprochen. Und nun war er vor seinem Besucher stehengeblieben und schaute ihn mit finsterer Miene an.

„Sie sollen ja nicht ohne medizinische Versorgung bleiben, Herr Balser. Wir haben im Nachbardorf eine

Zentrale eingerichtet, mit zwei Ärzten, Hebamme und der Gemeindeschwester. Die werden den Bezirk hier mitübernehmen."

Landrat Kärner, ein noch jüngerer Mann, hob beschwichtigend die Hand. „Sie müssen doch einsehen, daß eine Krankenschwester ja nur eine vorübergehende Maßnahme sein konnte und keine echte ärztliche Hilfe."

„Gar nix seh ich ein!" Aufbrausend schüttelte der Balser den Kopf. „Gar nix! Die Christina hat getan, was sie konnte!"

„Aber das Gesetz sieht nun mal eine Krankenstation auf so eigenwillige Art wie die Ihre nicht vor. Und an das Gesetz müssen wir uns eben mal halten. Und da wir jetzt eine andere Lösung gefunden haben, müssen wir auf der Schließung Ihrer Station ab sofort bestehen."

Der Balser fühlte, wie ihm die Hitze ins Gesicht schlug. Er hatte eine heftige Antwort auf der Zunge, und es kostete ihn seine ganze Beherrschung, diesem jungen Beamten nicht seine Meinung zu sagen.

Aber was wußte dieser Verwaltungsmensch, dieser „Herr Landrat" denn schon von den wirklichen Problemen und den menschlichen Schicksalen, die es in der Gemeinde gab! Was wußte er denn überhaupt, wie notwendig hier ein Mensch zum Helfen war!

Eine medizinische Station im Nachbardorf? Schön und gut. Dafür bestand sicher auch eine Notwendigkeit. Aber die Station hier einfach zu schließen, von heute auf morgen einfach zu sagen – rums, bums – Ende – Feierabend? Und was wurde dann aus Christina?

Landrat Kärner hatte sich erhoben.

„Sie sind Bürgermeister hier im Tal, Balserbauer, und Sie werden sicher die richtige Regelung finden, wie man es den Leuten sagt. Es wird selbstverständlich auch eine Transportmöglichkeit eingerichtet werden, sobald wir mit der Straße weiterkommen. Das hängt von dem Herrn von Ottfingen ab. Auf jeden Fall erwarte ich Ihre Mitteilung, daß die Station geschlossen ist."

Er war einer von der ganz verwaltenden Sorte, der Landrat Kärner. Darum hatte er, Balser, ihm auch keinen Korn angeboten, wie es Sitte war. Und deshalb ließ er ihn auch jetzt ohne Einladung zum Mittagstisch gehen, obwohl das auf dem Balserhof nicht üblich war.

Er brachte den Besucher noch bis an die Türe und schaute ihm zu, wie er den großen Dienstwagen bestieg.

Dann kehrte der Balser in die Amtsstube zurück.

Das hatte er nun davon, daß er Bürgermeister hier im Tal war! Immer hatte er sich um die Anliegen der Hofleute gekümmert, auch damals nach dem Tode vom alten Staudinger, als das Doktorhaus leerstand und sich niemand für die Kranken fand.

Wenn wenigstens der Ottfinger Herr dagewesen wäre.

So blieb ihm gar nichts anderes übrig, als die Anordnung des Landratsamts durchzuführen. Aber unter Druck setzen lassen wollte er sich nicht. Alles mußte seine Zeit haben.

Nur – was würde aus Christina werden?

Auf jeden Fall mußte er mit Franzl sprechen. Vielleicht wußte der einen Ausweg.

★

Es war am Nachmittag des folgenden Tages, als Christina sich auf der Heimfahrt befand.

Ihr letzter Besuch hatte dem Lindner gegolten. Nach dem Schlaganfall war die rechte Seite gelähmt geblieben. Aber seit sie die Krankengymnastik mit ihm machte, ging es schon viel besser. Er konnte jetzt bereits wieder ein paar Schritte laufen und die Finger bewegen. Und sicher würde es noch besser werden.

Der Motor summte gleichmäßig. Auf Fridolin war eben immer noch Verlaß, obgleich er auch nicht mehr der Jüngste war.

In Gedanken ging Christina noch einmal das Gespräch bei den Lindners durch. Die Lindnerin hatte sie gefragt, ob sie denn nun auch noch weiter zu ihnen käme, wo doch nun alle zur medizinischen Versorgung ins Nachbardorf gehörten.

Seltsam, davon hatte sie noch gar nichts gehört.

Natürlich konnte es ihr nur recht sein, wenn jetzt ein Arzt in der Nähe war. Es gab so viele brenzlige Situationen. Und sie war ja nur eine Krankenschwester.

Aber die Frage der Lindnerin hatte so seltsam geklungen. Ob der Balserbauer mehr darüber wußte?

Christina warf einen Blick auf ihre Armbanduhr.

Gleich sechs! Bis zum Abendessen war noch ein bißchen Zeit. Am besten, wenn sie gleich mal auf dem Balserhof reinschaute.

Rechts unter ihr tauchte der weiße Zwiebelturm von St. Anna auf. Christina drosselte den Motor ein wenig und bog von der Hauptstraße ab.

Augenblicke später hielt Fridolin vor dem Balserhof.

Christina kannte sich hier gut aus. Aus dem Stall

klangen Stimmen und das helle Geläut der Kuhglokken. Obgleich der Almauftrieb längst vorbei war, stand das Jungvieh noch im Stall.

„Grüß Gott, Balserbäuerin, grüß Gott, Josl."

„Grüß Gott, Schwester Christel."

Sie schaute eine Weile beim Füttern zu. Der Bäuerin und dem Josl ging die Arbeit leicht von der Hand.

„Schön, daß wieder einmal reinschaust, Madel", nickte die Bäuerin.

„Bleibst zum Essen da? I bin gleich fertig. Geh schon rein. Der Vadder sitzt in der Stub'."

Christina nickte. Und Augenblicke später schaute sie zur Stube herein.

Dort saß der Balserbauer an dem großen Tisch. Er hatte das Klopfen überhört und schien ganz vertieft in einen Brief.

„Grüß Gott, Balserbauer. Stör ich grad?"

Christinas fröhlicher Gruß überraschte ihn so, daß er zusammenzuckte.

„Ah, du bist's Madel!"

Christina lächelte.

„Hab ich Sie erschreckt, Balserbauer? Das wollt ich net. Wenn ich stör, komm ich ein anderes Mal wieder."

„Nein, nein, du störst gar net, Madel. Ist mir schon recht, daß du da bist." Der Balser erhob sich hastig und kam ihr entgegen. „Ich hätt sonst ohnehin nach dir geschickt, weil ich mit dir sprechen muß. Eine unangenehme G'schicht ist das."

Sie hatte ihn selten so brummig und bekümmert gesehen. Ja, richtig bekümmert sah er aus.

Christina wurde aufmerksam.

„Komm, setz dich, Madel." Er wies auf den hohen

Lehnstuhl neben dem Tisch und ließ sich dann wieder in seinen Armsessel fallen.

„Was ist denn bloß los, Balserbauer?"

„Was los ist, Madel? Eine ganz dumme G'schicht ist das, die mir mächtig im Magen liegt. Aber das ganze Herumreden nützt nun auch nichts. Einmal mußt du es ja erfahren."

Er hatte sich richtig heiß geredet. Und nun kam das alles aus ihm heraus, der Besuch von diesem jungen Schnüffel von Landrat, das Gespräch und die Anordnung gegen die Krankenstation.

„So leicht machen es sich die feinen Herren da oben!" Es war ein richtiges Grollen. „Und wir einfachen Leut vom Lande haben es auszutragen. Aber wir werden das nicht hinnehmen. Ich bin grad dabei, eine Eingab zu machen. Und wenn ich an den Minister schreiben muß."

Christina saß da wie gelähmt.

Also war doch was dran an dem Gerede von der Lindnerin. Im Nachbardorf war eine medizinische Station errichtet worden. Das bedeutete – ja was eigentlich? Daß man sie nicht mehr haben wollte. Einfach so.

„Nimm's net so schwer, Madel. Es wird eine Lösung geben. Jetzt essen wir erst mal z'sammen. Der Franzl hat sicher auch noch was dazu zu sagen."

Christina schüttelte den Kopf. Sie war wie vor den Kopf geschlagen. Und sie mochte jetzt auch keine tröstlichen Worte hören. Sie mußte erst mal mit der Nachricht fertig werden.

„Vielen Dank, Balserbauer. Aber ich kann jetzt nix essen. Vielleicht ein anderes Mal ..."

★

Draußen stand die Sonne schon tief hinter den Bergen. Erst als sie das alte Doktorhaus betrat, begriff sie wirklich, was es bedeutete: Sie mußte hier fort! Alles zurücklassen! Es war ihr, als wenn sie ein zweites Mal die Heimat verlör. Dabei war es noch nicht viel länger als ein Jahr, daß sie hier angekommen war.

Aber inzwischen war sie ein Teil dieses Tales geworden. Sie kannte jedes Haus. Sie hatte Freud und Leid in den Familien miterlebt. Sie gehörte zu ihnen. Man hatte sie angenommen. Und – Hubertus! Sie hatte ihn hier kennengelernt.

Natürlich wußte er nichts von der Anordnung. Und er durfte auch nichts davon erfahren. Für ihn war nur wichtig, daß er die Behandlung durchhielt, die Behandlung, auf die er so große Hoffnungen setzte. Alles hing davon ab. Sieg – oder Niederlage! hatte er gesagt. Leben oder Tod.

Sie erinnerte sich an jedes seiner Worte, so wie sie sich überhaupt an jede Sekunde mit ihm erinnerte.

Seither war schon ein halbes Jahr vergangen. Ohne eine Nachricht von Hubertus. Ob er überhaupt noch an sie dachte?

Christina war am Fenster stehengeblieben. Im Schein der Abendsonne lag das Tal vor ihr. Und am andern Berg, hinter den hohen Tannen verborgen, der Waldhof.

Aber sie sah das alles wie unter einem Schleier. Ihre Augen schwammen in Tränen.

Ein unbeschreibliches Gefühl von Verzweiflung war in ihr. Nie vorher hatte sie sich so verlassen gefühlt.

Und sie hatte doch niemanden, zu dem sie sprechen konnte, niemanden, der zu ihr gehörte.

Christina fühlte es naß über ihre Wangen laufen. Es war das erste Mal seit langer Zeit: Sie weinte.

★

Schon eine Woche später war alles entschieden.

Max Fröbius hatte sich sofort bereit erklärt, sie im Krankenhaus unterzubringen. Er brauchte eine tüchtige Kraft. Bei Manfred, der in einer Wohnung mit mehreren Kommilitonen wohnte, wurde ein Zimmer frei. Sie hatte ihre Entscheidungen nur sofort treffen müssen, und im Grunde war ihr das ganz recht so.

Es gab ja keinen anderen Ausweg.

Christina stürzte sich in die Arbeit. Sie besuchte noch einmal ihre Kranken und Alten, die sie das ganze Jahr versorgt hatte. Wie ein Lauffeuer verbreitete sich im Tal die Nachricht von der Schließung der Krankenstation. Und wohin sie auch kam, wurde sie mit großer Herzlichkeit empfangen. Überall mußte sie zum Essen bleiben.

So war es schon Donnerstag, als sie zu packen begann.

Es war gut so. So kam sie nicht zum Nachdenken. Die Arbeit, das hatte sie schon früher erfahren, war die beste Medizin gegen schwere Gedanken.

Und dann war auch das geschafft. Alles, was ihr im Laufe der Zeit lieb und teuer geworden war, lag in zwei großen Kartons verstaut, dazu Koffer und Reisetasche. Mehr konnte Fridolin nicht fassen. Dies war ihr letzter Abend.

Sie hatte versprochen, ihn bei den Balsers zu verbringen. Die Bäuerin hatte sie zum Nachtmahl eingeladen, und sie hatte sich so große Mühe gemacht.

Es gab frisch gebratenen Leberkäs, selbstgebakkenes Brot aus dem Steinofen und frische Butter. Es war wie ein Feiertag, und Christina mußte denken, wie oft sie im vergangenen Jahr hier gesessen hatte.

Aber heute wollte keine rechte Stimmung aufkommen. Der Balser war schweigsam und stocherte unlustig in seinem Teller herum. Und auch Christina und Josl nahmen nur wenig.

Immer wieder ermunterte die Bäuerin:

„So eßt doch noch! Es is doch genug da! Es is doch kein Abschied für immer, so Gott will!"

Nein, ein Abschied für immer sollte es nicht sein. Aber so wie es jetzt gewesen war, würde es wohl auch nie mehr werden.

So wurde es nicht spät an diesem Abend.

Christina lag noch lange wach in ihrem Bett.

Ihre Gedanken waren bei Hubertus.

Sollte sie ihm eine Nachricht hinterlassen?

Aber was sollte sie ihm schreiben? Im Grunde wußten sie ja nur so wenig voneinander. Ob er überhaupt noch an sie dachte? Die ganze Zeit hatte er sie ohne eine Nachricht gelassen.

Wenn er wiederkam – würde er sie dann überhaupt noch wollen?

Alles war so bedrückend.

Aber schließlich forderte ihr junger Körper doch sein Recht, und sie schlief fest ein.

★

Am nächsten Morgen stand die Sonne schon hoch über den Bergen, als Christina das Haus verließ.

Fridolin stand startbereit

Sie schloß das Haus sorgfältig hinter sich ab und

legte den Schlüssel unter die Matte vor der Haustüre. Dort würde ihn der Balser finden.

Im Dorf war es still. Nichts und niemand rührte sich.

Noch ein langer Blick zurück.

„Behüt dich Gott, mein schönes Tal! Behüt dich Gott, Hubertus!" sagte sie leise.

Dann hätte Fridolin den Hauptweg erreicht, der durch die Berge führte.

Und dort – am Dorfausgang – wo sich die Straßen teilten – Christina traute ihren Augen nicht. Dort standen sie: Die Moosbachbäuerin, die alte Loisl, die Lindnerin, die ihren Mann im Rollstuhl fuhr, der Hinterhofer und die Bernauers, der Balserbauer und der Josl. Das ganze Dorf war auf den Beinen, und die Kinder winkten mit Händen voller Blumen.

Christina mußte noch einmal anhalten, sie mußte noch einmal die vielen Hände schütteln.

„Auf Wiedersehn! B'hüt dich Gott!"

„Auf Wiedersehn!"

Das war der Abschied von Ottfingen.

★

Es war an einem Spätnachmittag im August dieses gleichen Jahres, als Professor Rodewitz wieder einmal seine Runde machte. Der Tag war wie immer ausgefüllt gewesen, und auch während der Visite jetzt nahm er sich viel Zeit. Bei den Hirnverletzten ging es ja immer um Schwerkranke. Die durfte man mit ihren Fragen und Problemen nicht allein lassen.

Aber jetzt hatte er eigentlich nur noch das letzte Zimmer auf der Privatstation vor sich.

Er wandte sich an die beiden Assistenten, die ihn begleiteten.

„Vielen Dank, meine Herren! Für heute brauche ich Sie nicht mehr. Den letzten Teil möchte ich gerne allein übernehmen. Sie haben doch sicher noch was vor?"

Seine wasserhellen Augen musterten die beiden langen Kerls, die ihn um Kopfeslänge überragten, fröhlich und listig.

„Ja selbstverständlich, Herr Professor!"

Die beiden tauschten einen Blick. Aber da wandte sich der Alte schon und marschierte die paar Meter über den langen Flur allein ins letzte Zimmer.

Alle wußten es: Das war des Professors Heiligtum. Dort lag sein ganz spezieller Fall!

Er klopfte kurz. Von drinnen klang ein aufforderndes Herein. Hubertus saß an dem großen Tisch, der vor dem Balkonfenster stand. Um ihn herum stapelten sich Bücher, Landkarten, Zeichnungen, Zirkel und Tabellen, in denen er vertieft gewesen war. Aber jetzt sprang er auf.

Ein Lächeln huschte über das sonst so ernste Gesicht.

„Herr Professor! Ist es denn schon so spät?"

Rodewitz lächelte.

„Ja, mein Lieber!" Seine hellen Augen nickten, während er das Gesicht des Jüngeren scharf, aber unauffällig musterte.

Nun schaute er aufmerksam über den Schreibtisch.

„Sie haben wieder gearbeitet, nicht wahr? Deshalb ist Ihnen die Zeit so rasch vergangen. Aber Sie sollen meine Gutmütigkeit nicht ausnutzen. Drei Stunden am Tag waren erlaubt! Demnächst müssen Sie sich

Ihren Zeitplan wieder selbst erstellen, ohne meine Verbote."

Hubertus schaute den alten Mann an.

„Das heißt – mit anderen Worten – ich werde entlassen? Ist es so, Herr Professor?"

Rodewitz nickte.

„Das wollte ich damit sagen! Sie waren ein geduldiger Patient, Herr von Ottfingen. Sie haben sich allen Anordnungen gefügt und unterzogen. Heute habe ich mir das Ergebnis der letzten Operation noch mal angeschaut. Es gibt keinen Anlaß mehr zu irgendwelchen Befürchtungen. Guten Gewissens kann ich Sie als völlig gesund bezeichnen und es Ihnen überlassen, den Termin Ihrer Entlassung zu bestimmen."

Hubertus schloß eine Sekunde die Augen.

Auf diesen Bescheid hatte er acht lange Monate gewartet.

Sieg – oder Niederlage.

Es war ein Sieg daraus geworden.

Das Leben hatte ihn wieder.

Er war gesund.

Er konnte es noch nicht fassen, dieses Glück, genesen zu sein. Als er aufschaute, fühlte er Rodewitz' wohlwollenden Blick auf sich.

„Danke", sagte er leise. „Vielen, vielen Dank. Das alles verdanke ich Ihnen, Herr Professor. Wenn Sie mich nicht immer wieder ermutigt hätten, wenn ich nicht so sehr an Sie geglaubt hätte – zwei schwere Eingriffe –, ich glaube, ich hätte es nicht überstanden."

Rodewitz schaute an ihm vorbei und auf den Tisch, wo die Zeichnungen lagen.

„Das stimmt nicht ganz, mein Lieber. In Ihnen

schlummerten ungeahnte Kräfte, die nicht ich geweckt habe. Ich hatte nur das Glück, daß Sie mein Patient wurden. Übrigens – wie weit sind Sie mit den Plänen gekommen? Gut sieht das aus! Ein Entwurf für ein Hotel?"

Das war ein Ablenkungsmanöver. Er wollte keinen Dank, dieser kleine, alte Mann mit dem großen Chirurgenherzen.

Hubertus lächelte.

„Kein Hotel, Herr Professor! Eine Rehabilitationsstätte soll es werden. Früher habe ich auch gedacht, das Ottfinger Tal nur durch den Tourismus erschließen zu können. Aber durch Sie sehe ich die Dinge heute anders. Eine Genesungsstätte für Hirnverletzte soll es werden. Das wird den Leuten im Tal auch Brot und Arbeit geben. Es wird Besucher nach sich ziehen. Sehen Sie hier, von hier möchte ich die Straße, die wir als Verbindung zur Autobahn brauchen, durch den Wald führen. Dort verlieren wir am wenigsten Baumbestand. Und im Schutze des Ottfinger Kopfes werden wir ein Krankendorf bauen. Ein Zentralbau, mehrgeschossig, und viele kleine Häuser drumherum."

Sie standen über den Plänen und Karten, die in langen, einsamen Monaten entstanden waren. Und sie redeten und redeten. Es war ein großer Plan, zu dem auch Rodewitz viel zu sagen hatte und den er mit innerer Freude verfolgte.

So war es schon Abend, als Rodewitz endlich gegangen war. Und erst jetzt begriff Hubertus ganz, was dieser Tag für ihn bedeutete.

Er durfte heimkehren. Er hatte zwei schwere Operationen überstanden. Und er war genesen. Das Leben war ihm wiedergeschenkt. Er durfte heimkehren und sein Leben gestalten wie ein Mann. Mit Arbeit und Verantwortung. Das Ottfinger Tal war seine große Aufgabe. Niemand sollte dort mehr Not und Armut leiden. Und er durfte heimkehren zu Christina.

Er sah sie in Gedanken vor sich, wie er sie in diesen Monaten tausendmal gesehen. Und plötzlich war eine brennende Erwartung in ihm.

Er begann sich auszumalen, wie er sie überraschen würde. Mein Gott, wie mußte sie gewartet haben all die Zeit. Aber nun durfte er sagen: Hier bin ich. Willst du mich noch?

Und dann würde sie die Arme um seinen Hals legen und er durfte die Wärme ihres Körpers spüren. O mein Gott!

Er stöhnte leise.

So stark war die Sehnsucht in ihm, daß es ihm fast das Herz zersprengte.

★

Schon am übernächsten Tag war es dann soweit.

Die Abschlußuntersuchung war erfolgt, die Formalitäten erledigt. Hubertus befand sich auf der Heimfahrt.

Es war ein schöner Tag, in den er hineinfuhr.

Professor Rodewitz hatte ihn vor Überanstrengungen gewarnt. Aber der Verkehr war mäßig. Die Fahrt ging zügig voran.

Am Mittag ließ er Straubing hinter sich. Er folgte noch ein Stückchen der Bundesstraße. Dann ging es weiter ins Gebirge hinein. Die Landschaft veränderte ihr Gesicht.

Die Wälder taten sich vor ihm auf. Berge und Täler in ihrer ganzen Schönheit.

Es war ihm, als würde er das alles heute mit anderen Augen sehen. Das Leben hatte ihn wieder, dieses Leben, das er so liebte. Und dieses Land!

Es war Sommer. Er hatte den Wechsel der Jahreszeiten in Regensburg gar nicht bewußt empfunden. Aber jetzt, Ende August, wurden die Tage schon kürzer. Es gab noch viel zu tun, bevor der Winter kam.

Und vor dem Winter brauchte er sich nun auch nicht mehr zu fürchten. Denn es gab ja – Christina.

In Regen machte er eine kurze Pause. Von hier aus ging es nun auf schmalen Pfaden in das Gebirge hinein.

Und seine Ungeduld wuchs!

Er würde nicht zuerst nach Hause fahren. Er wollte zuerst Christina sehen und ihr die Nachricht bringen.

Und dann endlich am späten Nachmittag das kleine Kreuz mit dem Hinweis: Nach Ottfingen!

Wenig später bremste er vor dem alten Doktorhaus.

„Huphuup hup!"

Erwartungsvoll schaute er auf die Eingangstüre.

Ob sie da war und ihn hörte?

Es rührte sich nichts. Dann war sie also nicht zu Hause. Er mußte eine leise Enttäuschung unterdrükken. Sie konnte ja nicht wissen, daß er heute kam. Sonst würde sie bestimmt dasein! Aber irgendwie war die Stille um das Haus so seltsam. Und dann fiel ihm auf, daß die Blendläden geschlossen waren. Jetzt, am hellichten Tag, geschlossene Blendläden! Und die großen Blumentöpfe fehlten, die sie immer mit besonderer Aufmerksamkeit pflegte! Irgendwie sah alles so leer und unbewohnt aus. In ihm war plötzlich eine unheimliche Spannung. Irgend etwas stimmte nicht. Irgend etwas, wovon er nichts wußte. Warum waren die Blendläden geschlossen? Wo war Christina? Es gab nur einen, der es wissen konnte: der Balser.

★

Augenblicke später saß Hubertus drüben auf dem Balserhof in der großen Wohnstub. Die Bäuerin hatte einen Korn aufgetragen. Die Freude stand ihnen allen im Gesicht geschrieben.

Und er mußte erzählen, von der Klinik in Regensburg, von Professor Rodewitz, von den beiden großen Operationen und dem endgültigen Bescheid über seine Genesung.

Und dabei brannte ihm doch die Frage nach Christina auf der Zunge. Und schließlich konnte er seine Erregung auch nicht mehr unterdrücken.

„Balserbauer, ich dank dir für den guten Empfang daheim, aber eins mußt mir sagen: Wo ist Christina Caspari? Was ist geschehen? Ihr wißt es doch! Ich war drüben, aber irgend etwas stimmt da nicht."

Der Balserbauer senkte den Kopf.

Diese Frage hatte er befürchtet.

„Ja, Herr Baron, das is eine schlimme Sache. Aber einmal müssen Sie's ja doch erfahren."

Langsam und schwerfällig begann er zu erzählen, von dem Besuch des Landrats und dem amtlichen Beschluß. Von seinem Angebot an Christina und ihrer Entscheidung.

„Selbstverständlich hätt ich das Madel net auf die Straße gesetzt, Herr Baron. Wir haben's ihr angeboten, daß sie hier bleiben kann, hier bei uns, wo's sonst doch keine Familie hat. Aber das hat's net gewollt. Sie ist nach Passau zurück. Ich glaub, es gibt da jemand, der sich für sie verwendet hat. Ein Dr. Fröbius. Sie hat wieder Arbeit, und es geht ihr gut. So schreibt sie jedenfalls."

Hubertus saß da wie erstarrt. Es war ihm, als hätte ihm jemand einen Schlag versetzt.

Alle Freude, alle innige Erwartung war ausgelöscht. Was blieb, war nur noch eine grenzenlose Enttäuschung.

Christina war fort! Und er hatte Tag und Nacht an sie gedacht. Für sie hätte er alle Leiden der Welt auf sich genommen.

Mit ihr wollte er ein neues Leben anfangen.

Und nun war sie einfach fort. Zu Max Fröbius zurückgekehrt! dachte er bitter.

„Tja, so ist das", sagte der Balser. „Sie hat halt immer gewartet ...", er brach ab, und es entstand eine Stille zwischen ihnen.

Hubertus schaute den Balser an. Seine letzten Worte hatten wie ein Vorwurf geklungen.

Und es stimmte ja. Wie mußte sie gewartet haben, die ganze Zeit! Sie hatte ja nichts von den operativen Eingriffen gewußt, von dem langsamen Prozeß der Heilung, von allen seinen Hoffnungen. Sie hatte nur gewartet.

Und wohin hätte sie denn nun gehen sollen? Bei dem Balser bleiben? Als was? Es blieb ihr doch nur eine Möglichkeit. Zurückzukehren. Außer ihrem Bruder hatte sie ja niemanden.

Es war seine Schuld.

Aber so ohne weiteres wollte er sie nicht hergeben! Auch nicht an Max. Jetzt nicht mehr. Er war ein gesunder Mann, er konnte kämpfen. Und wenn nichts mehr zu hoffen für ihn war – wenn alles zwischen ihnen nur ein Irrtum gewesen war, dann mußte sie ihm das schon selbst sagen.

Sie hatte so lange gewartet. Es war seine Schuld, daß sie fort war.

Er erhob sich.

„Morgen fahr ich nach Passau, Balser. Ich dank euch für alles, was ihr getan habt. Und nun wünsche ich eine gute Nacht."

„Gute Nacht, Herr Baron."

Der Balser schaute ihm nach, wie er fest und sicher davonging.

★

Es war noch sehr früh, als Christina an diesem Morgen erwachte. Draußen war es noch still.

Es war schon hell, aber für die Sonne war es noch zu früh. Jeden Moment konnte das Zwitschern der Vögel einsetzen, wie jeden Morgen um die gleiche Zeit.

Sie konnte nicht mehr schlafen. Ihr Frühdienst begann regulär um halb sieben, und sie hatte noch viel Zeit.

Ihre Augen hatten sich nun an das Dämmerlicht gewöhnt. Jeden Morgen erwachte sie mit dem Gefühl, in Ottfingen zu sein. Und jeden Morgen mußte sie sich zuerst besinnen, daß das vorbei war. Seit zwei Monaten wohnte sie ja bei Manfred und mußte froh sein, daß dieses kleine Zimmer frei geworden war.

Es war gleichgültig, wo sie wohnte. Sie hatte keine Heimat und war den ganzen Tag nicht zu Hause. Ein Glück nur, daß sie sofort eine Anstellung in der Klinik bekommen hatte. Dafür hatte Max gesorgt. Und dafür mußte sie ihm dankbar sein.

Ihre Gedanken wanderten zurück nach Ottfingen. Ob die Leute dort sich nun schon an die Neue gewöhnt hatten? Ob das alte Doktorhaus noch leer stand? Ob es irgendeine Nachricht gab von Hubertus?

Acht Monate waren es nun schon, seit er fort war. Mein Gott, es mußte doch irgendeine Nachricht kommen.

Christina schloß die Augen.

Hundertmal war sie drauf und dran gewesen, nach Regensburg zu fahren und sich nach ihm zu erkundigen. Hundertmal hatte sie diesen Wunsch überwunden, weil es sein Wille war. Aber der Gedanke an ihn wurde immer drängender. Wenn es ihm schlechtging wenn die Operation keinen Erfolg gehabt hatte – wenn – wenn – wenn. Brauchte er dann nicht erst recht jemanden, der nach ihm schaute? Sie konnte doch nicht einfach so weiterleben, wenn er sie vielleicht brauchte!

Ich fahr hin! dachte Christina. Ich kann nicht mehr einfach warten. Ich muß wissen, wie es ihm geht! So kann ich nicht weiterleben. Morgen ist Sonntag! Ich werde hinfahren. Es ist mein freies Wochenende.

Dies war ein Entschluß, und als sie dies dachte, fühlte sie sich etwas freier.

Sie stand auf und huschte ins Badezimmer hinüber. Die Studenten, die sich die Wohnung teilten, schliefen wohl noch. Sie war morgens immer die erste.

Im Spiegel schaute ihr ein blasses, ernstes Gesicht entgegen. Sie wusch sich, und begann sich zurechtzumachen. Ein wenig Rouge, ein wenig Lidschatten.

Niemand brauchte zu wissen, wie elend sie sich in Wirklichkeit fühlte. Und als sie fertig war, sah sie ganz manierlich aus.

Um sechs Uhr verließ sie das Haus. Es war ein Stück zu fahren bis zur Klinik. Und als sie pünktlich um halb sieben ihre Station betrat, ging es dort schon lebhaft und geschäftig zu.

★

Es war zehn Uhr vorbei, als Christina ihre erste Verschnaufpause bekam.

Sie hatte sich im Schwesternzimmer Tee aufgebrüht und warf einen Blick in die Krankenblätter, die für die Visite bereitlagen.

„Hallo, da bist du ja!"

Es war Max Fröbius, der mit strahlendem Lächeln eintrat.

„Ich dachte schon, du wärst gar nicht da. Du hast doch freies Wochenende heute?"

Sein Blick huschte wohlgefällig über ihre schlanke Gestalt, leuchtete sekundenlang auf.

„Guten Morgen, Herr Doktor. Ja, ich hab freies Wochenende, aber erst ab heute mittag!"

Er verzog das Gesicht.

„Ach laß doch den Quatsch mit dem Doktor! Wir kennen uns doch schon lange genug!"

„Aber es wird nicht gern gesehen, Intimitäten zwischen Ärzten und dem Pflegepersonal. Du weißt schon. Es heißt dann immer gleich: Die haben was miteinander."

„Na und? Laß sie doch reden! Und außerdem – du solltest dich wirklich bald entscheiden, Christina. Ich will mir heute mittag noch mal die Praxis anschauen, die zur Übernahme ansteht. Deswegen bin ich hier. Du sollst dir die Praxis selbst ansehen, damit ich dich endlich überzeugen kann, daß du mit mir kommst. Wir beide zusammen schaffen es, Christina! Es ist eine der besten Praxen in der Gegend. Viele Privatpatienten. Und eine erstklassige Ausstattung. Die Arbeit dort wird dir Freude machen. Und ich brauche eine zuverlässige Kraft. So laß dich schon überreden und schau es dir wenigstens an!"

Er brachte alle seine Überredungskünste auf und sprach lebhaft auf sie ein.

„Nun laß dich nicht so lange bitten. Der Chef muß jeden Moment mit der Visite anfangen. Ich muß weg. Sagen wir also um zwölf? Ich warte unten auf dich. Dann fahren wir eine Kleinigkeit essen und anschließend hinaus."

Er strahlte soviel Optimismus aus, daß sie gar nicht zu Worte kam.

„Also bis dahin, tschüs!"

Nachdenklich schob Christina die Krankenblätter zusammen.

Sie kannte Max' Pläne. Seit sie wieder hier war, verfügte er über sie, so als sei alles noch wie früher. Dabei – konnte es je wieder so sein?

Alles, alles drängte auf eine Entscheidung. Sie konnte einfach so nicht mehr weiterleben.

Draußen hörte sie Stimmen. Es war der Chef, der zur Visite kam. Für den Augenblick waren damit alle Probleme gelöst.

★

Pünktlich um zwölf stand Max Fröbius vor dem Seitenausgang und wartete auf Christina. Sie hatte das dunkle Haar, das sie sonst etwas streng trug, gelöst, und sein bewundernder Blick traf sie. „Gut schaust aus, Mädel. Ich freu mich auf den Tag. Gehen wir zum Kranzler! Der hat einen guten Mittagseintopf."

Er schob den Arm unter den ihren und zog sie mit zum Auto hin. Augenblicke später saßen sie dann im Gasthof beim Kranzler in einer der gemütlichen Nischen und ließen sich den deftigen Eintopf schmekken.

Beim Kranzler war immer Betrieb, und man konnte merken, daß es Wochenende war.

Franz drängte denn auch zum baldigen Aufbruch.

„Den Mokka nehmen wir unterwegs! Wir haben ja noch den ganzen Tag."

Er hatte das Verdeck seines Wagens heruntergeklappt. Sie fuhren in einen herrlichen Sommertag hinein. Passau, die alte Bischofstadt, blieb hinter ihnen zurück. Eine Weile folgten sie der Bundesstraße, dann ging es über die Dörfer. Und am frühen Nachmittag hatten sie das Städtchen Rottkirchen erreicht.

Vor einem langgezogenen Bau, der in einem großen Garten lag, zog Max die Bremse.

„So, Frau Doktor, da wären wir! Schau dir alles gut an!"

Das Haus lag in einem großen Garten mit breiter Zufahrt. Die Praxisräume nahmen die ganze untere Etage ein. Man konnte sehen, daß hier an nichts gespart worden war. Alles war großzügig und durchdacht. Von der großen Rezeption im Eingang führten mehrere Flure zu den verschiedenen Behandlungsräumen. Feudale Warte- und Untersuchungszimmer, überall riesige Kübel mit Pflanzen und Gewächsen.

„Na, was sagst du nun?“ lächelte Max Fröbius selbstbewußt. „Wenn es dir hier keine Freude macht, Chefin zu spielen, dann weiß ich nicht, worauf du noch wartest. Es ist wirklich ein Glücksfall, wie ein Lotteriegewinn. Im Geiste sehe ich dich schon als „Frau Doktor“! Übrigens, die Wohnung im Obergeschoß gehört mit zur Praxis und wird am ersten Januar frei.“

Sie konnte seine Begeisterung verstehen. Diese Praxis war wirklich ein Glücksfall. Hier arbeiten können – wissen wofür, und ein Zuhause haben ...

Christina mußte unwillkürlich an das kleine Zimmer denken, das sie bei Manfred bewohnte. Hier war alles hell und großzügig. Wenn sie jetzt zögerte, verpaßte sie die Chance ihres Lebens. Max drängte:

„Nun, Christina? Bist du jetzt überzeugt? Wann bekomme ich deine Antwort?“

Christina dachte: Morgen früh fahre ich nach Regensburg. Und dann wird sich alles entscheiden. Wenn Hubertus mich braucht, dann werde ich es Max sagen. Und wenn nicht, dann – dann muß ich ein neues Leben anfangen.

„Laß mir dieses Wochenende noch Zeit, Max. Du hast große Pläne. Ich möchte dich nicht enttäuschen.“

Er lächelte geschmeichelt.

„Gelt, du siehst ein, daß es großartig ist? Gut, ich lasse dir bis Montag Zeit. Aber dann mußt du dich entscheiden. Sonst muß ich mich nach jemand anderem umschauen.“

Es war schon Abend, als sie langsam heimkehrten. Die Uferstraße an der Donau war hell erleuchtet. Viele Menschen waren an diesem Sommerabend unterwegs. Langsam zogen die mit bunten Lichtern geschmückten Dampfer den Fluß hinauf, mit Musik und Tanz an Bord.

Christina war jetzt ziemlich schweigsam.

Max hatte den Arm um ihre Schulter gelegt und lenkte den Wagen mit einer Hand langsam der Stadt zu.

Irgendwie war ihr elend zumute. Dabei hätte sie ihm doch dankbar sein müssen.

Er hatte dafür gesorgt, daß sie ihre alte Arbeit wiederbekam, er wollte, daß sie seine Frau wurde, er bot ihr eine sorglose Zukunft. Und ihr war einfach nur elend zumute.

So war sie fast froh, als er bedauernd sagte:

„Ich muß noch mal ins Krankenhaus. Es kann spät werden. Bitte warte nicht auf mich. Wir sprechen uns auf jeden Fall am Montag?"

„Ja, Maxl, am Montag."

Sie fühlte seinen forschenden Blick. Aber da hielt der Wagen schon vor dem Haus, wo sie mit Manfred wohnte.

★

Im Treppenhaus war es dunkel. Christina zündete das Licht an und kramte den Schlüssel heraus.

Manfreds Wohnung lag im oberen Stockwerk unter dem Dach. Sie war nicht sicher, ob er daheim war. Dann würde sie den Abend wohl allein verbringen.

Sie nahm sich zusammen. Es war schließlich nicht das erste Mal, daß sie allein war. Sie konnte den Abend mit Lesen oder Handarbeiten verbringen.

„Gott sei Dank, Christina, da bist du ja endlich! Wo bleibst du denn bloß? Und gerade heute ..."

Manfred erwartete sie schon aufgeregt an der Türe.

„Wo bleibst du denn bloß?" wiederholte er. „Wir haben schon so auf dich gewartet. Du hast Besuch. Ein Herr von Ottfingen. Er wollte sich nicht abweisen lassen. Ein Glück, daß du da bist!"

Fassungslos starrte Christina den Bruder an.

„Besuch? Für mich? Ein Herr ... von Ottfingen? Wo? Wo ist er?"

„Er wartet auf deinem Zimmer. Er wollte nicht eher gehen, bis er mit dir gesprochen hat." Manfred zuckte die Achseln. „Ich dachte, es ist dir recht, wenn er bei dir wartet ..."

Christina fühlte ihr Herz wie wild klopfen. Er war gekommen.

Hubertus! Es war – sie konnte es nicht fassen.

Sie fühlte Manfreds fragenden Blick, aber da hatte sie ihn schon stehengelassen, stürzte zu ihrem Zimmer hin, riß die Türe auf ...

Da stand er. So wie sie ihn in Erinnerung hatte. Gesund und lebendig. Das war seine hohe Gestalt im grünen Jagdanzug, sein schmales ernstes Gesicht, die Narbe auf der Stirn etwas blasser, das Leuchten seiner Augen ...

„Hubertus!"

Er breitete die Arme aus.

„Christina!"

Sie flog in diese ausgebreiteten Arme. Sie konnte nichts denken in diesem Augenblick. Sie fühlte nur: Er war da! Nun würde alles gut werden. Hubertus war da.

Sie standen eine Weile eng umschlungen. Manfred hatte die Türe leise hinter ihnen zugezogen. Sie hörten es nicht. Die Umwelt war bedeutungslos geworden.

Erst nach einer ganzen Weile lockerte Hubertus den Griff.

„Christina! Hab ich dich endlich wieder. Mein Gott, wie hast du mir gefehlt! Aus der Behandlung ist ein Sieg für mich geworden. Willst du mich nun noch? Mich und den Waldhof?"

Ihre Hände tasteten sein Gesicht ab.

„Das fragst du noch, Hubertus? Ich wäre auch bei dir geblieben, wenn es eine Niederlage geworden wäre. Ich liebe dich."

Er verschloß ihr den Mund mit einem langen innigen Kuß.

„Dafür lasse ich dich jetzt nie mehr weg. Nie mehr! Ab heute beginnt unser Leben. Es wird ein Leben voller Arbeit und Aufgaben sein. Es gilt viel nachzuholen, und das Ottfinger Tal braucht uns! Aber wenn du willst, wird es auch ein Leben voll Liebe."

Er las in ihren Augen die Antwort.

Leise sagte sie:

„Ich kann es noch gar nicht fassen. Ich werde wieder eine Heimat haben. Bei dir und auf dem Waldhof."

★

Seither waren zwei Jahre vergangen.

Es war schon früh an diesem Morgen, als Hubertus leise das Haus verließ. Alles lag noch in tiefer Stille.

Er pfiff den Hunden. Bursch und Diana folgten ihm auf dem Fuße, als er langsam in die Wälder stieg. Er nahm den Weg über den Steilhang, von dessen Gipfel man weit über das Land schauen konnte.

Langsam und gleichmäßig stieg er, wie jemand, der gewohnt ist, im Gebirge zu leben. Und nach einer Stunde hatte er die Klamm erreicht.

Hubertus atmete tief. Man schrieb Anfang September. Die Luft war klar und mild, und langsam stieg die Sonne hinter den Wäldern empor und kündigte einen klaren Tag an.

Hubertus ließ sich auf einem der Baumstubben nieder. Es war ein besonderer Tag. Heute sollte das Sanatorium eingeweiht werden, eine Stätte der Genesung für Hirnverletzte, so wie er es gewesen war.

Das war sein Dank an das Leben – und zugleich seine Verpflichtung.

Seine Gedanken wanderten zurück, während er über die Wälder seiner Heimat schaute.

Zwei Jahre war es her, seit er mit dem Bau des Krankendorfes begonnen hatte. Überall herrschte jetzt Leben. In alle Häuser war die Hoffnung eingekehrt.

Sein Leben war reich geworden. Wenn er dagegen an die Zeit vor den zwei Jahren dachte …

Und das alles verdankte er – Christina. Sie war zum Mittelpunkt seines Lebens geworden. Ohne sie hätte er nicht die Kraft gehabt. Mit ihr aber – das wußte er – konnte er die großen Aufgaben, die das Leben ihm stellte, bewältigen.

Er saß noch eine Weile und schaute über das Tal und die Berge, denen er sich so tief verwurzelt fühlte.

Das leise Winseln der Hunde brachte ihn schließlich in die Gegenwart zurück.

Er lächelte.

„Es dauert euch zu lang, gelt? Ihr wollt keine Besinnungsandacht, ihr wollt auf die Hetz. Ungeduldige Meute! Aber heut is ein besonderer Tag. Ob sie daheim schon auf uns warten?“ Er begann den Abstieg durch den Wald, wo das Unglück geschehen war. Hier stand auch das schlichte Holzkreuz für den Vater. Einen Augenblick hielt er stumme Zwiesprache mit dem Toten. Es war kein Groll mehr in ihm gegen den Mann, der sein Leben fast zerstört hatte.

Auf dem Waldhof ging es schon geschäftig zu, als er heimkehrte. Der Frühstückstisch war gedeckt. Es roch nach starkem Kaffee und gutem Brot.

Christina kam ihm lächelnd entgegen:

„Guten Morgen, Hubertus. Guten Morgen, ihr beiden!“ Die Hunde schmiegten sich an sie.

„Guten Morgen, mein Lieb! Gut geschlafen?“

Sein Blick huschte über ihre Gestalt. Sie war hochschwanger und ein wenig blaß. Aber in ihren Augen stand ein Lächeln.

„Danke ja. Und jetzt hab ich ein' Mordshunger!“

Er lachte und schob seinen Arm unter den ihren.

„Hab ich euch warten lassen, gelt? Es ist eben heut ein besonderer Tag.“

Christina nickte und schenkte den Kaffee ein.

„Ein ganz großer Tag, Hubertus! Du hast alles geschafft, was du dir vorgenommen hast.“

„Nicht alles, Christina. Bei weitem nicht alles. Aber der Anfang ist gemacht.“

„Und wie lautet heute der Tagesplan?“

„Um elf Uhr Dankgottesdienst in St. Anna. Danach Einsegnung im Sanatorium. Der Pfarrer hat alles gut vorbereitet. Anschließend findet die Begegnung mit den Abgeordneten des Landtags und den zuständigen Ärzten statt. Ein Imbiß ist im Speisesaal vorbereitet. Am Nachmittag ist das Haus für die Dorfleute offen. Ein jeder soll an dem Werk teilhaben.“

Christina nickte.

„Schön. Auf diesen Tag hab ich mich schon so lange gefreut."

Er schaute auf.

„Es wird ein anstrengender, langer Tag, Christina", sagte er besorgt. „Wird es dir nicht zu viel werden? Weißt du, ich würde diesen Tag auch gerne mit dir allein feiern. Es muß nicht heute sein."

Christina schüttelte den Kopf.

„Es muß heute sein! Es ist dein großer Tag, und ich möchte ihn mit dir teilen. Ich glaube, ich schaffe es: Ich muß es jedenfalls versuchen. Bitte, laß mir doch die Freude!"

Natürlich mochte er ihr die Bitte nicht abschlagen. Es war ja auch ihr Tag. Aber immerhin, sie war hochschwanger.

Zögernd stimmte er schließlich zu.

„Aber der Joschl bleibt in der Nähe, daß er dich notfalls nach Hause fahren kann."

Christina lächelte.

„Einverstanden, Hubertus."

Und so ging es denn auch. Um elf Uhr versammelten sich die Leute zu einem Dankgottesdienst in St. Anna. Fast das ganze Dorf war gekommen. Die Frauen trugen ihre Festtagstracht mit den Hauben und Bändern, die Männer schwarze Pumphosen und bestickte Westen. Überall im Dorf waren die Häuser mit Blumen und Fahnen geschmückt. Überall herrschte frohe Stimmung.

Nach dem Gottesdienst dann bewegte sich eine Autoschlange zum Ottfinger Kopf, wo das neue Kurzentrum entstanden war. Ärzte und Schwestern empfingen den Konvoi.

Auch hier alles in Festtagsstimmung. Reden wurden gehalten, Hände geschüttelt.

Es war früher Nachmittag, als Christina die erste Wehe spürte. Es war so schlimm, es durchschnitt ihren Körper wie ein scharfes Messer, daß sie hätte schreien können.

Aber sie nahm sich zusammen. Nur nicht auffallen, jetzt! Hubertus war noch auf dem Rundgang mit den Herren vom Rat. Sie wußte, daß sie ihn jetzt nicht stören durfte.

Aber Joschl war ja da.

Die nächste Wehe. Ihr wurde fast schwarz vor Augen. Sie biß die Zähne zusammen und wandte sich an eine der Schwestern.

„Bitte sagen S' doch meinem Mann, daß ich schon nach Hause gefahren bin."

„Aber ja, Frau Baronin. Is Ihnen net gut?"

„Doch doch. Ich bin nur müd."

Wieder eine Wehe. Ein Glück nur, daß der Joschl am Wagen wartete. Erschrocken riß er den Schlag für sie auf.

„Is Ihnen net gut, Frau Baronin? Soll ich dem Herrn Baron B'scheid sag'n ..."

Christina schüttelte den Kopf.

„Du mußt mich nach Haus fahren, Joschl. Und dann mußt du zur Hebamm. Du mußt sie gleich mitbringen, darfst dich net verweilen. Und fahr vorsichtig, hörst."

Der Joschl war kreidebleich, als er den Wagen langsam in Bewegung setzte.

★

Es war schon fast Abend, als Hubertus einen Blick auf die Uhr warf.

Der Tag war lang gewesen. Alles hatte sich so lang hingezogen. Aber es war auch ein voller Erfolg.

Jetzt saß man noch im kleinen Kreise in einem der großen Besucherzimmer. Ein Glück nur, daß Christina schon nach Hause gefahren war. Hoffentlich war alles in Ordnung mit ihr. Er selbst wollte nun auch nicht länger bleiben. Ob er wohl ohne Aufsehen verschwinden konnte?

Er warf einen Blick in die Runde. Alle waren so im Gespräch vertieft. Da hatte er sich auch schon unauffällig erhoben und verließ den Raum.

Als er den Waldhof erreichte, war es schon dunkel geworden. Aber im Hause brannte überall helles Licht. Vor dem Eingang stand ein kleiner, roter Wagen. Besuch? Jetzt noch, um diese Zeit? In einem Gefühl von Unruhe betrat er das Portal – und zuckte zusammen.

Das war ein Schrei gewesen. Er stockte. Noch ein Schrei, laut und stark. Der Schrei eines Kindes …

Er begriff blitzartig. Der Wagen draußen – die Hebamme – der Schrei – Christina.

Er stürmte die Treppe hinauf, riß die Türe auf.

Da lag sie in den Kissen und schaute ihm entgegen.

Sie sah noch bleich und abgekämpft aus. Aber in ihren Augen war ein Leuchten. Und in ihrem Arm hielt sie …

„Es ist ein Bub, Herr Baron", hörte er die Hebamme wie von weitem sagen. „Neun Pfund schwer, ein Prachtbub, Herr Baron. Und die Frau Baronin hat's fast ohne Hilfe g'schafft."

Ein Bub! Es war ein Bub. Christina hielt ihn fest im Arm. Und die andere Hand streckte sie nach ihm aus.

Hubertus stürzte in die Knie, wühlte den Kopf in ihren Arm.

Sie lächelte.

„Es is ganz schnell gegangen. Er hat's mächtig eilig gehabt. Willst du ihm nicht dein Willkommen sagen?"

Vorsichtig strich sein Finger über den dunklen Flaum des Köpfchens.

„Unser Bub! Willkommen auf dem Waldhof. Wir haben auf dich gewartet."

Die Hebamme hatte das Zimmer verlassen.

Die drei Menschen waren allein.

★

Aber es war noch nicht das Ende dieses Tages. Die Nachricht sprach sich wie ein Lauffeuer durch das Dorf.

„Auf dem Waldhof is ein Bub geboren. Der Erbe von Ottfingen. Es ist ein Bub!"

Und plötzlich hatte sich ein langer Zug mit Fakkeln gebildet. Einer hatte damit begonnen, und alle folgten ihm, so wie es seit vielen hundert Jahren üblich war, wenn ein Ottfinger geboren wurde.

Sie trugen noch ihre Festtagstracht vom Tage, und auf ihren verwitterten Gesichtern lag ein Schein von Freude.

So zog der Zug zum Waldhof hinan.

Der Knecht hatte Christinas Bett ans Fenster geschoben, daß man sie und das Kind dort sehen konnte, während Hubertus im Portal stand und Hände schüttelte.

Alles hatte wieder seine Ordnung und würde es wohl auch in Zukunft haben.

Das Mädel aus dem Forsthaus

Vor den Augen des jungen Mannes, der in der grünen Jagdkleidung stolz und gebieterisch aussieht, dehnt sich die wunderbare Landschaft des Harzes mit ihren stillen, verträumten Wäldern.

Hier und da leuchten im Tal einige Lichter auf. Auch auf Hohenhorst, dem Waldgut der Grafen von Blaichingen-Lintfort, müßten längst die Lichter brennen und das Herrenhaus mit strahlendem Glanz erfüllen. Aber der junge Mensch am Fenster liebt diese herbstliche Dämmerung.

Seine Augen werden wach. Irgendwo in der Ferne, mitten in den dunklen Wäldern, erlischt jetzt ein helles Licht. Herbert von Blaichingen-Lintfort schaut auf die Uhr. Halb sechs. Jetzt geht sie in die Abendandacht! zuckt es durch sein Gehirn. Gleichzeitig beginnen im Dorf die Glocken der kleinen Bergkirche zu läuten.

Es dauert bis sieben, rechnet er weiter. Und um acht kehrt der alte Förster für gewöhnlich heim. Das bedeutet eine Stunde Heimweg mit Dorothea, wenn er sich beeilt.

Der junge Graf Herbert von Blaichingen-Lintfort verläßt schnell und elastisch die große, behagliche Wohnstube. Von dem schweren Eichentisch in der Diele nimmt er Jagdhut, Feldstecher und Handschuhe. Wenige Augenblicke später fällt hinter ihm die schwere Portaltür von Hohenhorst ins Schloß. Er nimmt den schmalen Waldweg, der direkt ins Tal führt, und schreitet kräftig aus.

Des jungen Grafen Gedanken richten sich nach vorn. Dorothea! Er lächelt in Gedanken an das liebliche junge Mädchengesicht, das in diesem Augenblick vielleicht schon vor dem Altar kniet.

Seit zwei Jahren wohnt das junge Mädchen mit dem alten Förster Heidebrink drüben im Forsthaus, das zum Waldgebiet derer von Brenkenberg gehört. Kein Mensch in der Gegend weiß eigentlich recht, woher sie damals gekommen sind. Man sagt aus dem Böhmerwald, andere sprechen vom Riesengebirge, und noch andere wollen wissen, daß sie aus dem Pommerschen stammen. Keiner weiß was Genaues.

Das schöne junge Mädchen nennt den alten Förster „Großpapa“, und damit ist der Verwandtschaftsgrad wohl erklärt. Das ist aber auch alles. Selten sieht man sie im Dorf. Fast nie beim Tanz in der Dorfschenke. Dabei ist ihr junges Gesicht von außerordentlichem Liebreiz. Selten hat Herbert von Blaichingen-Lintfort in zwei so tiefblaue Augen geschaut.

Es wird das letzte Mal für lange Wochen sein, daß er sie heute sieht. Übermorgen wird sein Vater aus der Stadt heimkehren, wo er als leitender Chirurg in einer großen Klinik arbeitet. Ein paar Tage werden sie zusammen auf Hohenhorst bleiben. Aber Herbert weiß schon jetzt, daß sein Vater darauf bestehen wird, daß er das begonnene Studium fortsetzt. Vielleicht hat der alte Herr nicht so unrecht. Es kann nicht schaden, das Diplom in der Tasche zu haben, und schließlich ist Forst- und Feldwirtschaft ja sein Fach.

Immer steiler wird der Pfad. Ein Stück unwegiges Gebiet folgt. Dann plötzlich öffnet sich der Weg auf die breite Dorfstraße. Aufatmend schaut Herbert auf die Uhr. Eine gute Viertelstunde hat er gebraucht.

Es ist jetzt nicht mehr weit bis zur Dorfkirche. Die Straßen sind um diese Zeit menschenleer. Leise tritt der junge Graf durch das Seitenschiff in die Kirche. Die Bänke sind dicht gefüllt. Leise Orgelmusik ertönt. Suchend gehen seine Augen an den Frauenbänken vorbei.

Sie ist nicht da. Etwas enttäuscht wendet er sich nach links, der Männerseite zu. Da plötzlich hat er sie entdeckt. Sie kniet vor dem Marienaltar. Auf ihrem jungen Gesicht liegt ein inniger, vertrauter Ausdruck.

Seine Augen suchen das feine Profil. Sie trägt die blonden Zöpfe um den Kopf geschlungen und genau wie er ein grünes Jägerkostüm aus derbem Loden.

Nun aber scheint sie seinen Blick gespürt zu haben. Sie wird unruhig und schaut ein wenig nach rechts, dorthin, wo er steht. Eine Sekunde treffen sich ihre Augen. Dann neigt sie grüßend den Kopf.

Herbert beobachtet das junge Gesicht in einem fort, aber sie wendet den Kopf nicht mehr. Die Abendandacht nimmt ihren Fortgang. Noch einmal klingt die Orgel auf. Der Priester spricht das segnende Gebet. Dann löst sich die Gemeinschaft auf.

Herbert von Blaichingen-Lintfort ist einer der ersten. Er steht ein wenig im Schatten der hohen Kirchenmauern, bis sie aus dem Portal tritt. Sie schaut sich nicht um, aber ihr Herz beginnt rasend zu schlagen. Da ist er auch schon neben ihr.

„Guten Abend, Dorothea."

„Guten Abend, Herr Graf."

Eine Weile gehen sie schweigend nebeneinander her. Dann beginnt er aufs neue.

„Ich sah Sie in der Kirche."

„Es ist die Oktoberandacht. Jeden Abend schaffe ich es nicht." Es klingt fast wie eine Entschuldigung, und er weiß nicht, was er darauf erwidern soll. Wieder gehen sie eine Weile schweigend. Dann plötzlich bricht die breite Dorfstraße ab, teilt sich in drei verschiedene Wege. Dorothea bleibt stehen.

„Ich muß heim. Ich hab' das Abendbrot noch nicht gerichtet."

„Darf ich Sie begleiten, Dorothea? Der Weg ist so dunkel. Ich meine ..."

„Wenn Ihnen der Weg nicht zu weit ist, Herr Graf!"

Und nun gehen sie nebeneinander immer tiefer in den abendlichen Wald. Plötzlich sagt Herbert:

„Übermorgen kommt mein Vater heim aus der Stadt. Sicher wird er noch ein paar Jagdgäste nach Hohenhorst bringen. Und dann ist bald die Zeit des Winters da. Wahrscheinlich werde ich wieder zurück müssen in die Stadt zum Studium."

Sie nickt und errötet ein wenig. Fort! denkt sie. Er geht fort! Wann wird er wiederkehren? Eines Tages wird drüben auf Hohenhorst Hochzeit sein. Natürlich, sie muß sich damit abfinden. Jeden Tag sagt sie es sich selbst aufs neue.

„Und was werden Sie den langen Winter hindurch machen?"

„Oh, bei uns gibt's immer zu tun, und eigentlich

mag ich es gern, wenn der Schnee das Forsthaus einhüllt und die Rehe und Hirsche bis ans Haus kommen. Großvater nimmt mich oft mit in den Wald zur Wildfütterung."

„Ist es Ihnen nie langweilig da oben ganz allein?"

„Langweilig? Wie meinen Sie das, Herr Graf?"

„Nun, ich meine. Sie sind schließlich jung, nicht wahr? Und immer mit einem alten Mann zusammen hoch droben in den Wäldern! Im Dorf werden in diesem Jahr wieder viele Skiläufer aus der Stadt sein. Vielleicht kommt eines Tages einer ..."

Dorotheas Herz zuckt. Er hat Angst! denkt sie instinktiv. Er hat genau die gleiche Angst wie ich. Der Gedanke macht sie ein wenig glücklich, aber es darf ja nicht sein. Sie schüttelt nur leise den Kopf.

„Es wird keiner kommen, Herr Graf. Von denen, die von auswärts kommen, schon gar nicht. Die sind nur auf Vergnügen aus. Großpapa ist sehr streng, und ich ..."

„Und du, Dorothea?"

„Es müßte eben schon der Richtige sein, nicht wahr? Nicht irgendeiner."

Er fühlt, daß sie verwirrt ist. Das Gespräch ist von den sonst zwischen ihnen üblichen Plaudereien abgewichen. Vielleicht ist es die abendliche, herbstliche Stimmung? Vielleicht aber auch hat der junge Herbert dieses Gespräch gesucht!

Er geht diesmal nicht leichten Herzens zurück in die Stadt. Er will wissen, wie es um sie steht. Es drängt ihn, ihr all das zu sagen, was ihm in den letzten Tagen im Kopf herumgegangen ist. Zugleich aber hat er Angst, sie scheu zu machen. Plötzlich tut er etwas, was er vorher nicht gewagt hätte. Er sucht ihre Hand. Sie überläßt sie ihm, ohne ihn anzuschauen. Und doch fühlt er an dem Zucken ihrer Finger, wie ihr Herz klopft.

Wieder gehen sie eine ganze Weile schweigend. Der Weg schlängelt sich in steilen Windungen höher. Ein Stück noch, dann muß das Försterhaus schon in Sicht kommen. Der junge Graf weiß, daß er Dorothea vielleicht für lange Zeit zum letzten Male gesehen hat. Die Stunde darf nicht verstreichen, ohne daß er es ihr gesagt hat.

„Dorothea, weißt du, warum ich heute abend gekommen bin?"

Er ist stehengeblieben. Seine Hand zwingt auch sie, den Schritt zu verhalten und sich leicht nach ihm umzuwenden.

„Herr Graf ..."

„Du sollst nicht immer Herr Graf zu mir sagen! Ich heiße Herbert. Bitte, Dorothea! Du sollst wissen, daß ich zurückkehren werde nach hier. Mein Vater will, daß ich mein Studium beende. Gut, das sehe ich ein. Aber ich möchte, wenn ich in der Stadt bin, an jemanden denken können, der auf mich wartet, Dorothea! Weißt du denn immer noch nicht, daß du mehr für mich bist als irgendeine andere? Fühlst du es denn nicht?"

Dorothea zittert am ganzen Körper. Flüchtig geht es durch den Kopf: Es darf nicht sein! Niemals wird sein Vater, der alte, stolze Geheimrat von Blaichingen, es dulden. Und wenn Großpapa es erfährt ...

Zugleich ist aber dieses süße Drängen in ihr, ihm zu gestehen: Ja, Herbert, geh in die Stadt und kehre bald zurück. Ich warte, bis du wiederkommst!

„Dorothea!"

Sie schaut ihn an. Ihr Mund öffnet sich zu einer

Antwort – da fühlt sie seinen Arm, der sie zart an sich zieht.

„Sag mir doch, daß du mir gut bist!"

Eine unbewußte, scheue Abwehr ist in ihr.

„Bitte, Herr Graf – nicht so – ich – Herbert! Ja – du, ich werde immer an dich denken – ich tu es ja jetzt schon immer. Bitte, du!"

Nun hat sie es ihm doch ganz leise und zaghaft gestanden. Herbert von Blaichingen-Lintfort fühlt eine rasende Freude darüber.

Noch immer wehrt sie sich ein wenig in seinen Armen. Aber nun greift er fester zu.

„Du brauchst keine Angst vor mir zu haben, kleines Mädel. Ich will nichts. Nur einen Kuß schenk mir! Einen einzigen bitte."

Ihr Gesicht ist in rote Glut getaucht. Sie neigt den Kopf ein wenig. Seine Lippen nähern sich ihrem Mund. Dann fühlt Dorothea zum erstenmal in ihrem Leben die Süße sehnsüchtiger Männerlippen. Sie weiß, daß es nicht sein darf. Dennoch ...

In aufbrechender Zärtlichkeit schlingt sie von sich aus die Arme um seinen Hals, überläßt ihm einen Augenblick ihr junges, rosiges Gesicht, das er viele Male küßt. Dann macht sie sich atemlos frei.

„Dorothea, wirst du auf mich warten?"

„Ich verspreche dir, daß meine Gedanken immer bei dir sind, wo du auch sein magst. Aber mehr darf nicht sein zwischen uns. Du sollst dich nicht gebunden fühlen. Ich bin nur ein einfaches Mädchen, und eines Tages wirst du in die Welt gehen und andere kennenlernen. Dann denke daran, daß du der erste warst in meinem Leben, dem ich von Herzen gut war. Ich will die Erinnerung an diese Stunde nie vergessen. Ich muß jetzt fort. Großpapa kann jeden Augenblick heimkommen, und das Abendbrot ist noch nicht gerichtet. Laß mich los, bitte."

Ihr junges Gesicht ist so ernst. Herbert kann sich nicht satt sehen daran. Aber er will nichts hören von ihren vernünftigen Gedanken.

„Sofort lasse ich dich los, kleine Frau, aber zuerst sollst du wissen, daß ich an keine andere denke als an dich. Niemand hat ein Recht, mir vorzuschreiben, wem ich mein Herz schenke. Wenn ich fertig bin mit dem Studium, werde ich mit Papa reden. So lange warte auf mich, du! Gute Nacht, kleine Dorothea. Bleib mir gut und vergiß diese Stunde nie!"

Er schaut sie so fest an. Fünfundzwanzig Jahre ist er alt, der junge Graf Herbert von Blaichingen-Lintfort, aber in diesem Augenblick strahlt er männliche Entschlossenheit aus. Er fühlt, daß sie zittert. Plötzlich schlingt sie noch einmal die Arme um seinen Hals. Ihr Mund sucht zuckend den seinen. Dann hat sie ihn ebenso plötzlich losgelassen und läuft keuchend den Weg hinauf.

Herbert steht und schaut ihr nach. Er wartet noch, bis oben am Hang die Lichter im Försterhaus aufflammen. Dann geht er langsam den Weg zurück.

★

Als Dorothea am anderen Morgen in ihrer Kammer im Försterhaus erwacht, ist der Tag bereits über die Berge gekommen.

Das junge Mädchen reckt ihre glatten Glieder. In ihren tiefblauen Augen steht ein heimliches Leuchten. Völlig verändert erscheint ihr die Welt und ihr eigenes junges Leben.

Sie denkt an den Großvater. Was würde er sagen, wenn er wüßte ...? Aber sie kann nicht anders. Ihr Herz treibt zu ihm.

Für gewöhnlich ist Dorothea mit ihren achtzehn Jahren ein sonniges, ein wenig versonnenes Mädel und eine quicklebendige Frühaufsteherin. Heute aber kann sie sich nicht lösen von den Gedanken an gestern abend. Die Hände unter dem Kopf verschränkt, liegt sie mit offenen Augen und träumt.

Nach einer Weile aber schaut sie erschrocken auf die Uhr. Nun aber raus! Der Großvater muß in den Wald, und der Tag beginnt.

Eine Viertelstunde später steht sie unten in der blitzsauberen Küche und richtet das Feuer im Herd.

Dorothea beeilt sich und deckt den Kaffeetisch. Bald darauf hört sie den Großvater die Treppe herunterkommen. Er steckt den Kopf durch die Tür.

„Guten Morgen, Mädli!"

„Guten Morgen. Großvater! Wir können gleich frühstücken, ich bin sofort fertig."

Förster Heidebrink wirft einen Blick auf seine Enkelin. Blanke Augen hat das Mädel heute. Es wird Zeit, daß er sie in die Stadt gibt in ein anständiges Töchterpensionat, wo sie noch etwas lernen kann, überlegt er.

Zugleich aber prüft er dieses junge blühende Gesicht auf eine Ähnlichkeit mit einem anderen. Ja, sie gleicht ihr, die Dorothea. Aufs Haar genau gleicht sie ihrer Mutter.

„Du sagst ja nichts, Großvater. Hast nix zu erzählen vom Wald?"

„Es ist alleweil dasselbe, Kind. Im Augenblick sind die Baumfäller bei der Arbeit. Es geht in den Winter. Wenn der Schnee kommt, kann man das

Holz besser zu Tal bringen. Was machst denn heut den ganzen Tag?"

„Es ist Freitag, Großpapa. Da gibt es im Haus viel zu tun."

„Am Nachmittag, wenn ich wieder da bin, spielst mir was vor, ja?"

„Gern."

Drüben in der guten Wohnstube steht das Klavier, an dem Dorothea manche Stunde verbringt. Sie ist sehr musikalisch und hat es zu einer großen Kunstfertigkeit gebracht. Für den alten Förster Heidebrink ist es eine Erholung, wenn er in dem bequemen Lehnsessel sitzt, seine Pfeife anraucht und ihrem Spiel lauscht.

Eigentlich müßte er jetzt aufstehen, nach dem Hut und Stutzen greifen und den Tag beginnen. Aber diesmal bleibt der Alte sitzen.

„Tja, Dorothea, was ich sagen wollte: Wir müssen auch mal über deine Zukunft reden. Du bist jetzt achtzehn. Weihnachten wirst du neunzehn. Für ein junges Mädchen ist das auf die Dauer hier oben nichts. Hast du einmal überlegt, was du werden willst?"

Dorothea hat einen roten Kopf bekommen. Sie beugt sich tiefer über ihren Teller und stottert:

„Aber, Großpapa, ich – ich bin doch gern hier oben im Wald bei dir."

„Natürlich bist du gern hier oben bei mir, weil du noch nichts anderes kennengelernt hast, Kind. Aber ich bin auch nicht mehr der jüngste und lebe nicht immer. Man muß weiter denken. Du hast niemand, der sich um dich kümmern kann. Also mußt du auf eigenen Beinen stehen können. Ich möchte dich in ein Pensionat geben. Da kannst du lernen, was dir noch fehlt vom Haushalt, wirst perfekt in den Sprachen. Damit kann man schon was anfangen."

Dorothea erschrickt. Fort von hier? Sie ist glücklich hier oben in dem kleinen Haus gewesen, von dem aus man die Türme von Hohenhorst sieht. Niemand hat sie hier gestört in ihrer Arbeit, in ihren Gedanken, die immer hinüberflogen zu ihm.

Und nun – in ein Pensionat! Gewiß, Großvater hat recht. Man muß weiter denken. Sie ist ganz allein. Von ihren Eltern weiß sie nichts. Er spricht nie darüber, und sie mag ihn nicht fragen.

„Hat es nicht noch Zeit bis zum nächsten Jahr, Großpapa? Ich möchte noch eine Weile bei dir bleiben."

„Natürlich hat es Zeit bis zum Frühling. Ich wollte nur wissen, wie du darüber denkst."

Erleichtert ist auch Dorothea aufgestanden. Sie muß sich auf die Zehenspitzen recken, um dem Großvater den gewohnten Abschiedskuß zu geben.

Es wird ein schöner Tag. Nach langer Zeit kommt die Sonne noch einmal durch. Fröhlich summt Dorothea bei der Arbeit eine fröhliche Volksweise mit.

Zuweilen aber auch steht sie an dem nach Süden gelegenen Erkerfenster, von wo man die Turmspitzen von Hohenhorst erkennt. Dann ruhen ihre Hände, und ihre Gedanken suchen den einen. Nur für Augenblicke, dann mahnt sie sich wieder zur Ordnung.

★

Eine gute Woche nach dem abendlichen Zusammentreffen der beiden jungen Menschen ist vergangen, da geschieht etwas Unvorhergesehenes, das alle Pläne und heimlichen Hoffnungen zunichte macht.

Wie an jedem Morgen hatte Förster Heidebrink das Haus nach dem Frühstück verlassen. Er hatte hinausgewollt in die Wälder.

Dorothea kannte nicht alle die Lichtungen und Plätze, wo der Förster den Baumschlag beobachtete. Er hatte auch nur gesagt, daß er um drei Uhr zurück sein wollte, und sie war fröhlich und munter wie immer ihrer Tagesarbeit nachgegangen.

Die Zeit war darüber verstrichen. Längst war drei Uhr vorüber, aber der Förster noch immer nicht heimgekehrt. Um vier Uhr schaute Dorothea zum erstenmal auf die Uhr. Nanu? Großpapa noch nicht zurück? Eigentlich kannte sie keine Unpünktlichkeit an ihm.

Schon um fünf Uhr zündete sie die Lichter in der Wohnstube an. Die Dämmerung sank jetzt rasch. Nebel stieg aus den Wäldern. Da plötzlich drang das Winseln eines Hundes an ihr Ohr.

Dorothea ist blaß geworden. Das ist doch – Waldmann! Allein? Mit wenigen Schritten ist sie an der Tür. Tatsächlich – es ist der Dackel. Aber er ist nicht allein. Eine Gruppe Männer folgt ihm aus dem Wald. Es sind fremde Männer, die sie nicht kennt, aber in ihrer Mitte tragen sie eine Bahre, darauf …

Dorotheas Hand zuckt nach dem Herzen. Starr vor Schreck steht sie in der Türe und schaut auf den sich langsam nähernden Zug.

Plötzlich schreit sie auf. Der Mann, der da lang hingestreckt auf der Bahre liegt mit völlig entstelltem, blutverschmiertem Gesicht ist – Förster Heidebrink.

Mit gesenkten Augen, verlegen und ungelenkt

setzen die Männer die Bahre vor dem Haus ab.

Dorothea schaut fragend in ihre Gesichter. Keiner hebt den Blick. Stumm bleiben sie stehen, bis es sich endlich von ihren Lippen ringt:

Was – was ist geschehen? Ist er ...? Lebt er noch?"

Der erste Mann nimmt die Mütze ab und dreht sie verlegen in den Händen.

„Es war ein furchtbares Unglück, Fräulein Dorothea. Es kann keiner dafür, auch er selbst nicht. Die Schuld trifft uns alle zusammen. Wir hatten einen kranken Baum erwischt, und der ist uns nach rechts abgekippt. Verstehen Sie das? Gerade da, wo Ihr Großvater stand. Er konnte nicht schnell genug auf die Seite springen."

Dorothea zittert am ganzen Körper. Bleich bis in die Lippen tritt sie an die Bahre.

„Großpapa! Großpapa, hörst du mich? Ich bin bei dir! Dorothea! Großpapa!"

Seine Augen öffnen sich ein wenig. Fast erloschen schauen sie Dorothea an, daß sie bis ins Innerste erschrickt. Plötzlich weiß sie, daß keine Zeit zu verlieren ist. Sie öffnet die Haustür weit.

„Ihr müßt ihn hier hereinbringen. Rasch, rasch! Und einer muß ins Dorf laufen und nach dem Doktor fragen. Habt ihr gehört?"

Die riesigen Kerle sind dankbar für die kurzen Befehle. Sie tragen die Bahre in die Diele und setzen sie neben dem Kamin ab. Sofort macht einer sich auf den Weg ins Dorf. Die anderen stehen verlegen umher.

Dorothea weist auf die Tür zur Wohnstube. „Geht hinein und wartet. Vielleicht muß der Doktor euch noch brauchen, ihn ins Tal zu bringen."

Mein Gott, was kann sie tun? Niemals hat Dorothea diese entsetzliche Angst vor dem Kommenden so gespürt wie jetzt. Es schnürt ihr fast die Kehle zu.

„Großpapa!"

Hört er sie überhaupt noch? Die Brust röchelt dumpf. Ja, er schaut sie an. Aber der Blick ist nicht mehr von dieser Welt. Dorothea zieht sich einen Stuhl herbei. Hilflos legt sie die Hände in den Schoß. Sie kann nichts tun als auf den Doktor warten. Warten und beten.

Nach einer langen Weile öffnet sich der Mund des alten Mannes.

„Dorothea ...", stammelt er.

„Ja, Großpapa, ich bin bei dir. Hast du einen Wunsch?"

„Ich – wo sind sie?"

Sie begreift, daß er die Männer meint, die ihn hergetragen haben.

„Sie sitzen drüben in der Wohnstube, Großpapa. Bleib ruhig. Es kann nicht lange dauern, bis der Doktor kommt."

„Kein Doktor. Sie können gehen. Wir – brauchen – keinen – Doktor – mehr. Ich – ich ... Weißt du, wie es gekommen ist?"

„Ja, Großpapa."

„Sie trifft keine Schuld. Das mußt du sagen, wenn du gefragt wirst, hörst du? Sie haben keine Schuld. Der Baum war krank. Ich hätte es wissen müssen."

Dorothea greift nach einem Tuch und tupft die klebrige, blutverschmierte Stirn ab. Völlig zerdrückt und verkratzt ist das Gesicht. Nur der verzerrte Mund bewegt sich noch stammelnd.

„Ich – muß mit – dir reden. Laß mich. Du – wirst jetzt ganz allein sein."

„Großpapa, das darfst du nicht sagen! Du darfst

mich nicht ganz allein lassen. Du wirst wieder gesund werden, Großpapa. Ich hab' doch sonst niemand mehr."

„Man muß – es nehmen, wie es der – Herrgott schickt, Kind. Ich habe mein Bestes getan und dich – zu einem anständigen – Menschen erzogen. Bleib brav. Und wenn du nicht mehr weiter weißt – dann – geh zu dem Herrn Pfarrer. Bei ihm – kannst du dir – Rat holen, er ist mein – Freund. Nein – nicht weinen, Kind!"

Wieder macht er eine erschöpfte Pause.

Krampfhaft schluckt Dorothea die Angst und die Tränen hinunter. Entsetzlich ist das, was der Großvater da sagt. Und doch wird es wohl wahr sein.

Sie weiß nichts von ihrer Mutter oder von ihrem Vater. Ihr ganzes junges Leben ist vom Großvater behütet gewesen, er hat nie von ihren Eltern gesprochen.

Sie möchte ihn noch fragen. Sie möchte gern so vieles wissen, ehe er für immer schweigt und es dann niemand mehr gibt, der ihr etwas sagen kann von ihren Eltern. Zu spät, denkt sie.

Plötzlich richtet sich der alte Mann auf. Dorothea legt rasch den Arm unter seinen Kopf.

„Du – du – mußt deine Mutter suchen, Dorothea!" keucht er laut und sinkt stöhnend wieder zusammen.

Das Mädchen ist tief erschrocken. Wieder betupft sie die Stirn und das Gesicht. Was hat er gesagt? Sie soll ihre Mutter suchen?

„Großpapa! Lebt denn meine Mutter noch?"

Er nickt zögernd.

„Ich weiß es nicht ganz sicher, Kind. – Ich habe sie nicht mehr wiedergesehen – seit sie dich brachte als

Säugling. – Damals war sie so jung wie du jetzt. – Sie wollte nicht im Wald und bei uns bleiben. – Sie hatte eine gute Stimme, und dann war sie am Theater. – Aber eines Tages kam sie mit dir. – Ich weiß nicht, wer dein Vater ist. – Sie hat es – nicht – gesagt. Aber sie hielt es nicht lange aus bei uns alten Leuten. – Sie wollte wieder hinaus."

Er stöhnt. Aber diesmal ist es nicht ein Stöhnen von Schmerzen, es klingt fast wie heimliche Schuld.

„Großpapa – und sie ist nie wiedergekommen?"

„Nie! Sie hat auch nicht geschrieben. Wir hatten ihr verboten – wir – sie war nicht mehr mein Kind."

Dorothea schaut auf den sterbenden Mann hinunter. Ihr Herz ist voll Mitleid, weil sie ahnt, wie sehr er unter dieser Wahrheit gelitten haben mag. Zugleich aber ist in ihr ein seltsames Empfinden für ihre Mutter.

Wo mag sie jetzt sein? Lebt sie noch? Und wer mag ihr Vater sein? Alles Fragen, auf die sie keine Antwort weiß.

Die Hände des Schwerverletzten tasten unruhig hin und her. Er röchelt. Wenn doch der Doktor nur käme!

„Versprich mir, daß du – sie – suchen wirst, Dorothea."

„Ja, Großpapa, das verspreche ich dir."

„Und wenn – du sie – gefunden hast, dann – sage ihr, ich habe ihr verziehen!"

„Ja, Großpapa."

Es geht auf das Letzte zu. Das Gesicht glättet sich. Dorothea steht dabei, ohne helfen zu können. Aber sie hat noch eine Frage:

„Großpapa! Hast du nicht eine Spur, wohin sie gegangen ist? Wo soll ich sie suchen, meine Mutter?"

Hat er sie noch verstanden? Ja. Er schaut sie an. Seine Zunge bewegt sich.

„Dorothea! In – in Mün..."

Vorbei! Das letzte Wort bleibt unausgesprochen. Dorothea steht wie erstarrt am Bett des Toten.

Ein kranker Baum hat ihn zerschmettert. Der Wald hat ihn sich geholt. Da liegt er nun. Sie hat die Hände gefaltet. Ihr Herz ist wie leer.

Die Wohnstubentür öffnet sich. Einer nach dem anderen tritt von den Männern neben sie an das Bett. Schweigend schlagen sie das Kreuzzeichen und falten die Hände. Bis endlich einer die Stille durchbricht.

„Nun brauchen wir den Doktor nicht mehr. Können wir Ihnen noch helfen, Fräulein Dorothea?"

Wie aus weiter Ferne kehren die Blicke des jungen Mädchens zurück. Dann schüttelt Dorothea den Kopf.

„Nein. Mir kann keiner helfen. Ihr könnt nur den Herrn Pfarrer heraufschicken."

Einer nach dem anderen verlassen sie das Haus. Dorothea holt Kerzenleuchter herbei und zündet die gelben Wachslichter an.

Draußen ist es schon stockfinster; ein kalter Herbstwind fegt um das Haus. Jetzt erst, als Dorothea neben dem Toten in die Knie sinkt, löst sich die Spannung in ihr. Tränen rinnen über das junge Gesicht. Nun ist sie also ganz allein auf der Welt! Das einzige, was sie noch besessen, liegt tot vor ihr.

Eine unbeschreibliche Sehnsucht nach ihrer Mutter wird in ihr wach. Sie dankt dem Toten, daß er in seiner Sterbestunde noch von ihrer Mutter gesprochen hat.

*

Drei Tage später trägt man den alten Förster Heidebrink zu Grabe. Eine stattliche Anzahl Dörfler, Waldarbeiter und Bauern folgt dem Trauerzug. Am offenen Grab findet der Pfarrer liebevolle Worte für den Verstorbenen. Man drückt dem blassen Mädchen die Hand. Dann ist auch das vorüber.

Tapfer hat sie sich aufrecht gehalten. Nun tritt der Pfarrer zu ihr.

„Kind, was willst du nun tun? Willst du zu mir in die Pfarrei übersiedeln für die nächste Zeit?"

„Nein, Hochwürden ich kehre zurück ins Forsthaus, bis der neue Förster kommt. Man sagt, daß er spätestens in vier Wochen einziehen wird. Bis dahin hab' ich den Nachlaß geregelt, und dann geh' ich fort von hier."

„Du willst fort? Nicht bei uns in der Gemeinde bleiben? Wo willst du denn hin?"

Dorothea senkt müde den Kopf. Ja – wohin? Wohin führt der Weg zu ihrer Mutter? Großvater hatte das letzte Wort nicht mehr vollendet. Vielleicht München oder Münster oder …

„Ich weiß es noch nicht, Hochwürden", gesteht sie ehrlich.

Der Pfarrer schaut sie nachdenklich an.

„Vielleicht tust du recht, deine Umgebung zu wechseln Kind. Du bist nicht wie die anderen. Bleib brav. Willst du so lange allein im Forsthaus bleiben?"

„Ich bin nicht allein. Ich habe ja Waldmann und die Tiere."

Wieder trifft sie so ein merkwürdiger Blick.

„Nun gut, aber denke daran, daß ich deines Großvaters Freund war und daß es mir eine Freude sein wird, dir zur Seite zu stehen. Du kannst jederzeit zu mir ins Pfarrhaus kommen. Und wenn du einen Rat brauchst ..."

„Ich danke Ihnen, Hochwürden. Ich werde es nicht vergessen."

Langsam wandert sie den Weg durch den Wald zum Forsthaus zurück. Wie schnell das Schicksal sich wenden kann! Vor zwei Wochen noch war das Leben voller Glück und barg heimliche Hoffnungen – und jetzt?

Als sie die Tür zum Forsthaus aufschließt, kommt Waldmann ihr jaulend entgegen. Leer sind die Räume. Des Großvaters freundliche Stimme füllt sie nicht mehr aus und auch nicht sein gütiges Wesen.

Dorothea nimmt Waldmann auf den Arm, geht mit ihm hinüber ins Wohnzimmer und läßt sich dort in den Sessel vor dem Erkerfenster fallen. Zärtlich streicht ihre Hand durch das warme Hundefell, und der kleine Kerl drückt den Kopf fest in ihren Schoß.

Drüben aber, über den dunklen Tannen leuchten die Turmspitzen von Hohenhorst. Dorthin geht ihr Blick.

⋆

In der mit kostbaren alten Teppichen ausgeschmückten Bücherstube von Hohenhorst sitzen sich fast um die gleiche Zeit an diesem Morgen zwei Männer gegenüber: Es ist Herbert und sein Vater, der Geheimrat Graf Ekhard von Blaichingen-Lintfort.

Das Gesicht des alten Herrn hat wenig Ähnlichkeit mit dem des Sohnes. Es ist gezeichnet von der

Verantwortung seines Berufes. Blau und dick treten die Adern an den Schläfen hervor. Die hohe Stirn flieht vor dem Ansatz der grauen, straff nach hinten gekämmten Haare zurück.

Welterfahren, klug, aber auch unnachgiebig schauen die graublauen Augen. Zuweilen zieht sich der Mund fest zusammen.

Gerade fünfzig ist der Graf alt. Aber über seiner Gestalt liegt noch etwas von der Straffheit und Kraft der Jugend. Während das Wesen dieses Mannes etwas Hoheitsvolles ausstrahlt, liegt über Herbert, dem Jungen, etwas Helles, Strahlendes.

Die Augen sind dunkel, fast schwarz, zuweilen verträumt und doch wieder zielfest und klar. Dunkles, volles Haar wellt sich nach hinten, und seine Hände sind noch nicht so an festes Zupacken gewöhnt wie die des Vaters.

Liebevoll, aber auch prüfend, ruht der Blick des alten Grafen von Blaichingen auf dem Sohn.

„Du scheinst das Jahr gut ausgenützt zu haben, mein Junge. Du hast dich zu deinem Vorteil entwikkelt, bist männlicher geworden."

„Na ja, mit fünfundzwanzig." Herbert lächelt nachsichtig. Sie sehen sich so selten im Jahr. Papa hat die Verantwortung in der großen Klinik, während er lieber hier draußen in den Wäldern lebt. So ist es kein Wunder, daß der alte Herr ihn mit anderen Augen betrachtet.

„Aus Kindern werden Leute, Papa!"

„Das kann man wohl sagen", nickt Graf Ekhard sinnend. „Die Jugendzeit ist schnell verflogen, und nichts bleibt als die Erinnerung."

Forschend streift der Blick des Jungen das Gesicht des Vaters.

„Erinnerungen, Papa? Was sind Erinnerungen? Man muß es festhalten, sein Glück, wenn es kommt."

„Sicher muß man das, Junge. Die Frage ist nur, was das Schicksal unter Glück versteht. Manchmal ist es nur eine Stunde, manchmal ein Tag, manchmal sind es Wochen. Ich freue mich jedenfalls, daß du bereit bist, mit mir in die Stadt zurückzukehren."

„Ja, Papa, wir haben bereits darüber gesprochen. Ich weiß, daß es dein Wunsch ist, daß ich mein Studium beende, und diesem Wunsch füge ich mich. Vielleicht hast du recht damit, und da ich es nun einmal begonnen habe, wird es auch nicht mehr lange dauern. Sag, Papa, schmerzt es dich eigentlich sehr, daß ich, dein Einziger, nicht Arzt werden kann wie du?"

Es ist das erstemal, daß der Junge dieses Thema streift, und Geheimrat von Blaichingen schaut rasch auf. Irgendwie hat ihn die Frage des Jungen getroffen. Auch Herbert fühlt das.

„Wie kommst du denn darauf, mein Junge? Jedem ist es, weiß Gott, nicht gegeben, Arzt zu sein, wenn es natürlich auch wunderbar gewesen wäre."

„Ja, Papa, und so ein großer Arzt, wie du es bist. Ich hätte doch nur immer in deinem Schatten gestanden. Es sind nur wenige so begnadet wie du. Meine Liebe gehört der Natur und den Wäldern. Ich weiß nicht, ob du das verstehst, Papa. Aber ich glaube, daß ich dort genausoviel leisten kann wie du. Es tut mir leid, daß ich dich enttäuschen mußte. War meine Mutter eigentlich so, wie ich bin?"

Jetzt zuckt Geheimrat von Blaichingen unmerklich zusammen. Dann murmelt er:

„Ja, du hast wohl viel von deiner Mutter, mein Junge! Ja, das hast du. Wir wollen nicht mehr davon reden. Ich freue mich, daß du dich auf Hohenhorst wohl fühlst. Wie ich von Heinrich höre, hast du auch ordentlich was dazugelernt. Die Wirtschaft ist groß, und es kann nicht schaden, wenn du sie von Grund auf beherrschst. Schließlich ist Hohenhorst dein Erbe. Was hast du den ganzen Sommer über gemacht?"

Während Herbert nun begeistert von dem Leben auf dem riesigen Waldgut berichtet, hängt der alte Graf seinen Gedanken nach.

Was weiß der Junge von seiner Mutter und über seine Herkunft? Ahnt er die Wahrheit, weiß er etwas? Oder ist die Frage nach der Ähnlichkeit nur ein reiner Zufall gewesen, ein Vergleich, wie ihn Kinder manchmal anstellen?

Seit zwanzig Jahren trägt er ein Geheimnis mit sich herum. Wird er es eines Tages lüften müssen? Nie hat er bisher daran gedacht, und gebe Gott, daß es nie nötig sein wird. Der Junge ist ihm ans Herz gewachsen. Er hängt mit aufrichtiger Liebe an ihm, auch wenn er nicht Arzt werden kann wie er selbst.

„Papa, du hörst mir ja gar nicht zu!"

Graf Ekhard hebt den Kopf.

»Doch, mein Junge, natürlich. Ich habe jedes Wort gehört. Ich freue mich über deine Pläne und am meisten darüber, daß ich dich jetzt eine Weile in der Stadt habe. Und im Winter gibt's auch wieder eine Reihe von Festlichkeiten bei uns. Ist das nichts für dich? Das bringt Leben ins Haus – und Jugend. Wenn man jung ist wie du, dann soll man die Stunden nützen."

„Wird das nicht sehr unruhig werden für dich, Papa?"

„Nein. An was du alles denkst. Junge, als ich in deinem Alter war – na ja, da wußte ich wohl noch nicht so ganz genau, was ich wollte. Hab' mir manches damit verdorben, was heute hätte anders sein können. Na – sprechen wir nicht mehr darüber."

Herbert denkt an Dorothea. Was liegt ihm an den Festlichkeiten und Bällen, wenn sie nicht dabei ist? Er weiß, daß sie auf ihn wartet. Das macht ihn glücklich.

„Sag mal, mein Junge, wie steht es eigentlich mit Mädchen und so? Hast du nicht 'ne nette Freundin, die du einladen möchtest?"

Irgend etwas warnt Herbert, sein Geheimnis schon jetzt preiszugeben.

„Ich mache mir nicht viel daraus, Papa", lenkt er ab.

In diesem Augenblick dröhnt das Läuten der Kirchenglocken bis hinauf nach Hohenhorst.

Herbert horcht auf.

„Nanu, was ist denn da unten los im Dorf? Hast du keine Ahnung, Papa?"

„Ich glaube, es ist eine Beerdigung. Die Knechte sprachen davon. Ich weiß es nicht genau. Kümmerst du dich um den Wagen? Dann gehe ich noch einmal nach oben."

„Gern, Papa!"

Einen Augenblick noch horcht der junge Graf auf das anhaltende Glockengeläut vom Tal her. Keine Ahnung kommt ihm, daß Dorothea in dieser Minute eine der schwersten Augenblicke ihres jungen Lebens durchsteht.

Eine halbe Stunde später sitzen Vater und Sohn nebeneinander im Wagen. Während er den Wagen über schmale Wege lenkt, denkt er noch einmal zurück an einen Abend im Wald, an dem ein süßes Mädel ihm gestand, daß es ihm gut ist. Er sieht zwei tiefblaue Augen und einen blonden Schopf. „Dorothea!" singt sein Herz, und „Dorothea!" singt auch der Motor.

★

Auch in der Försterei vergehen die Tage. Still und ernst versorgt Dorothea das Haus. Und Tag für Tag wandert sie hinaus auf den kleinen Dorffriedhof, wo ein frischer Hügel sich über Großvaters Ruhestätte wölbt.

Eine Viertelstunde verweilt sie dort im stillen Gebet. Dann kehrt sie langsam und nachdenklich wieder zurück. Das Leben geht weiter.

Auf dem Weg zum Dorf hat sie erfahren, daß der junge Graf Herbert mit seinem Vater in die Stadt gefahren ist. Ihre Gedanken suchen ihn oft. Aber neben der ersten heißen Liebe, die ihr junges Herz erfüllt, steht zugleich der Verzicht.

Sie überlegt, ob sie ihm schreiben soll. Tagelang legt sie sich die Worte zurecht, mit denen sie ihm sagen will, daß sich alles verändert hat und sie ihr Versprechen nicht halten kann. Dann aber verwirft sie diesen Plan wieder. Vielleicht würde er kommen und mit ihr sprechen wollen? Vielleicht würde er auch versuchen, sie zu irgend etwas zu überreden.

Aber die Vernunft sagt ihr, daß dies nicht der richtige Weg wäre. Sie sind beide noch jung. Er steht erst am Anfang seines Lebens und trägt die Hoffnungen seines Vaters in sich. Sie würde ihm nur ein Hindernis bedeuten.

Wenn ihr das Herz weh tut, erinnert sie sich des Versprechens, das sie dem Großvater in der Todesstunde gab. Sie muß ihre Mutter suchen. Auf einen Rat des Pfarrers bestellt sie sich Zeitungen mit Stellenannoncen. Sie will zuerst in die Gegend von Münster. Dort wird sie nach ihrer Mutter forschen. Viele Tage sucht sie vergeblich nach einer annehmbaren Anzeige, die ihren Fähigkeiten entspricht. Dann, an einem Sonnabend, fällt ihr beim Aufschlagen eine kleine Annonce auf:

„Junge Haustochter mit Liebe zur Natur und Tieren und einigen Fähigkeiten im Haushalt sowie gediegener Bildung zur Unterstützung und Gesellschaft der Hausherrin gesucht. Es kommen nur Mädchen unter zwanzig Jahren und aus ersten Häusern in Frage. Angebote unter Angabe von Referenzen an ..."

Noch am gleichen Abend setzt Dorothea sich hin und schreibt einen langen Brief. Sie schildert darin ihr bisheriges Leben im Haus des Großvaters, ihre Liebe zur Natur und zu den Tieren und erklärt mit knappen Worten ihre bisherige Ausbildung.

Es ist das erstemal, daß sie schmerzlich fühlt, wie allein sie ist. Während die Feder Buchstaben für Buchstaben sauber auf die weißen Bogen setzt, kämpft sie gegen ihr eigenes Herz.

Dorothea schluckt. Nicht weinen – nicht denken! Irgendwo auf der Welt lebt ja noch meine Mutter! Und ich werde sie finden!

Plötzlich wirft sie die Arme auf den Tisch und legt den Kopf aufschluchzend darauf. Eine furchtbare Angst ist in ihr vor dieser Mutter, die sie nie gesehen hat.

Drei Tage später hält Dorothea ein Kuvert mit einem goldgedruckten Wappen in den Händen. Zitternd öffnet sie es.

Eine zierliche, etwas zittrige Frauenschrift füllt die Seiten. Die Baronin von Plötz auf Gut Lehmshausen im Münsterschen schreibt ihr. Sie bittet Dorothea, sich sobald wie möglich persönlich auf dem Gut vorzustellen, „wobei wir dann bei gegenseitigem Gefallen alles Nähere besprechen können".

Gleichzeitig fallen Geldscheine aus dem Umschlag, die als Reisegeld gedacht sind.

Dorotheas Herz klopft höher. Ins Münsterland soll sie! Und auf ein großes Gut! Es ist das erstemal nach dem Tod des Großvaters, daß sie mit etwas Freude und Erwartung in die Zukunft schaut. Am gleichen Abend noch spricht sie mit dem Pfarrer.

Die von Plötz sind ein altes Adelsgeschlecht, und dem in Familiennamen nicht unkundigen Mann ein Begriff.

„Mädli, wenn du auf den Hof kommen kannst, dann kannst du von Glück sagen und Gott danken. Dort wird es dir an nichts fehlen, und ich weiß, daß du gut aufgehoben bist. Wann wirst du fahren?"

„Sobald wie möglich, Herr Pfarrer. Morgen noch nicht, aber übermorgen. Eine Bitte hätte ich noch!"

„Sprich nur, Mädli! Was ist es denn?"

„Es ist wegen Waldmann. Ich kann ihn doch nicht mitnehmen, wenn ich mich vorstelle. Würden Sie ihn solange behalten? Er ist bestimmt brav und jagt nicht die Hühner", fügt sie rasch und ängstlich hinzu.

Pfarrer Niemeier schaut auf den kleinen braunen Kerl. Er steht da, die Rute hoch aufgesteckt, mit blitzenden, unternehmungslustigen Augen, und schaut von einem zum anderen, als ahne er sein Schicksal. Es wird ihr nicht leicht, sich von ihm zu trennen; ist er doch das einzige Lebewesen, das ganz ihr gehört.

Aber auch dieses Opfer wird sie wohl bringen müssen.

„Also gut, er kann bei mir bleiben. Später werden wir dann eine Lösung finden. Bringe ihn herein, bevor du fährst."

„Ich danke Ihnen sehr, Hochwürden."

„Schon gut, Mädli. Die Anna soll ein Stück mitgehen, wenn der Weg zu dunkel ist. Oder schaffst du's allein."

„Bestimmt. Waldmann ist ja auch bei mir."

Am folgenden Tag packt sie einige Sachen in ein Köfferchen. Ihr Kleiderschrank ist nicht groß und enthält keine eleganten Dinge zur Auswahl. Sie sucht lange, bis sie sich dann zu einem tiefblauen Winterkostüm entschließt, welches sie auf der Reise tragen will.

Am nächsten Morgen ist sie in aller Frühe schon auf. Sorgfältig schließt sie die Blendläden und Türen des Försterhauses ab. Der kleine Koffer ist leicht. Das Winterkostüm macht sie schlanker und zeigt ihre wohlgeformte Gestalt. Etwas Besonderes haftet ihrem stolzen Gang und ihrem Wesen an, ohne daß sie dies weiß.

Sie gibt Waldmann im Pfarrhaus ab und befindet sich eine Stunde später auf dem Weg ins Münsterland. Erst am Nachmittag erreicht sie die Station des kleinen Ortes, der auf dem Briefbogen angegeben war. Hilflos schaut sie sich um. Hier gibt es keine Wälder und keine Berge wie daheim. Flach ist das Land. Flach und unfreundlich um diese herbstliche Zeit. Ein leiser Wind streicht durch die Bäume.

Sie beißt die Zähne zusammen vor dem Heimweh, das sie schon jetzt packt, und geht auf den Stationsvorsteher zu.

„Entschuldigen Sie bitte, können Sie mir vielleicht den Weg sagen zum Gut Lehmshausen?"

„Nach Lehmshausen wollen Sie? Natürlich kann ich Ihnen den Weg sagen. Aber da hätten Sie besser andere Schuhe anziehen sollen."

„Andere Schuhe? Ja aber ..."

„Na, jetzt sehen Sie aber verdattert aus! Ich meine doch nur wegen des Weges. Eine gute Stunde werden Sie wohl laufen müssen."

Dorothea atmet auf. Wenn es nur das ist!

„Wenn Sie da eine Stelle kriegen können bei den von Plötz, die bezahlen gut und sind vornehme Herrschaften. Nicht so Neureiche. Die alte Gnädige ist ja 'n bißchen komisch. Soll so ihre Schrullen haben, wie die Leute sagen. Darauf dürfen Sie nichts geben. – Na, denn will ich Ihnen mal den Weg zeigen. Sehen Sie die breite Landstraße dort?" Er erklärt ihr den Weg.

Dorothea nimmt den Koffer fester in die Hand. Endlos dehnt sich die Landstraße vor ihr, und sie macht sich auf einen langen Fußmarsch gefaßt.

Plötzlich hält dicht neben ihr ein schwerer Wagen. Erschrocken springt Dorothea auf die Seite; aber da lacht eine helle, freundliche Männerstimme sie schon an.

„Verzeihung! Hab' ich Sie erschreckt? Sie sind fremd hier, nicht wahr? Kann ich Sie ein Stück mitnehmen?"

Er hat blaue, lachende Augen und schaut sie mit offenem, sympathischem Gesicht an. Da hat er auch schon den Wagenschlag geöffnet. Dorothea zaudert.

„Ich weiß nicht – ich muß nach Lehmshausen."

„Da kann ich Sie mitnehmen bis zur Mühle. Von dort ist es dann nicht mehr weit."

Nach kurzem Zögern steigt Dorothea ein. Der schwere Wagen setzt sich mit Schwung in Bewegung. Der junge Mann am Steuer liebt offenbar eine flotte, zügige Fahrt.

„Am Ende hätten Sie den Weg noch verfehlt", sagt er mit einem Seitenblick auf das junge Mädchen. „Die Dunkelheit kommt jetzt schnell. Ich hab' es gleich gemerkt, daß Sie fremd hier sind. Wir kennen uns nämlich alle untereinander auf dem Lande."

Der junge Mensch fährt heiter fort:

„Wir sind Nachbarn von Lehmshausen. Bleiben Sie länger dort? Jetzt beginnt die Zeit der Winterfeste. Das müssen Sie erleben!"

Die blauen Augen des Mannes blitzen auf, streifen ihr Gesicht und lächeln. Schon bald haben sie die Mühle erreicht. Von weitem sieht man ihre großen Flügel im Wind.

Der junge Mann ist ihr beim Aussteigen behilflich und erklärt ihr den weiteren Weg.

„Ich hoffe, daß wir uns einmal wiedersehen", sagt er lächelnd, und Dorothea lächelt zurück.

Sie nimmt ihren Koffer und geht über einen schmalen Feldweg auf die breite Allee zu, die direkt auf das Herrenhaus zuführt. Nach einer Viertelstunde tut sich vor ihr ein zweistöckiges, langgestrecktes Gebäude auf: das Herrenhaus von Lehmshausen.

Viele große Fenster zählt Dorothea an der weißen Vorderfront. Über dem Portal glänzt das riesige Wappen derer von Plötz, und vor dem Haus dehnen sich gepflegte Parkanlagen.

Ein Diener erscheint auf ihr Klingeln. Ein wenig mutlos steht Dorothea da. Nun heißt es das Herz in beide Hände zu nehmen. Flüchtig kommt ihr der

Gedanke an den Großvater, an ihr Versprechen, die Mutter zu finden.

Dorothea kommt gar nicht mehr zur Besinnung. Später weiß sie sich nur zu erinnern, daß sie durch eine große Halle geführt wurde und dann einer alten, weißhaarigen Dame gegenüberstand, deren kluge Augen sie prüfend anschauten: die Baronin Irene von Plötz.

Das Gesicht ist mütterlich, aber nicht ohne einen leisen Leidenszug. Feine weiße Hände spielen mit einer kostbaren langen Perlenkette, und die etwas dunkle Stimme ist wohltuend und angenehm.

Dorothea muß eine ganze Reihe von Fragen über sich ergehen lassen. Sie antwortet ruhig und bescheiden. Ihr junges Gesicht glüht vor Erregung, aber in ihrer Haltung liegt auch jetzt ein gewisser Stolz.

Nach einer Weile endlich fragt die Baronin: „Sie schrieben mir, daß Sie mit Ihrem Großvater zusammengelebt haben. Sie sind noch in Trauer. Ich darf Sie meiner aufrichtigen Anteilnahme versichern. Wenn ein lieber Mensch heimgeht, dann ist es, als ginge ein Stück von einem selbst mit ihm fort. Ich kenne das. Haben Sie keine Eltern mehr?"

„Nein, solange ich denken kann, habe ich nur bei meinem Großvater gelebt. Er hat nie von meinen Eltern gesprochen, ich weiß nichts von ihnen."

Die Baronin hat sie prüfend angesehen. Plötzlich ist ihre Stimme wärmer.

„Ein Mensch ist nie allein auf der Welt, Kind. Immer gibt es irgendwo jemand, den der Herrgott für ihn bestimmt hat. Wir wollen es miteinander versuchen. Sie sollen des Morgens eine Stunde in der Küche mithelfen. Nachmittags möchte ich Sie um mich haben. Ihre Handschrift kenne ich. Sie werden meine

Korrespondenz erledigen müssen und mir vorlesen. Oft haben wir auch Gäste zum Tee, so daß es einem jungen Mädchen bei uns nicht zu einsam wird. Wir haben nämlich keine Kinder mehr. Unser einziger Sohn ist vor einem Jahr tödlich verunglückt", fügt sie leise hinzu.

Dorotheas dunkle Augen glänzen vor Mitleid und Mitgefühl mit dieser alten, vornehmen Frau. Da spricht die wohlklingende Stimme auch schon weiter:

„Es tut mir gut, daß Sie nicht oberflächliche Worte finden für einen Schmerz, den doch keiner ermessen kann. Hoffentlich wird unser Haus Ihnen eine neue Heimat werden, liebes Kind. An mir soll es nicht liegen. Sie könnten mir wie eine Tochter sein. – Wann könnten Sie zu mir kommen?"

„In ein paar Tagen schon, Frau Baronin. Ich muß nur den kleinen Haushalt auflösen."

„Tun Sie das. Und dann kommen Sie sobald wie möglich. Ich habe das Gästezimmer richten lassen. Heute nacht bleiben Sie selbstverständlich unser Gast. Haben Sie sonst noch einen Wunsch?"

„Wenn ich meinen kleinen Dackel mitbringen dürfte. Frau Baronin?"

„Hängen Sie sehr an ihm? Nun, ich denke, in diesem großen Haus wird es wohl ein Plätzchen für ihn geben, nicht wahr? Sie werden müde sein von der Reise, Kind! Karl wird Ihnen Ihr Zimmer zeigen. Wir sehen uns später." Damit ist Dorothea entlassen.

Es ist alles viel besser gegangen, als sie selbst gedacht hat. Bescheiden, aber mit anmutig erhobenem Kopf folgt sie dem Diener Karl über die breite Empore nach oben in ihr Zimmer.

Aufmerksam schaut sie sich um. Das Haus ist anheimelnd, gemütlich und voll vornehmer Tradition. Irgendwie ist ein Gefühl in ihr, daß sie sich hier wohl fühlen wird, in der Nähe der alten, vornehmen Frau.

Todmüde fällt Dorothea abends in ihr Bett. Dieser Tag hat für sie die Wandlung ihres bisherigen Lebens gebracht. Aber sie ist jung und ihr Körper stark. Sie wird es überstehen und ihren Weg finden.

Drei Tage später hat Dorothea ihre Sachen geordnet. Die Witwe Baumann ist im Besitz des kleinen Haushaltes. Am letzten Tag noch gibt der Pfarrer Dorothea viele gute Segenswünsche mit. Am anderen Tag siedeln sie und Waldmann nach Lehmshausen über.

In wenigen Wochen bereits hat sie sich in dem großen Gutsbetrieb eingelebt. Zusammen mit der Gräfin nimmt sie morgens das Frühstück ein, während Baron v. Plötz die meiste Zeit mit wichtigen Geschäften in der Stadt zubringt.

Bis zum Mittag hilft sie dann in der Küche. Es ist keine richtige Küchenarbeit, und sie macht Dorothea Freude. Fast nur besteht sie darin, die Platten für die Mahlzeiten zu richten, feine Salate anzuwürzen oder Vorbereitungen zu treffen für Besuche am Abend.

Nach dem Mittagessen liegt das Herrenhaus für eine Stunde in tiefer Ruhe. Den Nachmittag aber verbringt Dorothea in Gesellschaft der Baronin von Plötz.

In ihrer bescheidenen Anmut hat sie bald das Herz der alten Dame gewonnen. Ihre Stellung im Haus gleicht der einer Tochter. So darf sie wirklich mit ihrem Schicksal zufrieden sein.

Dennoch vergißt sie nicht einen Augenblick ihr

gegebenes Versprechen: Sie will und muß ihre Mutter finden. So richten sich ihre Gedanken in den freien Stunden auf die Möglichkeiten, die ihr bleiben.

Großpapa hat davon gesprochen, daß ihre Mutter am Theater war. Dies mußte ihr ein Hinweis sein, und hier wollte sie zuerst suchen. Nach tagelangem Zaudern schreibt sie an das Stadttheater von Münster und dann an alle größeren und kleineren Theater in der Umgebung. Sie fragt an, ob eine Schauspielerin oder Sängerin namens Christine Heidebrink bekannt ist.

Dann beginnt die Zeit des Wartens. Welche Antwort wird sie erhalten?

„Am Sonnabend bringt mein Mann Gäste mit nach Hause", sagt die Baronin eines Tages vor Weihnachten, als Dorothea und sie beim Tee im kleinen Salon sitzen.

Im Haus sind die Vorbereitungen für Weihnachten in vollem Gang. Es wird gebacken, daß es eine Lust ist. Mit hochroten Köpfen stehen die Küchenmädchen an den Öfen und schwatzen dabei von den kommenden Feiertagen.

Dorothea sitzt mit einer feinen Stickerei an dem runden Teetisch; ihre Gedanken weilen in dem kleinen Dorf im Harz. Dort liegt um diese Zeit schon Schnee, und die hohen Tannen tragen weiße Kapuzen. Großvater müßte längst auf die Wildfütterung gehen. Ein Gefühl von Heimweh durchzieht Dorotheas Herz, und in ihre Gedanken hinein klingen die Worte der Baronin wie aus weiter Ferne.

Die alte Dame schaut nachsichtig und gütig auf. Nur zu gut ahnt sie, was in dem jungen Herzen vor sich gehen mag.

„Dorothea", ermahnt sie sanft, „wo sind Sie denn

wieder? Kind! Sie werden uns noch krank werden vor Heimweh!"

Da hebt Dorothea erschrocken den Kopf. In ihren Augen schimmern Tränen, aber sie lächelt tapfer.

„Verzeihung, Frau Baronin. Ich mußte an daheim denken. Es ist undankbar von mir, mir geht es hier so gut. Aber manchmal kommt es so über mich."

„Sie brauchen sich dessen nicht zu schämen, Kind. Das haben wir doch alle mal durchgemacht. Aber Sie sollten versuchen, auf andere Gedanken zu kommen. Mein Mann bringt Gäste mit aus der Stadt. Allerdings alles nur ältere Herren. Immerhin, es bringt Leben nach Lehmshausen. Sie werden sich hübsch machen und mir den Abend über zur Seite stehen. Und wenn das Weihnachtsfest vorüber ist – das verspreche ich Ihnen –, dann werden wir mal unsere Bekannten besuchen. Es ist jetzt die Zeit der Feste auf den Gütern. Hier gibt es überall viel Jugend. Nun aber eine Frage, Kind: Haben Sie etwas Passendes zum Anziehen für Sonnabend?"

Dorothea überlegt krampfhaft. In Gedanken geht sie ihren Kleiderschrank durch. Dann schüttelt sie zweifelnd den Kopf.

„Ein einfaches Wollkleid ist wohl nicht das Richtige?"

„Nein, Kind. Es muß schon etwas Festliches sein. Wissen Sie was. Wir fahren zusammen in die Stadt und suchen Ihnen etwas aus."

Überrascht hebt Dorothea den Kopf.

„Frau Baronin ..."

„Ja? Was schauen Sie mich denn so an? Es bleibt dabei, wir fahren in die Stadt. Hübsche Schuhe müssen Sie auch noch haben und etwas Steifes unter die Röcke, wie es die jungen Mädchen heute tragen. –

Na, jetzt lächeln Sie, dann sehen Sie gleich viel hübscher aus. Kommen Sie, gießen Sie uns noch mal nach."

Eifrig steht Dorothea auf, gießt die hauchdünnen, kostbaren Teetäßchen wieder voll und reicht das Gebäck. Ihre Bewegungen sind weich und anmutig. Die Baronin von Plötz beobachtet sie wohlwollend. Ist das wirklich ein einfaches Mädchen aus einem Bergdorf? Fast ist es nicht zu glauben, so geschmeidig sind ihre Glieder.

„Nun erzählen Sie mir etwas von Ihrer Heimat, wollen Sie?" fragt sie munter.

Dorothea nickt. Die Nadel in ihrer Hand stichelt eifrig weiter auf der feinen Unterlage. Vor ihrem Geist steigt Hohenhorst auf mit seinen Turmspitzen, das kleine Dorf mit der schmucken Kirche und zuletzt das Försterhaus hoch droben im Wald. Als sie geendet hat, ist es für eine Weile still.

Auf dem Gesicht der Baronin liegt wieder jener feine Zug von Trauer, und Dorothea weiß, daß sie an ihren toten Sohn denkt. Plötzlich sagt sie dann:

„Übrigens, Dorothea, ich glaube, Geheimrat von Blaichingen wird auch unser Gast sein. Er ist ein guter Freund meines Mannes, und wenn ich nicht irre, stammt er ebenfalls aus dem Harz. Nun, wir werden ihn fragen am Sonnabend. Vielleicht haben Sie Gelegenheit, einen Landsmann wiederzusehen."

In das Gesicht des jungen Mädchens schießt eine heiße Welle. Geheimrat von Blaichingen! Herberts Vater! Vielleicht wird er etwas von dem Geliebten erzählen.

Von nun an beschäftigten sich ihre Gedanken mit nichts anderem mehr. Die Tage bis Sonnabend vergehen wie im Fluge.

Die Baronin macht ihr Versprechen wahr. Franz, der Kutscher und Chauffeur, muß sie hinüberbringen nach Münster. In einem eleganten Modesalon werden für Dorothea Sachen eingekauft.

Frau von Plötz selbst sucht aus: ein dreiviertellanges weißes Tüllkleid, das ihren Busen eng umspannt und ihren Hals frei läßt. Dazu eine kostbare Stola aus feiner Angorawolle. Ein enganliegendes, schlichtes Nachmittagskleid aus erlesenem Brokat, ein mandelgrünes Kostüm für den Winter, ein weiter Schottenrock mit Petticoat und hübsche Pullover.

Es will und will kein Ende nehmen. Dorothea muß immer wieder in die Ankleidekabine schlüpfen, und als sie den Salon endlich verlassen, kommt sie sich in dem neuen eleganten Wintermantel fremd und völlig verändert vor.

Aber es ist noch nicht genug. Schuhe werden gekauft. Schuhe mit hohen, spitzen Absätzen aus schlichtem Leder und andere mit goldenen Riemchen und wieder andere sportlich, flach und schick.

Dorothea schämt sich fast der vielen Pakete, die sich im Wagen türmen, und immer ist es noch nicht genug.

„So, das Wichtigste hätten wir nun. Für alle Tage sind Sie damit nett angezogen. Und Weihnachten werden wir dann sehen, was Ihnen noch an Sonntagskleidung fehlt. Nun machen Sie mal nicht so ein bedrücktes Gesicht, Kind. Sie werden noch reichlich Gelegenheit finden, sich erkenntlich zu zeigen, und mir macht es Freude, aus Ihnen das zu machen, was Sie eigentlich sind."

Auf der Heimfahrt ist Dorothea sehr still und denkt über diese Worte nach. Es ist das erstemal, daß sie so recht erkennt, wieviel sie eigentlich noch lernen muß, um sich in ihrer neuen Umgebung mit Anstand zu bewegen.

Großpapa hatte es sicher gut gemeint, als er sie etwas lernen ließ und immer wieder ermahnte. Aber von dieser großen Welt hatte er ihr auch nicht einen winzigen Hauch vermitteln können.

Dann denkt sie an den Geliebten. Auch Herbert gehört jenen Kreisen an, in die das Schicksal sie nun gestellt hat. Hätte er sie jemals achten und lieben können, wenn er gewußt hätte wieviel sie ihm nachstand? Ich werde lernen! denkt sie. Ich werde alles lernen, was mir fehlt, damit ich so werde, wie er mich gewollt hat!

★

Am Sonnabend hat es den ganzen Tag über geschneit. Bereits am Nachmittag hört Dorothea die Wagen vorfahren. Drei Herren mit Damen, Baron von Plötz und Geheimrat von Blaichingen sind es.

Dorothea hat Vorbereitungen für den Abend zu treffen und steht in der Küche. Ihre Wangen sind rot vor Erregung, und in ihren blauen Augen leuchtet ein heimlicher Glanz. Um sechs Uhr schaut die Baronin auf einen Sprung herein.

„Es wird Zeit, daß Sie sich umziehen, Kind. Servieren können die beiden Diener. Ich möchte Sie zum Abendessen an meiner Seite wissen."

Dorothea nickt aufgeregt. In ihrem Zimmer nimmt sie vorsichtig das hübsche neue Kleid aus dem Schrank.

Als sie sich dann im Ankleidespiegel sieht, erschrickt sie vor ihrem eigenen Bild. Dieses junge, schöne Mädchen soll sie sein?

Sie versucht ein Lächeln. Geschickt steckt sie die blonden Zöpfe auf zu einem Krönchen und legt das kleine goldene Kreuz um den nackten Hals, welches Großpapa ihr einmal schenkte. Als sie die breite Treppe hinuntergeht, bleibt Karl, der Diener, mit aufgerissenem Mund in der Halle stehen.

„Donnerlüttchen noch mal", hört sie ihn sagen. Dann ist er wieder verschwunden.

Leicht und sicher betritt Dorothea die Bücherstube und durchquert den großen Wintergarten. Im Eßzimmer wirft sie noch rasch einen Blick über den Tisch. Blendendweiß leuchtet der Damast unter dem kostbaren Tafelgeschirr.

In diesem Augenblick wird die Flügeltür zum Salon geöffnet. Dorothea wendet sich rasch um, in der Annahme, daß es die Baronin von Plötz ist, die ins Zimmer tritt.

Aber es ist nicht die Baronin von Plötz. Ein weißhaariger, großer Mann im dunklen Abendanzug steht dort in der Tür und schaut auf das liebliche Bild. Dorothea erkennt sofort: Es ist Herberts Vater, der Geheimrat von Blaichingen. Er steht wie erstarrt. Ihr Anblick scheint ihn zu verwirren.

Auch Dorothea wird verlegen unter diesen klugen, voll tiefer Bewunderung auf sie gerichteten Augen. Jetzt macht der Mann ein paar Schritte auf sie zu.

„Christine!" sagt er. Aber plötzlich scheint er sich zu besinnen. Er streicht wie abwesend über die hohe Stirn.

„Verzeihung!"

Dorothea lächelt.

„Ich heiße nicht Christine. Mein Name ist Dorothea Heidebrink."

Warum sieht er mich nur so durchdringend an? So forschend sind diese graublauen Augen. Es ist fast, als suche er – ja, als suche er jemand anders.

„Heidebrink?" murmelt er und schüttelt den Kopf. „Bitte entschuldigen Sie, wenn ich Sie verwirrt habe. Es ist – eine Ähnlichkeit. Sie erinnern mich an eine mir sehr treue Frau. Mein Name ist Blaichingen."

In diesem Augenblick kommt die Baronin mit den anderen Gästen hinzu. Sie sieht das junge, schöne Mädchen und den alten Geheimrat nebeneinanderstehen und lächelt erfreut.

„Sie haben sich sicher schon miteinander bekannt gemacht, nicht wahr? So alte Landsleute, die finden sich gleich. – Ja, Herr Geheimrat, da staunen Sie, was? Fräulein Dorothea ist meine Haustochter."

„Sie sind zu beneiden, Baronin, daß Sie so viel Jugend und Anmut um sich haben", sagt er mit einem bewundernden Blick auf Dorothea. „Bei uns Männern ist das anders ..."

„Wenn man sein Leben an die Arbeit hängt und darüber die Jugend vergißt, ja", erwidert die Baronin mit einem feinen, wissenden Lächeln. Ekhard von Blaichingen wendet den Kopf.

„Sie haben recht. Nun, ich bin auch so zufrieden und habe die angenehme Aussicht, daß mein Sohn mir einmal so viel Schönheit und Jugend ins Haus bringt", komplimentiert er weltmännisch.

Aber es ist seltsam. Ihn läßt eine gewisse Erschütterung nicht los, die ihn beim Anblick dieses Mädchens befällt. Sie erinnert ihn – ja, sie erinnert ihn an die Frau, mit der ihn die schönste Erinnerung seines Lebens verbindet. Er hat sie gesucht damals, als sie fortging von ihm. Aber er hat sie nie mehr wiedergefunden – und nun – dieses junge, bildschöne Geschöpf, das Christine so ähnlich sieht!

Die Baronin hat Dorothea jetzt auch mit den anderen Gästen bekannt gemacht, und man geht zu Tisch. Irgendwie fühlt sich Geheimrat von Blaichingen in die Nähe des jungen Mädchens getrieben. Immer wieder zieht er sie in ein Gespräch, beobachtet ihre Bewegungen, die Art ihres Lächelns.

Dorothea fühlt es wohl. Aber der Blick dieser graublauen Augen macht sie nicht befangen. Im Gegenteil. Es ist, als wenn sie ihnen vertrauen könnte.

Wenn Herbert es wüßte! zuckt es in ihrem Herzen. Wenn er jetzt hier neben mir säße wie sein Vater und wir alle drei zusammengehörten!

Aber sie unterdrückt diesen Gedanken. Nein. Niemals darf sie vergessen, wer sie eigentlich ist, auch nicht, wenn sie jetzt zwischen diesen klugen, hochgestellten Menschen sitzt. In diesem Augenblick fragt Geheimrat von Blaichingen an ihrer Seite:

„Sagen Sie, wem ähneln Sie, Fräulein Dorothea, Ihrer Frau Mutter oder Ihrem Herrn Vater?"

Dorothea wird rot. Was soll sie nun antworten? Daß sie es nicht weiß? Die Baronin von Plötz hat die Frage verstanden und sieht ihre Verlegenheit.

„Dorothea ist Waise!" sagt sie lächelnd. „Sie lebte bisher bei ihrem Großvater im Wald. Aber ich hoffe sehr, daß sie sich bei uns auf Lehmshausen wohl fühlt wie daheim."

Sie nickt Dorothea aufmunternd zu. Dann verläuft das Gespräch in anderen Bahnen. Lange nach Mitternacht erst trennt sich die Runde.

Dorothea ist müde, aber glücklich. Wieviel Niegeahntes bringt ihr doch das Leben auf Lehmshausen.

Noch lange denkt sie an die klugen, graublauen Augen, die sie so forschend gemustert haben. Wer mag jene Frau gewesen sein, an die sie den Geheimrat erinnerte? Christine hatte er sie genannt. Er mußte sie sehr geliebt haben.

Christine – so hieß auch ihre Mutter. Wann wohl wird endlich die langersehnte Nachricht vom Theater kommen?

Im Gästezimmer am Ende des langen Flures im ersten Stockwerk steht noch lange ein Mann am Fenster und schaut in den nächtlichen Park. Es ist Geheimrat Ekhard von Blaichingen. Vor seinen Augen steigen die Bilder einer einzigen längst vergangenen Nacht auf.

Dieses Mädchen, dieses schöne, anmutige Geschöpf, welches er an diesem Abend hier getroffen hat, hat die Erinnerung geweckt und auch die tief verborgene Sehnsucht seines Herzens nach dem Glück vergangener Stunden.

Wo mag sie sein die Frau, die er einst über alles geliebt und die er in seinem Leben nie vergessen hat? Er sieht sie vor sich, so jung und schön wie Dorothea. In ihren Augen stand der Zauber der Liebe.

Gar nicht so weit von hier, in einem kleinen Jagdhaus, war dann die Erfüllung für sie beide gekommen. Er wußte nicht viel von ihr. Er wußte nur, daß er sie mehr als alles auf der Welt liebte und daß er sie zu seiner Frau machen würde.

Am anderen Tag war dann für ihn, den jungen Arzt Ekhard von Blaichingen, die Berufung zu einer Expedition nach Colombo gekommen. Innerhalb weniger Stunden hatte er sich zur Abfahrt entscheiden müssen. Es war keine Zeit mehr zu langen Erklärungen geblieben. Er hatte sich nicht mal von ihr verabschieden können. Aber schon vom Schiff aus hatte er ihr geschrieben. Sie sollte nachkommen wenn es ihm gelänge, auf Colombo festen Fuß zu fassen.

Niemals war auf diese Zeilen eine Antwort gekommen. Als er nach zwei Jahren zurückkehrte, hatte er sie gesucht. Es gab keinen Ort, keine Stadt, in der er nicht nach Christine Helm geforscht hatte.

Ein Stöhnen dringt aus der breiten Männerbrust. Es ist das Stöhnen eines Mannes, der die Erinnerung nie vergißt.

„Christine!" murmelt er, während er hinausschaut auf das Glitzern von tausend Schneekristallen. „Christine! Warum bist du von mir fortgegangen?"

Sein Herz weiß keine Antwort auf diese Frage. Aber es zieht ihn in die Nähe des jungen Geschöpfes, das diese Sehnsucht erneut zum Klingen gebracht. Von merkwürdigen Gefühlen hin und her gerissen, geht er endlich zur Ruhe.

★

Ein paar Tage später hält Dorothea die längst erwartete Nachricht aus München in Händen. Das dortige Theater schreibt ihr, daß weder eine Schauspielerin noch eine Sängerin unter dem Namen Christine Heidebrink bekannt ist und man diesen auch nicht von anderen Bühnen her kennt.

Es ist einer von den vielen Briefen, die sie auf ihre Anfragen hin aus ganz Deutschland erhalten hat. Nirgendwo ist eine Christine Heidebrink bekannt.

Dorothea ist tief niedergeschlagen. Sollte Großpapa sich geirrt haben? Sollte ihre Mutter gar nicht am

Theater beschäftigt gewesen sein? Aber wie soll sie sie dann jemals finden unter den vielen Menschen auf der Welt?

Tagelang quält sie dieser Gedanke. Es ist, als ob eine geheime Verbindung von ihr zu ihrer Mutter bestünde. Sie malt sich aus, wie sie wohl aussehen mag. Unter welchen Umständen mag sie leben, daß sie sich nie gemeldet hat? Vielleicht ist sie arm und muß hungern, während sie im Überfluß lebt! Dieser Gedanke frißt an ihrem Herzen.

Eines Tages hält sie eine neue Idee gepackt. Wenn sie kleine Inserate in den Zeitungen aufgäbe, in denen Christine Heidebrink gebeten wird, sich zu melden?

Sie versucht es sofort in Münster und Umgebung. Ohne Erfolg. Sie versucht es auch in anderen großen Tageszeitungen. Tagelang fiebert sie auf den Postboten. Aber nichts meldet sich. Jetzt bleiben nur noch die großen überseeischen und Auslandszeitungen, falls ihre Mutter ausgewandert wäre. Aber ein noch so kleines Inserat darin kostet Geld, viel Geld, das Dorothea nicht besitzt. So muß sie eines Tages ihre Suche aufgeben. Vielleicht hilft das Schicksal ihr weiter? Ein kleiner Zufall nur! Gläubig und fromm, wie sie Großvater Heidebrink erzogen, betet sie jeden Tag und bittet inständig um eine Spur, die zu ihrer Mutter führt.

Inzwischen vergehen die Tage. Das Leben geht weiter. Weihnachten kommt. Es wird ein Fest der Liebe und Güte auf Lehmshausen. Der Winter zeigt nun sein wahres Gesicht. Eiskalt fegen die Stürme um das alte Herrenhaus, daß die alten Eichen vor dem Portal ächzen und stöhnen.

Ein paar Tage später legt sich die Baronin von

Plötz mit einer heftigen Erkältung ins Bett. Fast Tag und Nacht ist Dorothea nun um diese Frau, die ihr schon jetzt viel mehr bedeutet als nur Herrin.

Ende Januar kommt eine Einladung vom Nachbargut Vornholt zu einem Ball. Tage vorher ist Dorothea aufgeregt wie nie zuvor. Sie kennt erst wenige Nachbarn, aber gerade die Vornholts, die selbst zwei Töchter in ihrem Alter besitzen, sind außerordentlich sympathisch und entgegenkommend.

Es schneit in dicken Flocken, als der Sonnabend gekommen ist. Vor dem Portal des Herrenhauses steht Kutscher Franz mit dem Schlitten. Dorothea trägt ein weißes Abendkleid aus glänzender Seide. Es ist ein Weihnachtsgeschenk der Baronin von Plötz gewesen, zusammen mit dem Pelzkäppchen und dem Umhang.

Auf Gut Vornholt sind die hohen Fenster der Gesellschaftsräume bereits hell erleuchtet, als sie eintreffen. Lebhaftes Stimmengewirr und Gemurmel erfüllt das Haus. Die älteren Herrschaften haben sich in dem Herrenzimmer und im anschließenden Jagdzimmer des Hausherrn niedergelassen. Die Damen sitzen im großen Salon.

Dorothea hält sich bescheiden im Hintergrund. Es ist zuviel auf einmal, was ihre Augen fassen müssen. Neben ihr tauchen plötzlich die strahlenden Gesichter der beiden Vornholttöchter auf.

„Wie reizend, Frau Baronin, daß Sie Dorothea mitgebracht haben. Papa plant für uns einige Überraschungen. Haben Sie Mama schon begrüßt? Sie wird sicher sofort kommen. Es ist ein bissel viel los heute bei uns. Dürfen wir Ihnen Dorothea entführen?"

„Nur zu, Kind! Sie finden mich drüben im Salon. Amüsieren Sie sich gut."

Rasch hat Dorothea ihre anfängliche Befangenheit überwunden. Ihre natürliche Anmut gibt ihr Sicherheit und läßt sie ganz selbstverständlich den richtigen Ton im Kreis der jungen Menschen finden.

Nach dem Eintreffen der letzten Gäste erklingt Tanzmusik in der Diele. Die Herren suchen ihre Tänzerinnen. Neben Dorothea taucht ein lachendes Männergesicht auf.

„Guten Abend, gnädiges Fräulein! Nun, habe ich es nicht gleich gesagt, daß wir uns wiedersehen? Wunderbar sehen Sie aus! Wie eine Zauberfee! Darf ich bitten?"

Eindringlich und warm schauen blaue Männeraugen sie an. Es ist der junge Mann aus dem Auto, der sich jetzt als Diter von Holten entpuppt. Er reicht ihr seinen Arm. Dorothea legt den ihren zögernd hinein. Bald schon fliegen sie schwungvoll über das Parkett. Diter ist ein guter Tänzer.

„Es ist ein Vergnügen, mit Ihnen zu tanzen, gnädiges Fräulein. Nein, ehrlich!"

„Oh, ich hatte bisher wenig Gelegenheit."

„Davon merke ich nichts. Wenn die anderen das erst spitzhaben, bin ich Sie los. Aber dieser Abend gehört mir, nicht wahr?"

Wieder schaut er so eindringlich, daß sie errötet. Sie mag sein offenes, sympathisches Gesicht, in dem so kluge Augen blitzen. Er ist wie ein guter Freund unter den vielen Fremden.

„Sie müssen mir übrigens noch viel erzählen. Sie leben drüben auf Lehmshausen, nicht wahr? Da werden wir noch öfter Gelegenheit haben, uns zu sehen. Die alten Herrschaften sind reizende Leute. Ich kenne sie aus der Zeit, als Karl-Heinz noch lebte. Er war der einzige Sohn, und sie hingen sehr an ihm.

Er hat sich auf der Jagd selbst erschossen. Keiner weiß, ob es ein Unglück oder gewollt war."

Darum ist die Baronin oft so ernst und nachdenklich. Der einzige Sohn – erschossen! Wie furchtbar! Dorothea nimmt sich vor, dieser gütigen Frau noch mehr Anhänglichkeit und Dankbarkeit zu schenken.

Diter von Holten plaudert weiter. Er hat eine angenehme Art zu plaudern, und in ihrer Nähe taut er sichtlich auf. Nach einer Weile erst gibt er sie frei. Aber er denkt nicht daran, sich anderen Damen zu widmen. Er sitzt neben ihr um den runden Tisch im Wintergarten, winkt dem Diener, hebt ihr ein Glas mit dem perlenden Sekt entgegen und stößt mit ihr an.

Die Stunden vergehen rasch. Auch andere Herren bemühen sich um Dorothea. Dann sitzen sie wieder zusammen und plaudern so angeregt, daß Dorothea alles vergißt. Auf ihrem jungen Gesicht liegt ein zauberhaftes Lächeln. Während sie tanzt und plaudert, fühlt sie nicht die neidischen und mißgünstigen Blikke manchen jungen Gastes.

Es geht auf Mitternacht zu. Dorothea und Diter von Holten haben in dem großen Speisesaal nebeneinander an dem kalten Büffet gestanden und sich mit Appetit den ausgesuchten Leckerbissen zugewandt. Langsam schlendern sie später wieder durch den kleinen Salon dem Wintergarten zu. Sie sind ein schönes Paar. Dorothea trägt den blonden Zopf schlicht aufgesteckt. Auf ihrem jungen Gesicht leuchtet Wärme und ehrliche Freude.

Diter von Holten beugt sich zu ihr herunter und flüstert ihr etwas zu, über das sie hellauf lachen muß. In diesem Augenblick kommt eine dunkelhaarige mollige Person auf sie zu. Sie ist erregt und wie von Sinnen. Ihre dunklen Augen funkeln böse.

„Guten Abend, Diter", sagt sie erzwungen ruhig, ohne Dorothea auch nur eines Blickes zu würdigen. „Den ganzen Abend hatte ich noch keine Gelegenheit, dich zu begrüßen, obwohl ich doch erwarten durfte, daß dir die gesellschaftlichen Regeln nicht unbekannt sind. Aber du warst wohl zu beschäftigt, wie? Na, Männer lieben so was. Nur solltest du wissen, wann und mit wem man so etwas tut."

Der Ton ist gekränkt und so offensichtlich böse auf Dorothea gemünzt, daß sie zusammenzuckt. Ruhig und gelassen reicht Diter dem Mädchen die Hand.

„Guten Abend, Adele. Ich wußte nicht, daß du auch da bist. Kennt ihr euch schon, oder darf ich bekannt machen?"

„Danke, ich bin Bekanntschaften dieser Art nicht gewöhnt. Bettelprinzessinnen gibt's überall!"

Dorothea läuft rot an. Hilflos und verwirrt steht sie da und so bestürzt, daß sie in den Boden versinken möchte vor Scham.

Ein triumphierender, giftiger Blick aus bösen Augen trifft sie. Aber Diter bleibt noch beherrscht.

„Ich verstehe nicht ganz, Adele. Falls du die Dame an meiner Seite meinen solltest, so muß ich dich darauf aufmerksam machen, daß sie genauso Gast in diesem Haus ist wie du und außerdem unter meinem Schutz steht. Es sollte dir wohl nicht fremd sein, daß es die Baronin von Plötz war, die sie hier eingeführt hat. Ich muß schon sagen, daß ich dein Verhalten nicht verstehe."

Jetzt bekommt Adele einen roten Kopf. Man beginnt auf die kleine Gruppe aufmerksam zu werden.

Sie beißt sich auf die Lippen. Dann wirft sie den Kopf in den Nacken.

„Ach was!" zischt sie ohne jedes Gefühl von Scham, „muß ich denn noch deutlicher werden? Den ganzen Abend gibst du dich mit einer ab, von der du nicht einmal weißt, wer sie ist. Wo kommt sie denn her, daß sie sich in unsere Kreise mischt und uns die Tänzer wegschnappt? Was heißt das schon, die Baronin von Plötz hat sie eingeführt! Du solltest dir wahrhaftig zu gut dazu sein, ihr den Gesellschafter zu spielen."

Fassungslos hat Dorothea auch diesen Ausbruch über sich ergehen lassen. Alle Freude, alles Glück dieses Abends ist zerstört. Tränen schießen ihr jäh in die Augen. Sie wendet sich ab, verläßt wie gehetzt den Raum, durchquert die riesige Halle und das eichene Portal. Draußen ist eiskalte Nacht. Immer noch rieselt der Schnee in dicken Flocken zur Erde. Hier steht sie allein und weint.

Auch Diter war einen Augenblick erstarrt. Dann packt ihn eine grenzenlose Wut auf dieses dünkelhafte Geschöpf vor ihm.

„Jetzt ist es aber genug! Du kannst dir gratulieren zu deiner Bildung, du gemeines niederträchtiges Gör!"

Er dreht sich auf dem Absatz um und eilt Dorothea nach. Die Komteß Adele schaut ihm mit zusammengezogenen Augenbrauen nach, aber das sieht er nicht mehr.

Draußen schaut Diter sich suchend um. Er läuft um das ganze Herrenhaus. Dorothea ist nicht zu finden.

Sie sitzt abseits im Schatten der alten Stallmauern in dem gepolsterten Schlitten von Lehmshausen und wartet. Zum ersten Male in ihrem jungen Leben hat sie Mißgunst und Neid erleben müssen. Aber die Demütigung hat gesessen. Bis ins Innerste getroffen, kriecht sie ganz in sich zusammen.

War es Sünde, daß sie ein einziges Mal nur glücklich sein wollte wie andere? Und wie wohl tat ihr die aufmerksame Freundschaft des jungen Diter von Holten inmitten der fremden Menschen.

Sie gehört nicht in diese Kreise. Dieses Mädchen hat es ihr deutlich gesagt. Sie wird immer eine Außenstehende bleiben. „Wer ist sie denn schon, und wo kommt sie her?" Die Worte klingen in ihren Ohren nach. Sie hat Heimweh nach dem kleinen Försterhaus in den Wäldern. Es packt sie mit solcher Gewalt, daß der zarte Körper sie schüttelt vom Weinen. Zugleich aber brennt die Erkenntnis in ihrem Herzen, daß sie niemals Herberts Frau werden könnte, selbst wenn er sie darum bat. Und diese bittere Erkenntnis tut weher als der gekränkte Stolz ihres jungen Herzens. Noch tiefer kriecht sie in die warmen Decken. Sie hört ihren Namen rufen. Aber sie antwortet nicht.

Diter von Holten hat nach einer Weile seine Suche aufgegeben. Vielleicht ist sie in die Ställe gelaufen, denkt er. Immer noch packt ihn die Wut auf Adele. Verdammt peinliche Situation auch für ihn. Was soll er der Baronin von Plötz erklären? Es hilft nichts – er wird die Wahrheit sagen müssen.

So unauffällig wie möglich schlängelt er sich durch die Gesellschaftsräume. Zur vorgerückten Stunde herrscht überall lebhafter Betrieb. Adele von Landrock tritt ihm in den Weg. Er mißt sie nur mit einem kalten, verächtlichen Blick.

Im großen Salon entdeckt er endlich die Baronin.

Sie schaut bei seinem Eintritt auf. Ihre Blicke kreuzen sich. An seinem erregten Gesicht erkennt sie sofort, daß etwas vorgefallen ist. Sie nickt ihm zu, auf sie zu warten. Unauffällig erhebt sie sich und folgt ihm in die Diele.

„Ist was, Diter? Ich hatte das Gefühl, als wollten Sie mich sprechen."

„Frau Baronin – es ist –, ich muß vielmals um Entschuldigung bitten, daß dies überhaupt vorkommen konnte. Es handelt sich um Fräulein Dorothea."

„Was ist mit Dorothea?"

„Es wird mir nicht leicht, Frau Baronin, aber ich muß wohl die Wahrheit sagen. Adele von Landrock hat sie auf ihre boshafte, hochfahrende Art und Weise beleidigt. Es war eine häßliche Szene, und alles ging so schnell."

„So! Adele von Landrock. Es ist ihr wohl in den Kopf gestiegen, daß ihr Vater, der verarmte Rittmeister von Landrock, das Gut von seinem Onkel erschlichen hat, wie? Was hat sie gesagt, Diter?"

„Sie pochte wie gewöhnlich auf ihre Herkunft und nannte Fräulein Dorothea eine Bettelprinzessin und ähnlich. Es ist mir furchtbar peinlich, Frau Baronin. Sie dürfen versichert sein ..."

„Ich kenne Sie, Diter. Sie brauchen sich nicht bei mir zu entschuldigen. Ich kann mir schon alles vorstellen. Es tut mir leid für das Mädchen. Mein Gott, ich habe ihr die Freude gegönnt. Wo ist sie jetzt?"

„Sie ist fortgelaufen. Ich kann sie nicht finden."

„Lassen Sie anspannen. Ich werde meinem Mann Bescheid geben. Wir wollen nach Hause. Und schikken Sie jemand in die Ställe, vielleicht ist sie dort."

Diter nickt. Die Baronin kehrt in die Gesellschaftsräume zurück. Aber eine halbe Stunde später bereits ist der Schlitten auf dem Weg zurück nach Lehmshausen. Still und niedergeschlagen sitzt Dorothea in ihrer Ecke, bis endlich der Baron das Schweigen bricht.

„Machen Sie sich nichts draus, Kind. Kleinen Geistern begegnet man immer wieder auf dieser Welt. Adele von Landrock besitzt eine scharfe Zunge, die ihr selbst noch viel Schaden anrichten wird. Den Adel des Namens kann man erben, den Adel des Charakters aber nicht."

Begreift Dorothea so ganz den Sinn dieser Worte? Vielleicht jetzt noch nicht. Eines Tages aber wird sie erkennen, daß nicht Geld allein den Wert eines Menschen ausmacht.

★

Trotz der liebevollen Fürsorge, mit der die Baronin von Plötz das junge Mädchen fürderhin auf Lehmshausen umgibt, verliert sich die tiefe Demütigung jenes Abends bei Dorothea nicht. Sie ist stiller als sonst. Ihre Gedanken sind wieder öfter in dem kleinen Heimatdorf im Harz, wo sie an der Seite des Großvaters so unbeschwerte Jahre verlebte. Auch als die nächste Einladung von einem anderen Gut kommt, bleibt sie fest. Sie weigert sich mitzugehen.

Als vierzehn Tage vergangen sind, kommt an einem Nachmittag Diter von Holten zu Besuch. Er bringt einen Strauß herrlicher Rosen für Dorothea mit. Sie reicht ihm herzlich die Hand. Kein Wort fällt über jenen Abend.

Zwei Tage später fahren die Vornholttöchter mit dem Schlitten vor. Auch sie bringen warme Freundschaft und Herzlichkeit für Dorothea mit.

Bei jeder möglichen Gelegenheit betont die Baronin, daß sie Dorothea wie eine Tochter des Hauses ansieht, und langsam erst löst sich bei ihr der innerliche Krampf. Sie lacht wieder und spielt mit den Hunden. Mit besonderer Liebe und Anhänglichkeit umgibt sie die Baronin, an der sie wie an einer Mutter hängt. Nur ein winziger Stich bleibt zurück. Eine Narbe, die sie nie vergißt.

★

Im Frühjahr des gleichen Jahres kehrt Herbert von Blaichingen-Lintfort aus der Stadt nach Hohenhorst zurück. Er ist reifer und männlicher geworden in den Wintermonaten. Seine hohe, schlanke Gestalt hat sich ein wenig gedehnt und zu seinem Vorteil entwickelt. In seinen Augen liegt immer noch das strahlende, helle Leuchten, als er den Weg vom Bahnhof aus zu Fuß nach Hohenhorst zurücklegt.

Das Herrenhaus erwartet ihn in vollem Glanz. Dienerschaft und Küchenpersonal sind angetreten. Er begrüßt auch die Knechte mit Handschlag, und als er dann endlich allein in den behaglichen geheizten Räumen sitzt und die eingegangenen Postsachen durchblättert, überkommt ihn wieder das heimatliche Gefühl, das er nun hier auf Hohenhorst empfindet.

Brief um Brief legt er achtlos beiseite. Das alles hat Zeit. Ein ganzer langer Sommer steht ihm bevor – ein Sommer in den Bergen und Wäldern – ein Sommer mit Dorothea!

Mitten in seinen Träumen wird er durch heftiges Kratzen an der Tür aufgeschreckt. Er lächelt. Das sind seine Hunde! Jaulend kommen sie auf ihn zugeschossen, als Niklas ihnen die Tür öffnet, springen an ihm hoch, zerren ihn und lassen ihre Zungen durch sein Gesicht gleiten, daß er sich lachend wehren muß.

„Ja, ja! Ist ja gut! Ihr seid meine Guten! Ihr habt mich vermißt, das glaube ich!"

Sie horchen schwanzwedelnd auf seine Stimme. Es dauert eine ganze Weile, bis er sie beruhigt hat, und dann liegen sie mit den Schnauzen auf seinen Füßen und schauen ihn aus großen, treuen Augen unverwandt an. Herbert reckt sich.

Das ist Heimat. Niemand kann ihn zwingen, sein Leben in der Stadt zu fristen bei oberflächlichen Menschen, die nichts verstehen von der Natur. Er geht in das Turmzimmer hinüber und schiebt die Gardinen an die Seite. Von hier aus überblickt er das Tal bis weit in die dunklen Wälder, wo das Forsthaus steht. Hell und blau spannt sich der Frühlingshimmel über den Bergen. Fröhliches Vogelgezwitscher klingt an sein Ohr. Er öffnet das Fenster weit, daß der Wind das Rauschen der Tannen hineinträgt. Jäh wendet er sich um und verläßt das Zimmer.

Zielbewußt und rasch nimmt er den steilen Waldweg ins Tal. Ganz am Ende teilt sich der Weg. Er geht nach rechts, steil hinauf, wo das Forsthaus liegt. Nach einer guten halben Stunde öffnet sich die Lichtung. Vor ihm liegt das Försterhaus. In seinem Blick liegt Erwartung und Freude.

„Dorothea! – Dorothea!" Sein Ruf hallt von den Bergen wider. Plötzlich stutzt er. Die Blendläden sind dicht verschlossen. Nanu? Das ist ja fast unmöglich. Er schaut sich suchend um, aber hier oben findet sich keine Menschenseele, die man fragen könnte, so kehrt er eilig ins Dorf zurück. Vielleicht ist sie verreist für ein paar Tage, überlegt er. Bestimmt! Sonst hätte sie doch Nachricht hinterlassen. Sie hat ja nicht gewußt, wann er zurückkehrt. Er drängt die erste Enttäuschung zurück und zwingt sich zu ruhiger Überlegung. Fast schon wieder auf der Dorfstraße angelangt, trifft er einen der Waldarbeiter. Kurz entschlossen spricht er ihn an.

„Guten Tag, Hännes!"

„Guten Tag, Herr Graf. Auch mal wieder im Land?"

„Ja, jetzt kommt der Sommer, und da gibt's einen Haufen Arbeit. Sag, hast du eine Ahnung, wo Förster Heidebrink ist? Das Forsthaus ist verschlossen?"

„Ja, wissen Sie denn das nicht, Herr Graf? Der Förster Heidebrink ist doch tot. Im vergangenen Herbst schon hat ihn ein Baum erschlagen. Ich war selbst dabei, als es geschah. Er konnte so rasch nicht mehr ausweichen, und da war es geschehen. Sie hatten einen anderen Förster inzwischen, aber den hat's dort oben nicht lange gehalten in der Einsamkeit."

Der junge Graf steht sekundenlang betroffen da und schaut ins Leere. Förster Heidebrink tot! Und er hat es nicht gewußt! Mein Gott, wer hätte es auch ahnen können! Dorothea! Was ist mit Dorothea? Wie furchtbar muß sie es getroffen haben. Sie war nicht zu ihm gekommen in ihrem Schmerz. Wo mag sie jetzt sein?

„Tja, Herr Graf, so ist das gewesen. Es hat uns allen bös' zugesetzt, damals."

Herbert nickt abwesend. Langsam geht er weiter.

Wo und wie kann er etwas von Dorothea erfahren? Plötzlich weiß er es: Es gibt nur einen im Ort, der über alles, was in der Gemeinde geschieht, orientiert ist: Pfarrer Niemeier. Er nimmt den Weg zum kleinen Pfarrhaus am Rande des Dorfes.

Pfarrer Niemeier ist allein. Er sitzt in tiefen Gedanken in seiner Arbeitsstube, als Herbert anklopft. Herzlich streckt er ihm die Hand entgegen.

„Graf Herbert! Auch wieder im Lande? Das freut mich sehr, daß Sie gleich zu mir finden. Nehmen Sie Platz, Sie stören mich keineswegs."

„Ja, wieder im Land, Herr Pfarrer! Der Winter steckt mir noch in den Knochen. Aber das gibt sich hier oben bald. Tja – hm– eigentlich wollte ich nicht lange bleiben. Ich hatte nur eine Frage, von der ich glaube, daß Sie sie mir beantworten können."

„Na, was haben Sie denn auf dem Herzen?"

Einen Augenblick überlegt Herbert. Wie kann er es am besten sagen, ohne sich sogleich zu verraten? Offen schaut er dann auf.

„Herr Pfarrer, ich komme soeben aus dem Forsthaus, das heißt, ich fand es leer und verschlossen. Hännes erzählte mir vom Tode Förster Heidebrinks. Ich hatte es nicht gewußt. Ich wollte – zu Dorothea! Haben Sie eine Ahnung, wo sie jetzt ist?"

„Dorothea – soso. Ja – natürlich weiß ich, wo Dorothea ist", fährt er gedehnt fort. „Es war nicht leicht für sie damals. Aber sie war sehr tapfer. Sie hat eine Stelle angenommen im Münsterländischen. Ich glaub', es geht ihr recht gut. Geschickt und fleißig war sie ja immer, und ich bin sicher, sie wird ihren Weg gehen."

Herbert nickt nachdenklich. Dorothea hat bei fremden Leuten eine Stelle angenommen. Und er hatte nichts davon gewußt. Eine plötzliche Sehnsucht nach dem Mädchen packt ihn. Ihm ist es gleichgültig, was die Leute sagen werden. Er muß Dorothea wiedersehen!

„Können Sie mir die Anschrift geben, Herr Pfarrer, wenn ich Sie darum bitte?"

Jetzt nimmt der alte Pfarrer den jungen Menschen fest ins Auge.

„Das könnte ich wohl, Herbert, aber ich möchte es nicht. Dorothea ist ein einfaches Mädel vom Lande von dessen Herkunft man im Grunde nicht viel weiß. Sie kennt nicht mal selbst ihre Eltern. Lassen Sie ihr ihre Ruhe, Graf Herbert. Sie würde in Ihren Kreisen unglücklich werden, weil sie darin immer eine Fremde bleibt. Nein, sagen Sie jetzt nichts. Ich kenne Dorothea, und ich will sie in Ihren Augen bei Gott nicht herabsetzen. Sie ist klug und hat eine gute Bildung genossen. Aber ich bitte sie zu bedenken, daß Sie ein elternloses Mädchen ist, das schnell in schlechten Ruf gerät. Denken Sie über diese Worte nach, was immer Sie auch tun werden! Wollen Sie mir das versprechen?"

„Herr Pfarrer, ich – Dorothea und ich – es gibt keinen anderen Weg für mich."

„Ich habe Sie gefragt, Graf Herbert, ob Sie mir versprechen wollen, über meine Worte nachzudenken?"

„Ja, Herr Pfarrer."

„Gut. Dann wollen wir jetzt von was anderem reden. Es wird ein schönes Frühjahr werden, glaube ich. Haben Sie schon einen Blick in Ihre Wälder geworfen. Würde mich freuen, wenn Sie mich wieder einmal mitnähmen auf die Pirsch."

★

Als Herbert später das Pfarrhaus verläßt, tut er es mit wirren Gefühlen. Auf Hohenhorst angekommen, geht er sofort in sein Arbeitszimmer. Immer wieder gehen ihm die Worte des Pfarrers durch den Kopf. Ihm selbst liegt nichts an Gut und Geld. Dorothea war für ihn der Inbegriff von keuschem Frauentum. Jung war sie und scheu. Ihre Zärtlichkeiten waren so ungeübt und verhalten gewesen. Und doch war sie nicht zu ihm gekommen, als die Not sie zwang, von hier fortzuziehen.

Vielleicht hatte der Pfarrer recht. Vielleicht würde sie sich bei ihm gar nicht wohl fühlen, auch wenn er sie in Liebe einhüllte. – Vorbei der Traum von dem Sommer, den er in vielen langen Winterstunden geträumt! Vorbei der Traum von süßen Küssen – vorbei!

Die ganze Nacht noch kämpft er mit sich. Am anderen Morgen hat er sich durchgerungen. Mag das Schicksal die Dinge weiterführen, wenn es will. Er wird Dorotheas Leben nicht beunruhigen, auch wider sein Herz nicht. Am gleichen Tag noch packt er seine Koffer und kehrt in die Stadt zurück. Der Gedanke an Hohenhorst ist ihm verleidet. Er kehrt an die Universität zurück.

★

Ein Jahr vergeht, ohne daß sich etwas Sonderliches im Leben Dorotheas oder Herberts von Blaichingen ereignet. Träge ziehen sich die heißen Sommertage hin. Glutvoll scheint die Sonne auf das Münsterländer Land.

Dorothea vermißt ein wenig die kühlende Brise hoher Tannen. Zugleich aber hat sie sich auch an die

Weite der wogenden Kornfelder und grünen Koppeln gewöhnt.

Lehmshausen ist ihr zu einer zweiten Heimat geworden. Der Herbst vergeht; die hohe Zeit der Ernte ist vorüber, und die Jagden beginnen. Lautes, rühriges Jägervolk füllt die Güter der Umgebung. Und auch diese Zeit ist eine fröhliche, erfüllte Zeit für die Landbewohner.

Gewiß, es gibt immer wieder die dunklen Stunden, in denen für Dorothea das Heimweh so stark ist, daß sie zurückfliegen möchte; es gibt auch solche, in denen die Sehnsucht nach dem einen sie erfüllt, dem sie ihre ersten Küsse und ihr junges Herz geschenkt.

Sodann lastet auch das dem Großvater gegebene Versprechen wie eine Schuld auf ihr. Immer noch hat sie nicht die geringste Spur gefunden, die zu ihrer Mutter führt, und sie wüßte auch nicht, eine solche zu finden.

Äußerlich hat sich Dorothea in diesen Monaten vollkommen verändert. Nicht ihr junges unberührtes Gesicht, die strahlenden jungen Augen – o nein, die nicht. Aber ihr Wesen ist sicher und beherrscht geworden. Eine junge Dame ist aus ihr geworden, die mit leichtem, sicherem Gang über die dicken Teppiche von Lehmshausen schreitet.

Nachdem auch das fröhliche Jagen ein Ende hat, zieht der Winter ein. Diesmal naß und unfreundlich. Voll dichten Nebels ist die Luft, macht das Atmen schwer und bringt die Influenza ins Land.

Die Baronin von Plötz, anfällig gegen jede Art von Erkältung, kränkelt fast den ganzen Winter hindurch, bis der Arzt eines Tages kurz und energisch befiehlt: „Sie müssen Luftveränderung haben. Raus

aus diesem Regenloch, das Ihrer Gesundheit schädlich ist. Fahren Sie für sechs Wochen nach Italien. Jetzt ist die richtige Zeit für Sie. Ich rate Ihnen, überlegen Sie es sich nicht lange, Frau Baronin."

Da gibt es kein langes Überlegen mehr für die Baronin, und nachdem nun auch der Baron auf diese Genesungsreise drängt, geht alles sehr schnell.

Dorothea wird die alte Dame begleiten. Voll Eifer macht sie sich an die Vorbereitungen. Vom frühen Morgen bis zum späten Abend wäscht und plättet sie die feine Spitzenwäsche. Bis in die Nacht hinein sitzt sie unter der großen Stehlampe im Salon und stichelt an allen möglichen Kleidungsstücken herum. Dann endlich sind die Koffer gepackt.

Am vierundzwanzigsten März geht die Fahrt los gen Süden. Es ist ein regnerischer, stürmischer Tag. Aber als sie den kleinen Ort Belmonte an der blauen Adria erreichen, leuchtet blauer Himmel über ihnen. Warm scheint die Sonne über Land und Meer, mild ist die Brise von der See.

Nahe am Meer, in einem riesigen Garten zwischen Palmen und Kakteen, steht das weiße Haus, in dem sie wohnen. Bald schon fühlt die Baronin sich so wohl, daß sie kleine Ausflüge in die Umgebung unternehmen können.

Es ist das erstemal, daß Dorothea etwas von der Welt kennenlernt, und dankbar und entzückt nimmt sie all die neuen Eindrücke in sich auf. Die Baronin von Plötz beobachtet sie lächelnd. Nachdem nun schon drei Wochen vergangen sind, schlägt sie vor:

„Sie sollten die Gelegenheit wahrnehmen und auch das künstlerische Italien kennenlernen, Kind. Theater und Musik spielen hier eine große Rolle. Ich werde mitgehen. Wir werden nach Rom fahren!"

Dorothea jubelt auf.

„Wir werden nach Rom fahren. Frau Baronin? Dort durch die Museen wandern und die großen Kunstwerke bewundern dürfen? Und vielleicht ins Theater gehen? Oh, ich liebe die Musik!"

„Gut, Kind, dann wollen wir nicht mehr lange warten. Ich werde mich heute noch erkundigen, ob wir Karten bekommen können und was gegeben wird in der nächsten Zeit."

Dorothea nickt mit glänzenden Augen.

„‚Aida' oder ‚Tosca' oder vielleicht ‚La Bohème'. Frau Baronin, ich freue mich so!"

Zwei Tage später bereits sind sie nach Rom übergesiedelt. Nur für ein Wochenende. In einem der elegantesten internationalen Hotels bewohnen sie ein Appartement mit Salon. An diesem Abend nimmt Dorothea zum erstenmal ihr neuestes Abendkleid aus dem Schrank. Es ist ein federleichtes Gebilde aus zartblauer Spitze mit einem tiefen Dekolleté und kleiner angedeuteter Schleppe.

„Tosca" wird an diesem Abend gegeben. Während sie die blitzenden Ohrringe in die Ohrläppchen schiebt, summt sie die schwermütigen Melodien. Dann schaut sie in den Spiegel. Ein junges wunderschönes Gesicht schaut ihr daraus entgegen.

„Bin ich das, Dorothea Heidebrink?" fragt sie leise. „Es ist wie ein Traum! Alles ist wie ein Traum! Wenn ich nur wüßte, wer meine Mutter ist. Und mein Vater!"

Der Gedanke bedrückt sie. Bewußt schüttelt sie ihn ab. Heute will sie sich nur freuen auf die Musik und all das Schöne, was sie sehen wird. Rasch geht sie hinüber in das Schlafzimmer der Baronin. Während sie eifrig plaudert, helfen ihre geschickten Hände auch hier, legen das Haar in weiche Wellen um das alte, vornehme Gesicht.

Um sieben Uhr fährt der Wagen vor. Der Page steht bereit. Irgendwie gepackt von dem Zauber dieser großen Welt, sitzt Dorothea neben der überlegen lächelnden Baronin. Hell erleuchtet ist das Theater und verbreitet einen unerhört festlichen Glanz. Breite Treppen führen in den Bau aus weißem Mamor, der mit blühenden Blumenstauden geschmückt ist. Ausgesuchtes Theaterpublikum wandert bereits in den langen, mit dicken Teppichen ausgelegten Gängen hin und her. Man tuschelt und flüstert. Wieder springt ein Page hinzu und nimmt ihnen ihre Pelze ab. Wenige Augenblicke später betreten sie ihre Loge. Noch verschwenden Hunderte von Kristallkerzen ihr strahlendes Licht. Noch liegt erwartungsvolles Gemurmel über dem hohen Raum.

Die Baronin setzt das Opernglas an die Augen und schaut sich um, während Dorothea in ihrem Programmheft blättert. Die Namen weltberühmter Stars stehen da.

„Baron von Lingenau sitzt dort" sagt die Baronin jetzt. „Er ist ein Musikkenner. Vielleicht haben wir Gelegenheit, ihn später zu sehen."

Nach dem ersten Klingeln verlischt ein Teil der Lichter. Die Ränge füllen sich. Das Stimmen der Musikinstrumente klingt auf. Dorothea ist erregt.

Beim zweiten Klingeln leuchten kupferne Wandarme auf. Dann verlischt das Licht vollkommen. Die Musik setzt ein. Der Vorhang hebt sich zum ersten Akt.

Dorothea sitzt ganz still da. Sie läßt den Zauber der großartigen Stimmen über sich ergehen, nur ihre

Augen saugen sich bewundernd an den Gestalten auf der Bühne fest. Vor ihr nimmt die Tragödie der Tosca ihren Lauf.

Plötzlich aber beugt Dorothea sich ein wenig vor. Eine Sängerin ist auf der Bühne erschienen. Hoheitsvoll und gebietend ist ihre Gestalt, tragend und von wundervollem Wohllaut ihre Stimme. In ihren Bewegungen liegt etwas, das Dorothea fesselt. Sie muß immer wieder hinschauen.

Diese Frau dort unten ist von hinreißender Schönheit. Blondes Haar legt sich um einen feinen Frauenkopf und umrahmt eine hohe, schöne Stirn; stolz ist der Hals, von griechischer Schönheit das Profil.

Sie sitzt zu weit ab um die Gesichtszüge erkennen zu können, aber allein der Anblick der Gestalt ist so faszinierend, daß sie ihr Herz beben fühlt vor Zuneigung. Die Frau dort unten reißt das Publikum in ihren Bann. Man könnte jetzt eine Stecknadel fallen hören.

Als der erste Akt zu Ende geht, dankt begeisterter Applaus den Künstlern für ihre großartige Leistung.

In der Pause blättert Dorothea das Programmheft durch. Immer noch schwebt ihr die wundervolle Frau vor Augen. Chris Vandeburg heißt sie, jedenfalls steht es so gedruckt. Dem Namen nach eine Nordländerin.

Die Vorstellung geht weiter. Leicht im Logensessel zurückgelehnt, sitzt die Baronin von Plötz und beobachtet abwechselnd das junge, begeisterte Geschöpf an ihrer Seite und das Geschehen auf der Bühne. Sie freut sich über beides gleichermaßen. An Dorotheas jungem, begeisterungsfähigem Herzen und an der glanzvollen Aufführung der Vorstellung.

Als der Vorhang zum letzten Male fällt, sitzt Dorothea da wie eine Träumende. Rot sind ihre Wangen, Tränen schimmern darauf.

„Kind!“ mahnt die Baronin nach einer Weile, und da endlich schaut sie auf.

„Wunderbar war das, nicht wahr? Ich habe das noch nie erlebt. Wie glücklich zu sein, diese Stimme zu besitzen.“

Die Baronin lächelt gütig und wissend.

Kind, denkt sie, was weißt du vom Glück! Der Mensch ist nicht zufrieden mit dem, was Gott ihm von Natur aus gibt. Glück ist etwas, was man nur durch einen anderen empfängt.

Aber das kann sie ihr nicht sagen. Dorothea würde es nicht verstehen. So läßt sie es bei diesem Lächeln und nimmt Dorotheas dargereichten Arm.

Der Page kommt mit den Pelzen. Wenige Augenblicke später sitzen sie abermals im Wagen und fahren durch das Lichtermeer von Rom zurück ins Hotel.

Aber auch hier ist offensichtlich alles noch auf Festlichkeit eingestellt. Um diese Stunde erst beginnt das abendliche Leben der zahlreichen Ausländer dieser Stadt.

Dorothea ist still, aber nicht müde. Oben auf dem Zimmer hilft sie zuerst der Baronin. Plötzlich aber sagt die alte Dame:

„Warum sollen wir eigentlich nicht noch eine Kleinigkeit essen gehen? Ich fühle mich noch gar nicht müde. Wollen wir?“

„Gern, Frau Baronin.“

„Gut. Bestelle uns einen Tisch.“

Eine Viertelstunde später sitzen sie in dem eleganten Speiseraum des Hotels. Kellner und Pagen flitzen lautlos über dicke Teppiche. Gedämpfte Gespräche werden geführt.

Immer wieder streifen bewundernde Blicke das schöne Mädchen an der Seite der alten Baronin Plötz. Sie haben sich auserlesene Leckerbissen bestellt und einen köstlichen Wein dazu.

Plötzlich werden die Flügeltüren geöffnet. Die große Künstlerin Chris Vandeburg tritt in Begleitung ihrer berühmten Kollegen ein. Eine Sekunde verhält sie umschauend den Schritt. Dorothea kann ihr jetzt voll in das Gesicht schauen. Ihr Herz bleibt fast stehen, so heiß ist die Welle von Zuneigung und Bewunderung, die sie in den Bann dieser Frau zieht. Die Sängerin ist nicht mehr jung, vielleicht vierzig Jahre alt. Auf ihrem Gesicht liegt ein tiefes Leuchten. Durch Dorothea schießt es wie ein Blitz, als sie ein winziges braunes Muttermal auf der rechten Schulter erkennt. Es ist das gleiche Mal, wie sie es hat.

Großpapas Blick ist oft an diesem kleinen Mal auf ihrer Schulter hängengeblieben. „Das hast du von ihr!" hatte er dann manchmal sinnend gesagt, mit einer leisen versteckten Sehnsucht in der Stimme

Und diese Frau nun ... Dorothea nimmt sich zusammen. „Unsinn!" murmelt sie. Das kann ja nur ein Zufall sein. Sie wehrt sich gegen die drängenden Gedanken, aber ihre Blicke hängen wie gebannt an der schönen Frau. Jetzt wendet sie sich ein wenig um und steuert auf einen Tisch zu. In ihrem Arm liegt ein Strauß herrlicher Rosen.

Sie muß an Dorotheas Tisch vorbei. Ihre Blicke treffen sich. – Die Künstlerin macht jäh einen Schritt auf Dorothea zu. In ihren Augen flammt eine brennende Frage auf. Sie bleibt sekundenlang stehen. Plötzlich ist es, als besinne sie sich.

Der Augenblick ist vorüber. Ihr Blick gleitet gleichgültig über die Baronin von Plötz, das Gesicht nimmt wieder einen liebenswürdigen, verbindlichen Ausdruck an. Von einem ihrer Begleiter wird sie dann an den reservierten Tisch geführt, läßt sich aus den kostbaren Pelz helfen und nimmt Platz.

Dorotheas Herz ist zum Zerspringen voll. Diese Ähnlichkeit, denkt sie. Mein Gott, ich muß bei Verstand bleiben, sonst werde ich mich noch lächerlich machen.

Auch die Baronin von Plötz hat den Zwischenfall bemerkt. Auch ihr ist sofort die große Ähnlichkeit aufgefallen. Es ist wahr: Dorothea ist jener Künstlerin wie aus dem Gesicht geschnitten. Dennoch geht sie darüber hinweg, als sie Dorotheas Erregung sieht.

Mühsam beherrscht verläßt Dorothea nach dem Abendessen an der Seite der Baronin den schönen Raum.

Erst als Dorothea dann in ihrem Bett liegt, stehen noch einmal die Bilder dieses Abends vor ihren Augen, und zum ersten Male wagt sie den Gedanken zu Ende zu denken: Wenn diese Frau mit der wunderbaren Stimme und dem fremden Namen ihre Mutter wäre! Nicht auszudenken!

Aber es kann nicht wahr sein. Alles, alles spricht dagegen. Ihre Mutter war nur die Tochter eines einfachen Försters, diese stolze, schöne Frau aber ist wie eine Fürstin.

Sie muß die Begegnung vergessen, ja. Dennoch sagt sie es scheu in die nächtliche Dunkelheit ihres Zimmers:

Mutter! Welch ein Wort! Es nur ein einziges Mal aussprechen zu dürfen. Mutter! Lebst du noch? Wo kann ich dich finden? Fühlst du es nicht, daß dein Kind dich sucht?

Es ist das erste Mal nach langer Zeit, daß Dorothea sich in den Schlaf weint.

Am anderen Morgen ist Dorothea früher fertig als die Baronin von Plötz und sitzt blaß und mit heftigen Kopfschmerzen wartend in der großen Halle des Hotels.

Sie hat schlecht geschlafen und fühlt sich nicht wohl. Aber sie horcht doch auf, als wenige Schritte von ihr entfernt vor der Portiersloge der Name Chris Vandeburg fällt.

Ein eleganter Mann im Sportmantel fragt nach der Künstlerin, aber der Portier zuckt die Schultern.

„Bedaure sehr, mein Herr. Frau Vandeburg ist bereits mit unbekanntem Ziel abgereist."

„Was? So früh schon?"

„Ja."

„Und sie hat keine Nachricht für mich hinterlassen?"

„Bedaure sehr."

„Verdammt! Das ist ärgerlich! Ich hätte gern genaue Informationen gehabt. Übrigens eine kleine Sensation, wenn es Sie interessiert. Die Künstlerin will ihren Namen verändern. Vandeburg soll gestrichen werden. Sie ist in Wahrheit ja keine Nordländerin, und nun besinnt sie sich wohl auf ihre Abstammung. Launen von Stars! Sie kann es sich leisten."

Er hält einen Zwanzigmarkschein zwischen den Fingern und schiebt ihn sanft zu dem Portier hinüber.

„Vielleicht erinnern Sie sich jetzt, wohin sie gefahren ist? Ich meine ..."

„Bedaure, mein Herr, ich bin zu strengster Diskretion verpflichtet. Außerdem weiß ich wirklich nicht, wohin die Dame gefahren ist. Guten Tag."

Mit einem verächtlichen Schulterzucken dreht sich der lange Mensch um, schlendert langsam aus der Hotelhalle.

Dorothea hat jedes Wort gehört.

„Sie heißt in Wirklichkeit gar nicht Vandeburg!"

Diese Worte gehen ihr nicht aus dem Kopf. Sie ist gar keine Nordländerin! Auch das könnte stimmen.

Mein Gott, wer soll das alles verstehen?

Dorothea erhebt sich rasch und tritt auf den Portier zu.

„Verzeihen Sie, der Herr vorhin suchte doch Frau Vandeburg, nicht wahr?"

In ihrem jungen Gesicht zuckt es. Der Portier schaut sie prüfend an.

„Ja, das stimmt. Sind Sie verwandt mit der Dame? Ich meine, die Ähnlichkeit – hm. Tja, das sind die Journalisten. Er hat es mit allen Mitteln versucht, etwas rauszukriegen. Ein widerliches Volk, diese Journalisten. Aber beim alten Müller läuft er auf Eis!"

Dorothea zuckt. Dann wagt sie die Frage:

„Und Sie wissen wirklich nichts von ihr?"

Der Mann beugt sich ein wenig vertraulich über die Empfangstheke.

„Sie steigt immer ein paar Wochen im Jahr bei uns ab, und dann lernt man die Menschen natürlich kennen. Ob sie Vandeburg heißt oder wie – das weiß ich nicht. Das interessiert mich auch nicht. Aber sie ist eine kluge, immer liebenswürdige Frau und lebt sehr zurückgezogen, obwohl ihre Verehrer uns fast das Hotel einrennen. Und sie hat auch nie, so wie die anderen, großen Betrieb um sich. Eigentlich wollte sie länger hierbleiben, aber nun ist sie heute morgen ganz plötzlich abgereist."

In diesem Augenblick kommt die Baronin von Plötz die breite Treppe herunter.

Hastig nickt Dorothea dem Mann zu und wendet sich ab. Augenblicke später begleitet sie ihre Herrin durch die Stadt.

Noch einen Tag bleiben sie in Rom. Aber für Dorothea bedeutet dieser Tag eine ständige Erinnerung an diese Begegnung. Sie ist froh, als sie wieder in die weiße Villa am Meer zurückkehren.

Hier vergehen die Tage. Langsam beruhigt sich das aufgewühlte Gemüt des jungen Mädchens, aber die Gedanken an die unbekannte Mutter bleiben. Fragen und Zweifel tauchen auf. Wenn ihre Mutter in Wirklichkeit eine Dirne wäre? Warum sonst hat der Großpapa sie damals aus dem Haus gewiesen?

Die letzten Ferientage in diesem Land werden für sie zur Qual. Auf allen Wegen glaubt sie ihrer Mutter zu begegnen, und dabei verfolgt sie Tag und Nacht das schöne Gesicht der Sängerin Chris Vandaburg.

Dann, als die sechs geplanten Wochen vergangen sind und der Mai mit heißen Temperaturen von Süden her heraufzieht, drängt die Baronin zur Abreise.

„Wir wollen uns auf der Rückfahrt Venedig ansehen und später Mailand. Dann hast du einen richtigen Eindruck von der italienischen Landschaft, Kind."

Gesagt – getan. An einem wunderschönen klaren Maienmorgen verlassen sie die blaue Küste der Adria.

Die Gondelstadt Venedig nimmt sie auf für zwei

herrliche Tage zwischen weißen Marmorpalästen, bunten Basars und leuchtenden Gondeln. Einen Tag später steigen sie in einem der elegantesten Hotels Mailands ab.

Und hier hat Dorothea eine neue, wunderbare Begegnung! Beim Tee um fünf, den sie mit der Baronin von Plötz im kleinen Salon einnimmt, steht sie plötzlich der Künstlerin wieder gegenüber. Die tiefblauen Augen der schönen Frau leuchten eine Sekunde auf, dann sind sie wieder völlig beherrscht.

Dorothea fiebert. Sie kennt nur noch einen Gedanken: Du mußt sie fragen! Ganz gleich, was sie von dir denken mag, und wenn es auch eine Enttäuschung wird, du mußt sie fragen und die Wahrheit wissen!

Wie läßt sich das bewerkstelligen? Die Gelegenheit darf nicht ungenützt vorübergehen!

Chris Vandeburg ist nicht allein. Nach einer kleinen Viertelstunde verläßt sie wieder den Raum.

Dorotheas Wangen haben sich tiefrot gefärbt vor Erregung. Sofort erhebt auch sie sich.

„Bitte, Frau Baronin, entschuldigen Sie mich einen Augenblick."

„Gehen Sie nur, Kind", lächelt die alte Dame nachsichtig, und Dorothea glaubt so etwas wie Verstehen in den gütigen Augen zu erkennen.

Sie zögert noch eine Sekunde. Aber sie darf jetzt keine Zeit für Erklärungen verlieren. So verläßt sie rasch den Teeraum. In der Halle schaut sie sich suchend um. Chris Vandeburg ist nicht mehr zu sehen. Dorothea wendet sich sofort an den Portier.

„Bitte, können Sie mir sagen, wo Frau Vandeburg hingegangen ist?"

„Eine Sekunde, gnädiges Fräulein. Frau Vandeburg, sagten Sie? Der Zimmerschlüssel ist nicht da, ich glaube, die gnädige Frau ist oben. Einhundertvierunddreißig im zweiten Stock."

„Danke."

Dorothea wartet nicht auf den Fahrstuhl. Sie eilt die Treppen hinauf. Da ist die zweite Etage. Zimmer einhundertvierunddreißig!

Dorothea verhält den Schritt. Plötzlich kommen ihr Zweifel. Ungeheuer kommt ihr der Gedanke vor. Aber sie muß Gewißheit haben. Sie nimmt sich zusammen und klopft.

Eine wohlklingende, warme Frauenstimme antwortet: „Herein!"

Langsam drückt Dorothea die Klinke herunter, dann steht sie in einem kleinen Biedermeiersalon.

Aus dem Sessel am Kamin erhebt sich die blonde Frau, kommt ihr bis auf wenige Meter mit leichtem Schritt entgegen.

Sie schauen sich an. Es ist das gleiche tiefe Blau der Augen, dasselbe Blond der Haare, das gleiche Lächeln.

Ich muß jetzt etwas sagen, denkt Dorothea. Ich muß sie fragen ... Nein, am liebsten würde ich vor ihr niedersinken und meinen Kopf in ihren Schoß legen. Es ist wie ein Wunder – wie ein geheimnisvolles Rauschen des Blutes!

Und sie bringt doch kein Wort hervor.

Jetzt öffnet sich der schöne Frauenmund. Zaghaftes Fragen tritt in die dunklen Frauenaugen.

„Dorothea?"

Dorothea nickt und schluckt. Es ist nicht zu begreifen, und doch ist es wahr! Diese Frau ist ...

„Mutter!"

Die Frauenarme breiten sich aus. Bittend und

ängstlich zugleich. Dorothea sinkt mit einem Schluchzen an ihre Brust.

Zwei zarte Hände streicheln sanft durch ihr Haar. Erst nach einer geraumen Weile, die sie in inniger Umarmung verbringen, sagt die schöne Sängerin leise und warm:

„Dorothea! Mein Kind! So hast du es auch gefühlt, und es ist wahr! Ich habe mein Kind gefunden!"

Ihre Stimme bebt vor Erschütterung. Sie schauen sich gegenseitig an. Immer wieder.

„Mutter! Du bist meine schöne Mutter! Vom ersten Augenblick an hab' ich es gefühlt, schon damals, als ich dich in Rom sah. Du hast so wundervoll gesungen, und ich wagte es nicht zu glauben. Und nun ist es wahr. Ich habe eine Mutter!"

Ihr Innerstes ist aufgewühlt. Sie muß erst lernen, was das heißt, eine Mutter zu haben. Und dann – diese schöne, kluge Frau mit der wunderbaren Stimme.

Chris Vandeburg schlingt nun den Arm um das junge Mädchen und zieht es mit in das tiefe Sofa.

„So groß bist du schon. Zwanzig Jahre, nicht wahr? Oh, ich hatte dich noch in Erinnerung als Baby. Damals hattest du schon so kugelrunde blaue Augen. Ich habe gewartet, daß du eines Tages zu mir kommen würdest, und ich hatte ein wenig Angst davor. Dumm, nicht wahr? Du mußt mir soviel erzählen, mein Kind. Ich bin lange fort gewesen und eine Fremde für dich. Aber das wird anders werden. Von jetzt an gehören wir zusammen!"

Dorothea lauscht ihren Worten. Ihr Herz wird jetzt ganz ruhig. Sie wird erst langsam lernen müssen, was es bedeutet, nicht mehr allein zu sein auf der Welt; aber schon in der ersten Minute dieser Begegnung fühlt sie sich unendlich geborgen.

Fort sind die unausgesprochenen Zweifel nach ihrer Herkunft. Ihre Mutter ist eine Frau, zu der sie stolz aufschaut. Unter Tränen lächelnd, schaut sie immer wieder in das schöne Gesicht.

„Ich bin glücklich, Mutter."

Chris Vandaburg lächelt. Ihre Hände gleiten zärtlich über das Gesicht ihrer Tochter.

„Wie du mir ähnelst, Kind! Genauso hab' ich ausgesehen, als noch der Schmelz der Jugend in meinem Gesicht lag. Die gleichen Augen, das gleiche Haar. Ich habe mir oft ausgemalt, wie du wohl aussehen würdest. Glaube mir, mein Herz hat geblutet, als ich dich zurücklassen mußte. Ich war noch so jung damals. Gerade neunzehn. Ich hatte keine Existenz, und der Kampf des Lebens begann da erst für mich. Ich konnte dich nicht mitnehmen, weil ich uns beide nicht ernähren konnte. So ließ ich dich bei deinen Großeltern zurück. Später, als es mir gutging, da hat es mich oft mit Gewalt nach Hause gezogen. Aber ich hatte Angst, ein Urteil, einen Vorwurf aus dem Mund meines Kindes zu hören, weil ich von dir ging. So bin ich von Land zu Land gezogen. Ich wurde berühmt, aber mein Herz blieb arm und leer. Liebling, schau mich an. Sag noch einmal ‚Mutter' zu mir!"

In aufbrechender Zärtlichkeit schlingt Dorothea beide Arme um die schöne Frau.

„Mutter!" flüstert sie. „Du bist meine Mutter. Niemals werde ich dir Vorwürfe machen für das, was gewesen ist. Du brauchst es mir nicht zu erzählen. Ich bin so froh, daß ich dich wiedergefunden habe. Großpapa hat gewußt, daß du noch lebst. In seiner Sterbestunde sagte er es mir."

„Kind – dein Großvater ist tot?"

„Ja, Mutter. Er hat mir aufgetragen, dir zu sagen, daß er dir verziehen hat."

„Das macht mich glücklich. Du mußt mir noch viel erzählen. Ich wußte nicht, daß er tot ist."

Eng umschlungen sitzen Mutter und Tochter noch lange beieinander. Dorothea erzählt die ganze Geschichte ihres jungen Lebens. Von den Schuljahren, die sie im Pensionat zugebracht, und später, als Großvater Heidebrink und sie in den Harz zogen und mitten im Wald lebten.

„Zuletzt, als ich ganz allein war auf der Welt, habe ich auf Lehmshausen eine zweite Heimat gefunden, Mutter. Die Baronin von Plötz hat ihren einzigen Sohn durch einen tragischen Unfall verloren. Sie hat mich aufgenommen wie eine Tochter."

„Ist das die gütige alte Dame, mit der du zusammen warst?"

„Ja. Sie wartet unten, Mutter. Wollen wir zu ihr gehen und ihr die Wahrheit sagen?"

Chris Vandeburg nickt und steht auf. Viel gibt es noch zu fragen und zu sagen; das ist nicht in einer Stunde getan. Monate wird es brauchen, bis sie sich restlos gefunden haben.

„Komm, mein Kind. Laß uns zu ihr gehen. Ich möchte ihr danken, daß sie sich meines Kindes angenommen hat."

Arm in Arm, mit einem glücklichen Lächeln in den blauen Augen, kehren sie nach unten zurück. Als sie den Teesalon betreten, schaut die Baronin von Plötz gerade auf.

Es ist unschwer zu erraten, was geschehen ist. Jetzt, wo die beiden Frauen so dicht nebeneinander stehen, ist die Ähnlichkeit geradezu überraschend.

Als Dorothea und Chris an ihren Tisch treten, lächelt die Baronin herzlich und wehmütig zugleich.

„Ich ahne, was geschehen ist. Ich sehe es Ihnen beiden an. Nun werde ich also wohl meine Tochter wieder verlieren."

„Nein, Frau Baronin. Ich werde mich teilen zwischen Ihnen und meiner Mutter. Lehmshausen wird meine zweite Heimat bleiben, und Sie und Mama werden sich wunderbar verstehen."

Am Abend dieses gleichen Tages wandert Dorothea ganz allein hinaus in die kleine Kapelle im Park vor der Stadt. Andächtig kniet sie vor dem Muttergottesaltar und faltet die Hände zum Gebet. Sie denkt an ihren Großvater und an den kleinen Hügel in jenem kleinen Harzer Dorf. Und dann denkt sie daran, wie wunderbar doch die Wege Gottes sind.

Was würde Herbert sagen, wenn er es wüßte? Seit ihrer Abreise vor zwei Jahren hat sie nichts mehr von ihm gehört. Dennoch kann ihr junges Herz ihn nicht vergessen. Wo mag er sein?

★

Im Herbst dieses gleichen Jahres befindet sich Geheimrat Ekhard von Blaichingen wieder einmal in Münster. Er leitet dort eine schwierige Operation in der Universitätsklinik vor den Augen zahlreicher Studenten, und am gleichen Abend hält er im großen Hörsaal einen Vortrag über angewandte Chirurgie.

Aber nicht wie sonst bringt ihn am folgenden Morgen bereits in aller Frühe ein Wagen zurück nach Hannover. Diesmal hat der Geheimrat sich ein paar Tage Zeit genommen, die er mit seinem Sohn und lieben Freunden verbringen will.

Der Herbst ist lang und schön in diesem Jahr. Milde und warm sind seine Tage, und die Sonne scheint nun wiedergutmachen zu wollen, was sie im Sommer versäumte.

Der Geheimrat sitzt beim Frühstück und trinkt genießerisch den starken Kaffee, als sein Sohn das Frühstückszimmer des Hotels betritt.

Ekhard von Blaichingen-Lintfort sieht seinen Einzigen durch die große Flügeltür eintreten. Seine Augen hängen voll Stolz und Liebe an dem Sohn, zugleich aber auch ein wenig prüfend. Der Junge hat sich verändert, seit er von Hohenhorst fort ist. Schon öfter als einmal hat er darüber nachgedacht, welcher Umstand es gewesen sein mag, der dem Jungen seine geliebten Wälder und Berge verleidet hat. Aber er ist nicht darauf gekommen, und Herbert hatte sich jedesmal in Schweigen gehüllt, wenn die Unterhaltung in diese Richtung ging.

Er soll heiraten, schießt es dem Grafen durch den Kopf. Ja, er hat das Alter dazu.

Herzlich streckt er seinem Einzigen die Hand entgegen.

„Guten Morgen, Papa! Du bist schon beim Frühstück? Immer noch Frühaufsteher? Ich dachte es mir, und es hielt mich nicht länger, seit ich weiß, daß du hier bist."

„Junge ich freue mich wirklich, dich zu sehen. Nimm Platz. Hast du schon gefrühstückt? Ja? Na, dann warte, ich bin auch gleich soweit. Erzähl mal, wie geht es dir, und was machst du? Seit Wochen erhalte ich immer nur kurze Lebenszeichen von dir."

Herberts Gesicht ist offen und männlich. Das Verträumte aus der Zeit von Hohenhorst ist daraus gewichen und hat einem gewissen sympathischen Ernst Platz gemacht.

Ich stecke bis zum Hals in der Arbeit. Ich habe mich nun doch entschlossen, das Jahr an der Forstakademie durchzuhalten. Ich möchte in die höhere Forstlaufbahn."

Der Geheimrat hat aufmerksam zugehört. Daß Herbert nicht Arzt werden will, ist ihm schließlich nichts Neues, und er hat sich seit Jahren damit abgefunden. Schließlich und letzten Endes ist das sogar ein Glück, denn wozu ist Hohenhorst denn auch da? Und wenn dem Jungen das Leben im Wald Freude macht – warum nicht? Dennoch freut ihn die Entschlossenheit, mit der Herbert die Sache anpackt.

„Deine Abneigung gegen das Studium hat sich also restlos verloren, wie? Wenn man erst mal den Betrieb kennengelernt hat – dieses freie, ungebundene Studentendasein –, dann findet man schwerlich zurück. Wir werden uns noch darüber unterhalten müssen, mein Junge. Vielleicht kann ich dir behilflich sein. Ich kenne eine Menge Leute. Mal sehen. Findest du eigentlich nicht, daß du Hohenhorst ein wenig vernachlässigst?"

Er beobachtet den Sohn. Herbert ist verlegen geworden. Zwischen seinen Augenbrauen steht eine steile, unwillige Falte.

„Papa, was soll ich dort? Es geht doch ohne mich rund! Der alte Verwalter Heinrich wird auch so fertig, und ich kann mich in der Zeit anderen Dingen widmen."

„Ich erinnere mich einer Zeit, da war dies nicht deine aufrichtige Meinung, Herbert. Hohenhorst ist groß. Ich meine, es wäre an der Zeit, daß es endlich einen Herrn hat. Als ich es seinerzeit von meinem Vater übernahm, da war ich froh, daß ich den alten Heinrich zur Seite hatte. Ich hatte mich längst für die Medizin entschieden, mein Weg lag klar vor mir. Du aber hast dich für die Wälder entschieden, und eigentlich liegt nichts näher, als daß Hohenhorst mit seinen zweitausend Morgen für dich das ideale Aufgabengebiet wäre. Nun, ich hoffe, du überlegst dir das noch. Ich denke, du hast deine Gründe, nicht wahr?"

„Ja, Papa, die habe ich!"

Die Antwort kommt rasch. Der Junge hat die Lippen zusammengepreßt. Ekhard von Blaichingen weiß, das bedeutet Vorsicht!

So fragt er behutsam, aber offen:

„Ist es – eine Frau?"

Ihre Blicke treffen sich sekundenlang. Dann nickt Herbert kurz.

„Gut, Junge! Wir wollen nicht mehr darüber sprechen. – Hast du ein paar Tage Zeit, daß wir nach Lehmshausen hinüberfahren können, oder mußt du gleich wieder zurück an deine Arbeit?"

„Zwei Tage hätte ich schon Zeit, Papa. Ich würde selbst wieder gern einmal auf die Jagd gehen."

„Na gut, dann fahren wir doch!"

Es wird doch Mittag, ehe sie von einem Bummel aus der Stadt zurückkehren und den Chauffeur mit dem Wagen bestellen.

Am Abend sitzen sie dann im Herrenhaus von Lehmshausen um den breiten Kamin in der Arbeitsstube des Hausherrn. Das Gespräch läuft gemütlich dahin. Wohltuend behaglich ist die Atmosphäre auf Lehmshausen zu jeder Zeit.

Baronin von Plötz ist trotz ihres hohen Alters eine

liebenswürdige und charmante Gastgeberin, und Carl von Plötz ist meist in aufgeräumter, gastlicher Stimmung.

Abgeblendetes Licht einer großen Stehlampe macht den hohen, schönen Raum intim und bereit für ein vertrauliches Gespräch. Dicke Eichenkloben knistern, und nur das Ticken der Standuhr und das wohlige Stöhnen der beiden Jagdhunde sind die gleichmäßigen Geräusche im Zimmer.

Man erzählt sich Jagdgeschichten, wie es immer und in aller Zeit unter Jägern üblich ist.

Endlich nutzt Geheimrat von Blaichingen einen Augenblick und erkundigt sich nach der Gesundheit der Baronin. Plötzlich beugt er sich ein wenig im Sessel vor.

„Sagen Sie, Baronin, ich vermisse Ihre junge, schöne Haustochter. Ist sie nicht hier?"

„Sie meinen Dorothea, Herr Geheimrat?"

„Ja, ich glaube, so hieß sie wohl. Ich habe sie immer mit Christine verwechselt. Diese Ähnlichkeit ..."

Auch Herbert, der sich gerade noch mit dem Baron unterhielt, wird aufmerksam. Mit einem Ohr horcht er gespannt auf die Unterhaltung.

„Tja, das ist eine lange Geschichte, Herr Geheimrat. Eigentlich eine wunderbare Geschichte. Sie wissen, daß Dorothea mit mir im Frühjahr in Italien war, nicht wahr? Es war eine herrliche Zeit, und ich habe mich sehr gut erholt. Dort fand sie ihre Mutter wieder. Durch einen Zufall."

Geheimrat Ekhard von Blaichingen verbirgt nur mühsam seine Erregung. Er erinnert sich an seine Begegnung mit Dorothea und an all die Erinnerungen, die ihr Anblick in ihm erweckt hat.

„Ihre Mutter, sagen Sie? Ich dachte, sie wäre Waise?"

„Nein, das war sie nicht. Sie hatte ihre Mutter nur viele Jahre nicht gesehen und keine Ahnung, wo und wer sie in Wirklichkeit war. Ich weiß nicht, ob Ihnen der Name Chris Vandeburg ein Begriff ist. Sie ist eine großartige Sängerin. Wir sahen sie in ‚Tosca' und waren tief ergriffen von der Begabung dieser Frau. Dorothea und sie ähneln sich sehr. Nun, sie wollte sich begreiflicherweise nicht mehr von ihrer Tochter trennen, nachdem sie sich so viele Jahre nicht gesehen hatte. Ich verstehe das vollkommen. Dorothea war überglücklich, ihre berühmte Mutter begleiten zu dürfen. Das Mädel hatte ja immer so etwas Besonderes an sich. Ich muß sagen, es freut mich von ganzem Herzen für sie, obwohl ich sie natürlich sehr vermisse. Sie hat mir fest versprochen, mich oft zu besuchen.

„So ist sie jetzt im Ausland?" wirft Herbert von Blaichingen unbeherrscht dazwischen und beißt sich sofort auf die Lippen.

Sein Vater wirft ihm einen kurzen, scharfen Blick zu. Der Junge kennt dieses Mädchen! Woher? Und wie erregt er ist!

„Gewiß", nickt die Baronin lächelnd. „Sie sind auf einer Auslandstournee. Erst gestern noch erhielt ich eine Karte aus Johannesburg. Von dort wird die Reise weitergehen. Ich glaube nach Australien."

Herbert nickt mechanisch.

Dorothea im Ausland! Irgendwo auf Tournee mit ihrer berühmten Mutter! Dorothea, die er als süßes, unschuldiges Mädchen in Erinnerung hat und deren unbeholfene Liebkosungen einer einzigen Stunde er nie vergißt!

Er beteiligt sich nicht mehr an dem Gespräch. Geheimrat Ekhard aber fragt:

„Sie sagen, Frau Vandeburg, Frau Baronin? Dann ist die Künstlerin wohl verheiratet?"

Er schaut angelegentlich auf seine Hände hinab. In ihm ist wieder jene geheime, drängende Sehnsucht nach einer Spur von der einen!

„Darüber kann ich Ihnen nichts sagen, Herr Geheimrat. Ich glaube, sie trug keinen Ring. Aber was will das bei einer Künstlerin besagen? Sie muß wohl früher einmal einen anderen Namen gehabt haben, darum ist es Dorothea so schwer geworden, sie zu finden. Ja, so ist das Leben. Die einen verlieren ihr Kind – die anderen erhalten es zurück. Darf ich die Herren jetzt zum Essen bitten?"

Sie erhebt sich, und damit ist das Gespräch über Dorothea zu Ende.

Aber es gibt zwei Menschen, die sich noch lange damit beschäftigen.

In Geheimrat von Blaichingen ist das Wissen des immer noch liebenden Mannes, daß Chris Vandeburg jene Frau ist, die er einmal unendlich geliebt hat. Sie hat eine Tochter: Dorothea! Ihre Ähnlichkeit mit Christine war unverkennbar. Zwanzig Jahre liegen zwischen ihnen. Wahrscheinlich hat sie ihn längst vergessen. Und nun ist sie eine berühmte Sängerin, der die Welt zu Füßen liegt. Was konnte eine einzige Nacht, eine Stunde dagegen aufwiegen? Nichts! Er wird die Erinnerung an ihren Mund wohl tief in sich verbergen müssen. Resigniert folgt er dem Hausherrn hinüber ins Speisezimmer.

Aber auch Herbert von Blaichingen bleibt den Abend über gedrückt. Alles hat sich so verändert für ihn. Tausende Kilometer liegen zwischen ihm und

Dorothea. Wie soll da noch ein Gedanke hin und her fliegen können?

Für den folgenden Tag ist eine Treibjagd angesetzt. Nachbarn und Bekannte, Gäste aus der Stadt, treffen sich auf Lehmshausen.

Dies werden zwei Tage voller Leben für Geheimrat von Blaichingen und den jungen Grafen Herbert. Mit reicher Jagdbeute kehren sie aus den Wäldern heim und verleben noch viele schöne Stunden im Herrenhaus von Lehmshausen.

Dann aber ruft die Pflicht wieder an die Arbeit. Herbert fährt nach Münster zurück, während der Wagen seinen Vater in die entgegengesetzte Richtung nach Hannover bringt.

★

Die Baronin von Plötz hatte recht geraten. Von Johannesburg, in Südafrika, aus geht die Reise für Dorothea und ihre schöne Mutter nach Australien.

In Sydney und Melbourne werden der Künstlerin großartige Ovationen zuteil. Die Tournee wird ein voller Erfolg. Mit ihren mehr als vierzig Jahren – überraschend jung noch und blühend – sonnt sie sich in diesem Ruhm, und das tiefe Glück, mit ihrem Kind vereint zu sein, leuchtet aus ihren Augen.

Auch Dorothea empfindet dieses tiefe Glück. Mit abgöttischer Liebe hängt sie an der schönen Frau, die Abend für Abend von so vielen Menschen bewundert wird. Fast eifersüchtig beobachtet sie die zahlreichen Verehrer der Künstlerin, ob nicht vielleicht einer darunter ist ... Aber schon bald ist sie beruhigt. Chris Vandeburg lebt nur für ihre Arbeit und sonst sehr zurückgezogen.

Niemals hat Dorothea bisher nach ihrem richtigen Vater gefragt. Sie mag ihre Mutter mit diesen Fragen nicht drängen. Und es ist ja auch so gleichgültig. Sie beide gehören von nun an zusammen.

Von Australien aus geht die Reise weiter. Eines Tages landen sie in Südamerika.

Zwei-, oft dreimal in der Woche sitzt Dorothea in einer für sie reservierten Loge und lauscht der herrlichen Stimme. Sie ist jetzt nicht mehr jenes blutjunge, kindliche Mädchen, das sich einmal bei Pfarrer Niemeier Rat fürs Leben holte. Das Jahr bei der Baronin von Plötz, der Umgang mit geistvollen Menschen, die kultivierte Umgebung und nicht zuletzt die Stellung ihrer Mutter haben sie zu einer gesellschaftsfähigen jungen Dame gemacht, deren große Schönheit und Lieblichkeit überall auffällt. In ihrem Herzen aber ist sie jenes bescheidene Mädchen geblieben, das sie im Hause Förster Heidebrinks war.

Nach dem ersten Jahr ihrer gemeinsamen Reise endlich erreichen sie New York, wo Chris Vandeburg an der Metropolitan Opera singt.

In einem riesigen Wolkenkratzer, im sechzehnten Stockwerk eines der elegantesten Hotels, bewohnen sie eine Zimmerflucht.

Ein paar Tage nach dem ersten Auftreten ihrer Mutter sitzt Dorothea im Salon, der die beiden Schlafzimmer miteinander verbindet, und schneidet aus einem Berg Zeitungen fettgedruckte und rot angekreuzte Artikel aus. Es sind die Kritiken der maßgeblichen amerikanischen Zeitungen, die von dem glänzenden Gala-Abend in überschwenglichen Worten berichten.

Zuweilen wirft das junge Mädchen auch einen

Blick aus dem Fenster. Aber soweit sie schauen kann – nichts als die kalten, himmelstürmenden Fassaden der Wolkenkratzer. Ein ganzes Meer von Steinen und Glas. Das ist New York. Nebenan, aus dem Bad ihrer Mutter, dringt leises Wasserplätschern zu ihr.

Sie glaubt sich allein und seufzt leise auf. So herrlich hatte sie sich das Leben in der großen weiten Welt vorgestellt. Jede Woche eine andere Stadt, jeden Monat ein anderes Land! Aber was war das in Wirklichkeit? Eine wilde Hetzjagd, die niemals endete.

Was waren dagegen Großvaters Wälder! Das dunkle, satte Grün hoher Tannen, die sanfte Brise und der Geruch von Harz! Die Weite des Himmels, der kühne Flug der Vögel und die Stille spätnachmittäglicher Stunden!

Dorothea seufzt noch einmal. Sie will nicht daran denken, will dankbar und zufrieden sein, daß sie hiersein darf. Wenn sie nur wenigstens eine Beschäftigung hätte, die sie ausfüllt!

In diesem Augenblick tritt Christine, ihre Mutter, ein.

„Hast du Kummer, mein Kind?"

Dorothea schüttelt errötend den Kopf. Aber sie fühlt es im Hals aufsteigen – den dicken Kloß, den man nicht schlucken kann.

„Schau mich an, mein Kind. Doch, du hast Kummer. Und so blaß bist du geworden in der letzten Zeit. Weißt du, daß sich der junge Barkley für den Abend bei uns angesagt hat? Freut es dich gar nicht?"

Dorothea versucht ein Lächeln.

„Doch, Mutter. Er ist nett. Ich mag ihn sehr gern."

„Und er bemüht sich sehr um dich, Kind. Andere

Mädchen würden sich glücklich schätzen, gerade von ihm verehrt zu werden. Er ist reich, unabhängig, jung und sieht gut aus. Außerdem ist er ein wirklich gebildeter Mensch. Eine Frau wird es bei ihm gut haben."

„Bestimmt, Mama."

Chris Vandeburg wirft einen prüfenden Blick in das junge Gesicht ihrer Tochter. Ein Jahr sind sie nun zusammen, und doch kennt sie sich noch so wenig aus im Herzen ihres Kindes. Manchmal scheint es ihr, als wenn Dorothea träumte. Ja, als wenn es in ihrem jungen Leben schon etwas gegeben hätte, was ihr Herz nicht vergißt.

Sie mag nicht fragen und in sie dringen. Sie hofft, daß Dorothea eines Tages von selbst zu ihr kommen wird, Freude oder vielleicht auch Leid mit ihr zu teilen. Und das Gespräch über den jungen Tom Barkley ist eigentlich auch nur ein Versuch, sie abzulenken.

„Kind, du sollst wissen, daß ich dich niemals zu etwas drängen werde, was dein Herz nicht will. Es muß nicht Tom Barkley sein. Vielleicht brauchst du ein wenig Abwechslung? Möchtest du in die Stadt?"

Dorothea schüttelt heftig den Kopf

„Nein, nicht in die Stadt. Da sind so viele Menschen. Sag, wie lange mußt du noch unterwegs sein? Hat dein Agent dir noch nicht die neuen Verträge gebracht? In Deutschland ist jetzt Frühling."

Die letzten Worte klangen versonnen, und Christine horcht auf. Nun versteht sie. Natürlich – Dorothea hat Heimweh, Heimweh nach Hause. Wie sollte sie denn auch nicht? Sie, Christine, hat das Kind einfach aus seiner geborgenen Umgebung gerissen und mitten hineingestellt in diese verwirrende Welt. Und Dorothea ist eben ihre Tochter. Ihr ganzes Leben hat sie darunter gelitten, daß es sie hin und her trieb, bis sie gelernt hatte zu verstehen, daß es ihr Los ist, ruhelos zu sein.

Ein mütterliches Gefühl quillt in ihr auf. Sie setzt sich neben Dorothea auf das Sofa und fährt ihr zärtlich über die Wange.

„Heimweh, Kind?"

Dorothea fühlt die Tränen. Tapfer schluckt sie sie hinunter.

„Ach, Mama, ich weiß ja selbst nicht. Du bist so gut zu mir. Ich hab' doch alles, was ich will. Das Leben ist so reich und schön, aber ich kann nun mal nicht Tom Barkleys Frau werden. Niemals im Leben kann ich es, weil ich in Amerika nicht glücklich würde. Es ist zu dumm, ich ..."

Nun kann sie die Tränen doch nicht mehr halten.

Christine hat behutsam den Arm um Dorotheas Schultern gelegt. Jetzt zieht sie das Mädchen näher zu sich.

„Ich kann dich so gut verstehen, Kind. Darum brauchst du doch nicht zu weinen. Bei mir ist es mein Beruf, der mich zwingt, immer unterwegs zu sein. Aber auch ich möchte irgendwo ein richtiges Heim für uns haben. Weißt du was? Fahr' du zurück nach Deutschland. Such' uns irgendwo in der Heimat ein Häuschen. Wir werden es uns einrichten, so wie es uns gefällt, und wenn wir müde sind von der Welt, dann können wir immer dorthin zurückkehren. Willst du?"

„Du meinst, ich soll allein ...?"

„Natürlich! Jetzt ist in Deutschland Frühling. Eine herrliche Zeit. Bei mir wird es Sommer werden, ehe ich nach Europa zurück kann. Und dann machen wir zuerst Ferien. Fahr' du inzwischen voraus!"

Dorothea lächelt schon unter Tränen. Noch zögert sie. Zweifel kommen ihr.

„Und du, Mama, du willst allein ..."

„Aber Kind, ich bin so viele Jahre allein umhergereist, jetzt kommt es doch auf ein paar Wochen auch nicht an. Wir sehen uns ja wieder."

„Und ich – ich soll uns ein Häuschen aussuchen? Ach, Mama, du weißt ja nicht, wie schön es daheim ist. Jetzt habe ich eine Aufgabe! Ich werde uns ein richtiges Nest bauen. Wenn du kommst, ist es schon fertig. Ich werde dir jeden Tag schreiben, und du antwortest mir, wie deine Zimmer aussehen sollen. Ja, Mama, laß mich fahren. Dann werde ich wieder froh werden."

Christine beobachtet das junge, lebendige Gesicht. Ist das der einzige Grund, warum du heimkehren willst? möchte sie fragen. Gibt es vielleicht noch etwas im geheimsten Winkel des Herzens, das Dorothea ihr verschweigt?

Sie mag sie nicht fragen, und so geht sie auch jetzt gütig darüber hinweg.

Ich denke, das wird für uns beide das beste sein, Kind. Jetzt aber heißt es umziehen. Du gehst doch mit ins Theater?"

„Natürlich, Mama."

Am Abend sitzen sie noch lange zusammen. Tom Barkley, der Sohn eines steinreichen Bankiers, ißt mit ihnen zu Abend. Es ist ganz offensichtlich, daß der junge Mann Dorothea aufrichtig verehrt. Er bemüht sich sehr um sie, und gerade heute ist Dorothea besonders liebenswürdig.

Aber in ihrem Herzen klingt es: Deutschland! Wendelberg! Hohenhorst! Herbert!

Drei Tage später verabschiedet sie sich von ihrer

Mutter auf dem Flughafen. Noch einmal fließen Tränen. Eine innige Umarmung – ein langer Kuß.

„Bleib' brav, Kind, und vergiß deine Mutter nicht!"

„Nie, Mama! Ich schreib' dir jeden Tag. Und komm bald nach!"

Das sind die letzten Worte. Langsam hebt sich der silberne Vogel in die Lüfte, entschwindet den Blikken der zurückbleibenden Frau, die ihm lange nachschaut.

★

Dorothea fährt nach ihrer Ankunft in Deutschland zuerst nach Lehmshausen.

Die Baronin von Plötz empfängt sie mit offenen Armen, und Dorothea verlebt bei den alten Leuten herrliche Tage. Sie bewohnt wieder ihr altes Zimmer.

Die Vornholtschen Töchter kommen herüber. Und Diter von Holten, inzwischen ebenfalls männlicher und reifer geworden, macht ihr so offen den Hof, daß Dorothea fast fürchtet, ihm weh tun zu müssen.

Vierzehn Tage bleibt sie auf dem Gut. Dann kehrt sie zurück nach Wendelberg, ihrem Heimatdorf im Harz, wo das Försterhaus hoch oben in den Wäldern steht.

Pfarrer Niemeier erkennt die elegante junge Dame fast nicht wieder.

Bei Kaffee und Kuchen sitzen sie in der altvertrauten Arbeitsstube, und Dorothea muß ihm ihre ganze wunderbare Geschichte erzählen. Zum Schluß bittet sie:

„Jetzt bin ich wieder hier, Herr Pfarrer. Meine Mutter und ich möchten hier irgendwo ein Häuschen kaufen, das unsere Heimat bleiben soll. Ich dachte schon, ob die alte Försterei nicht vielleicht zum Verkauf steht. Es wohnt doch niemand dort. Werden Sie mir helfen, das Richtige zu finden?"

Da reicht der alte Mann ihr erfreut beide Hände.

„Ich hab' dir doch immer mit Rat und Tat beigestanden, Kind. Auch diesmal will ich es tun. Ich werde mit dem Grundherrn sprechen."

Vier Wochen später schon sind die Verträge fertig. Pfarrer Niemeier hat Wort gehalten und sich dafür eingesetzt.

Dorothea schreibt nach Amerika, daß das alte Forsthaus zum Verkauf stehe. Postwendend kommt ein Telegramm:

„Gebe Dir alle Vollmachten! Hoffe sehr, daß Du Erfolg hast und erwarte Deine weiteren Nachrichten. Mama."

Sie drückt das Telegramm an ihr Herz.

„Danke Mamusch!" sagt sie leise und innig.

Am nächsten Tag wird beim Anwalt alles Nötige besprochen. Dann hält sie den Vertrag schwarz auf weiß in der Hand: Das alte Forsthaus gehört ihnen.

Noch am gleichen Tag zieht Dorothea mit Waldmann in den arg vernachlässigten verwitterten Bau.

Sofort macht sie sich daran, Pläne zu entwerfen, wie das Haus von innen verändert werden soll, ohne seinen alten, gemütlichen Charakter zu verlieren.

Bald ziehen Maurer und Handwerker ein. Im Parterre entstehen zwei große, schöne Gesellschaftsräume, ein Wintergarten und eine offene Veranda, eine winzige Küche und eine geräumige Diele.

Oben aber liegen die beiden Schlafzimmer nebeneinander, dazu Ankleidezimmer und Bad. Rund um das ganze Fachwerkhaus läuft ein breiter Balkon, dessen Brüstung aus alten geschnitzten Tannebrettern besteht.

Sechs Wochen später verlassen die Handwerker das Haus. Dorothea aber schreitet glücklich durch die wohnlichen Räume, die mit alten, kostbaren Möbeln ausgestattet sind.

Längst ist der Mai ins Land gezogen. Schöne Tage bringt er mit. Tagtäglich läuft Dorothea viele Stunden durch die weiten Wälder, und wenn die Sonne am Nachmittag goldrot über den dunklen Bergen untergeht, sieht sie oft und schaut sinnend und wehmütig auf die Turmspitzen von Hohenhorst.

Die Blendläden vor dem Herrenhaus sind dicht verschlossen. Das bedeutet, daß niemand von den Herrschaften dort anwesend ist. Dorotheas Herz krampft sich ein wenig zusammen, wenn sie dies gewahrt, und in ihr zittert die Süße einer vergangenen Stunde nach, die sie nie vergißt.

Im August endlich kommt auch Christine Vandeburg aus den USA. Dorothea holt ihre schöne Mutter am Flughafen ab. Glücklich sehen sie sich in die Augen.

„Mama!"

„Dorothea, mein Kind! Wie gut du aussiehst, und wie schön du bist! Zwei Monate Urlaub habe ich für uns, acht lange Wochen. Komm, zeig mir unser neues Heim. Keine Stunde wollen wir versäumen!"

Dorothea nickt strahlend und hängt sich bei der eleganten Frau ein, die ihre Mutter ist. Nebeneinander sitzen sie in dem kleinen Wagen, den Dorothea erstanden hat und selbst lenkt. So fahren sie den Wäldern des Harzes zu.

Vierzehn Tage später etwa, gegen Ende August, sind an einem Morgen plötzlich die Blendläden von Hohenhorst geöffnet. Graf Herbert ist heimgekehrt. Ganz plötzlich hat es ihn heimgezogen in seine Wälder. Bis zum Hals stand ihm das Leben in der Stadt, das Kneipen mit den Korpsbrüdern und der laute Betrieb an der Universität.

Hier oben in Gottes freier Natur will er wieder ein freier Mensch werden, so wie einst, als ihn noch heimliche Hoffnungen an Hohenhorst banden.

Am Morgen, als die Sonne über die Berge kriecht, ist er bereits hinausgelaufen, den Stutzen über der Schulter und das Fernglas um den Hals.

Um zehn, als er mit hungrigem Magen und blanken Augen zurückkehrt, blitzt es in den großen Wohnräumen. Weitgeöffnete Fenster lassen den Waldgeruch ein.

Herbert atmet tief. Er reckt sich, daß die Knochen knacken und die alte Marie ihn ängstlich anschaut. Dann lacht er sein fröhliches, jungenhaftes Lachen.

„Na, Marie? Was hast du Gutes zum Frühstück? Ich habe einen Mordshunger. Der Wald, weißt du, der macht hungrig."

„Wenn Sie's mal merken, Herr Graf! Hungrig und gesund macht er. Immer wenn Sie aus der Stadt kommen, sehen Sie aus zum Gotterbarmen. Aber das haben wir bald wieder."

„Vielleicht bleib' ich bald für immer hier, Marie."

„Ist das wahr? Das wäre ein Glück für Hohenhorst."

Herbert zuckt lächelnd die Schultern. Die Alte hat auf der Veranda den Frühstückstisch gedeckt. Rührei mit Schinken, so wie er es gern mag. Duftendes, selbstgebackenes Bauernbrot, frische Butter und dampfender Kaffee.

Später durchquert er elastisch und energisch die Stallungen und Wirtschaftsgebäude, Lagerhäuser und Werkstatt. Manches neue Gesicht unter den Holzarbeitern taucht vor ihm auf. Aber bald schon ist er wieder mit der Wirtschaft vertraut.

Als um die Mittagszeit das Glöckchen der Dorfkirche zu ihm heraufklingt, steht er gerade vor dem Bücherschrank im Turmzimmer. Er horcht auf. Dann geht er ans Fenster, von dem aus man über das ganze in Sonne getauchte Tal hinwegsieht, bis hinüber zum alten Forsthaus.

Wie friedlich das Dorf daliegt um die mittägliche Stunde. Und drüben das Försterhaus – es scheint bewohnt zu sein. Ein neuer Besitzer, während Dorothea in der Welt umherfliegt!

So denkt er. Er hatte sich vorgenommen, die Erinnerung zu vergessen, als er hierherkam. Aber nun plötzlich ist alles wieder da. So deutlich stehen die Stunden der ersten jungen Liebe vor ihm, daß irgend etwas in ihm aufbricht.

Ein Ruck geht durch seinen Körper. Er wirft das Buch, das er in Händen hält, auf den Schreibtisch. Grell schallt sein Pfiff nach den Hunden durch das Haus.

Er stürmt hinaus in die Wälder, daß der Wind durch sein Haar fegt und die brennende Stirn kühlt. Zwei, drei Stunden läuft er so, immer gegen die Erinnerung und das Pochen seines Blutes ankämpfend.

Ohne daß er es merkt, hat es ihn in die Nähe des Forsthauses getrieben, und plötzlich, als die Hunde leise zu winseln beginnen, schaut er sich wie erwachend um. Vor ihm öffnet sich die Lichtung. Das alte Forsthaus, weiß und frisch gestrichen, leuchtet in der Sonne. Ein einladender Geruch von Kaffee und Kuchen dringt zu ihm herüber. Die Hunde jagen mit erhobener Rute auf das Haus zu.

Herbert pfeift. Zu spät. Der Geruch zieht die Tiere unweigerlich ins Haus.

Langsam und ein wenig müde folgt er ihnen.

In diesem Augenblick klingt eine Frauenstimme auf. Sie spricht mit den Hunden, die freudig winseln.

Herbert ist jäh stehengeblieben. Es durchzuckt ihn: Dorothea! Diese weiche, warme Stimme! Das Jaulen der Hunde! Es ist – Dorothea!

Sein Herz macht einen heftigen Sprung. Jetzt gewahrt er ihre schlanke Gestalt dort oben auf der Terrasse. Der Sommerwind spielt mit dem leuchtenden, weiten Rock. Sie hat sich zu den Hunden niedergebeugt.

Herbert steht und schaut wie verzaubert auf dieses Bild. Dann reißt er sich gewaltsam davon los und geht langsam näher.

Ja, sie ist es. Jetzt hat sie auch ihn gesehen. Röte steigt in ihre Wangen. Sie ist verwirrt von dem Strahlen seiner Augen. Und Herbert kann nicht anders, er muß sie ansehen.

Wie schön sie geworden ist! Eine junge, liebliche Frau mit anmutigen Bewegungen und einem zauberhaften Lächeln.

„Dorothea!“ sagt er leise und erschrickt vor dem Klang seiner Stimme.

Dorotheas Herz klopft bis zum Hals. An alles und jedes hat sie heute nachmittag gedacht, nur nicht daran, ihn hier wiederzusehen. Bei der Nennung ihres Namens lächelt sie scheu. Er steht vor ihr. Immer noch schaut er sie an. Dann sagt er noch einmal:

„Dorothea!"

„Herbert! Du bist hier! Ich – ich habe es nicht gewußt. Wie schön, daß du das alte Forsthaus nicht vergessen hast."

„Vergessen? Dorothea, kann man etwas vergessen, was man Tag und Nacht ersehnt?" fragt er eindringlich.

Dorothea senkt die Augen. Herbert fährt fort:

„Die Hunde haben mich hierhergebracht. Ich wußte nicht, daß du zurück bist. Du hast mir nie geschrieben."

Sie fühlt den leisen Vorwurf aus diesen Worten, und ihr Herz zuckt ein wenig.

Wie hätte sie ihm denn schreiben sollen? Damals war sie ja noch das einfache Mädel aus dem Forsthaus, das in die Welt ging, um seinen Unterhalt zu verdienen. Wie hätte sie denn ahnen können, wohin das Schicksal sie führte? Damals durfte sie nicht zu ihm gehen. Und die Worte einer vergangenen Liebesstunde – hatten sie heute noch Geltung?

„Ich bin schon seit dem Frühjahr wieder hier", sagt sie nur, um etwas zu sagen. „Und nun verlebe ich hier mit meiner Mutter ein paar Wochen Urlaub. Bitte, komm doch herein. Wir wollten gerade Kaffee trinken."

In diesem Augenblick tritt Christine auf die Terrasse. Sie sieht die beiden jungen Menschen nebeneinander stehen. Ihre Augen gleiten aufmerksam von einem zum anderen.

Dorothea wendet sich um.

„Mama, darf ich dir einen Jugendfreund von mir

vorstellen? Herbert von Blaichingen-Lintfort. – Das ist meine Mutter."

Dorothea gewahrt nicht die jähe Blässe im Gesicht ihrer Mutter. Sekundenlang scheint Christine Vandeburg wie erstarrt. Dann hat sie sich gefaßt und reicht dem jungen Grafen die Hand.

„Ich freue mich sehr, die Freunde meiner Tochter kennenzulernen. Herzlich willkommen bei uns. Bitte, treten Sie ein, Sie kommen gerade recht zum Kaffee."

Auch Herbert kann seine Überraschung nicht verbergen, die allerdings ganz anderer Art ist. Diese große Ähnlichkeit zwischen Mutter und Tochter! So jung und schön alle beide!

Irgendwie froh und dankbar für den Augenblick dieser Stunde begleitet er die Damen ins Haus. Dorothea legt noch ein Gedeck hinzu. Die großen Gartenfenster sind hochgezogen. Sonne und eine leichte würzige Brise strömen ins Zimmer.

Christine hat Platz genommen und weist auf den Sessel zu ihrer Linken.

„Ich glaube, meine Dorothea wird sich sehr freuen, alte Freunde wiederzusehen. Nicht wahr, Kind? Sie hatte ein wenig Heimweh nach der Heimat, müssen Sie wissen. Seit ich dieses Fleckchen Erde kennengelernt habe, kann ich sie gut verstehen. Wohnen Sie auch in dieser Gegend und schon lange?"

Ganz geschickt lenkt sie das Thema auf die Frage, die in ihr brennt und fiebert.

Herbert von Blaichingen beugt sich leicht vor.

„O ja, gnädige Frau. Auf beides muß ich Ihnen mit ja antworten. Schauen Sie dort über die Wälder, die Turmspitzen am jenseitigen Berghang – sehen Sie? Das ist Hohenhorst, meine Heimat. Es ist der alte

Besitz derer von Blaichingen. Ich liebe die Wälder und habe jahrelang nur hier gelebt."

Jetzt kommt Dorothea hinzu. Ruhig, beherrscht und anmutig schenkt sie die Tassen voll, reicht den Kuchen herüber. Sie läßt sich nichts anmerken von der inneren Erregung, in der sie sich befindet.

Christine aber fühlt die feinen Schwingungen, die zwischen den beiden jungen Menschen tastend hin und her gehen. Riesengroß wächst plötzlich in ihrem Herzen die Sorge: Blaichingen-Lintfort!

Wie gut sie diesen Namen kennt! Durch all die Jahre hat er sie verfolgt. Wenn es wahr wäre, daß er, dessen Bild sie seit zwanzig Jahren in ihrem Herzen trägt, der Vater dieses jungen Herbert wäre!

Sie forscht in dem männlichen, offenen Gesicht. Es hat keine Ähnlichkeit mit dem Mann ihrer Erinnerung. Und doch muß sie Gewißheit haben.

„Dorothea hat mir nie etwas von Hohenhorst erzählt."

Dorothea errötet ein wenig.

„Du kanntest die Gegend hier doch nicht, Mama. Wie hätte ich es dir erklären sollen?"

„Das kann man nachholen, gnädige Frau. Der Weg bis Hohenhorst ist nicht weit. In einer guten Stunde kann man ihn bequem gehen. Ich bitte Sie sehr herzlich um Ihren Besuch und die Gelegenheit, Ihre liebenswürdige Gastfreundschaft zu erwidern."

Christine neigt lachend den Kopf. Sie schaut auf Dorothea, dann sagt sie fein:

„Ich glaube, es wird uns eine Freude sein, Herr Graf. Sagen Sie – leben Sie allein auf Hohenhorst? Ich meine, ohne Ihre Eltern?"

Nun muß die Antwort kommen, auf die sie wartet. Gespannt lauscht sie.

„Nein, nicht ganz allein, gnädige Frau. Der alte Heinrich, ein langjähriger Verwalter meines Vaters, wohnt dort und führt das Gut in meiner Abwesenheit. Mein Vater hat leider keine forstwirtschaftlichen Ambitionen. Er ist Chirurg und lebt fast nur in der Stadt."

Also doch!

Der Mann, den sie einmal über alle Maßen geliebt hat, Ekhard von Blaichingen, ist der Vater dieses jungen, sympathischen Menschen. Von seiner Mutter hat er nicht gesprochen. Wer mag sie sein? Er ist älter als Dorothea, also muß Ekhard von Blaichingen damals schon, als sie ihn kannte, verheiratet gewesen sein. Sie hatte es nicht gewußt. Vielleicht war seine Frau auch schon tot? Es ist so bedeutungslos geworden für sie. Nur eines hat jetzt noch für sie Bedeutung: Dorothea!

Das Gespräch gleitet ins Allgemeine über.

Dorothea füttert die Hunde. Sie wagt nicht, in diese dunklen, sprechenden Augen zu sehen, die ihr so nah sind und doch so fern.

Voll tiefer Bewunderung beobachtet Herbert sie unablässig. Auch er vermißt natürlich die innere Vertrautheit ihrer Jugendzeit. Sie sind beide keine Kinder mehr. Alles ist anders geworden. Dieses schöne junge Mädchen scheint ihm in unerreichbare Ferne gerückt.

Nach einer Stunde etwa erhebt sich der junge Graf. Er ruft die Hunde. Dann verbeugt er sich aufmerksam und bedankt sich bei Christine für die reizende Kaffeestunde.

Dorothea begleitet ihn noch bis auf die Terrasse hinaus.

„Wann werde ich dich wiedersehen, Dorothea?"

fragt er leise.

Sie schaut ihn nicht an. An jedem Tag, zu jeder Stunde! möchte sie sagen.

Aber das gibt sie nicht preis. So antwortet sie nur: „Wir trinken oft um die gleiche Zeit Kaffee. Dann wirst du uns sicher antreffen."

„Und darf ich kommen? Möchtest du, daß ich komme?"

Sie reicht ihm rasch die Hand. Ihre Augen geben ihm ihre Antwort.

Beschwingt und irgendwie glücklich pfeift er den Hunden. Noch einmal winkt er zurück.

Sie schaut ihm nach, bis seine schlanke Gestalt im grünen Jagdanzug hinter den Tannen verschwindet. Dann kehrt sie nachdenklich ins Zimmer zurück.

„Er macht einen recht sympathischen und tüchtigen Eindruck", meint Christine und beobachtet ihre Tochter.

Dorothea nickt nur und spricht dann von anderen Dingen. Aber den ganzen Tag noch klingt es in ihr nach. Er ist da! Seine Augen sind noch genauso blank wie früher. Wann wird er wiederkommen?

Als Dorothea an diesem Abend längst zur Ruhe gegangen ist, brennt im Schlafzimmer ihrer Mutter noch lange Licht.

Jetzt, da sie allein ist, kommt die ganze gewaltige Macht der Erinnerung über Christine, die dieser junge Mensch in ihr geweckt. Sie sieht sich als blutjunges Mädchen zum ersten Male am Theater in einer großen Stadt. Ein Chorgirl war sie damals noch gewesen, nur getrieben von der Berufung zur Musik. Es war ein Abend, so lau und mild wie dieser, als sie den jungen Arzt Ekhard von Blaichingen-Lintfort kennenlernte. Sie hatten sich angesehen, und dann war es über sie hereingebrochen: leidenschaftlich, mit aller Gewalt und voll süßer Tiefe.

Sie hatte sich dagegen gewehrt, aber das andere war stärker gewesen. Drei Monate lang sahen sie sich Abend für Abend. Es waren Stunden höchsten Glücks. Sie hatte nicht gewagt, von daheim zu reden, weil sie Angst hatte, den jungen Grafen zu verlieren. Sie wußten beide nicht viel voneinander. Er kannte nur ihren Künstlernamen, den sie damals trug. Christine Helm.

Und dann, an einem Abend im Mai, war es geschehen. Sie, das Försterkind, liebte die Wälder. Und er hatte sie mitgenommen auf ein kleines Jagdschloß irgendwo im Münsterländischen. Es war ein wundervoller, erfüllter Tag gewesen, und am Abend hing die Luft schwer und süß über dem Wald. Sie hatten lange über die Zukunft gesprochen. Nichts sollte es geben, das sie jemals wieder trennen würde. In jener Nacht hatte sie das Kind empfangen. Dorothea!

Zwei Tage später war er fort gewesen.

Sie hatte gewartet, Abend für Abend. Ihr ganzes Herz war voll Glauben an ihn gewesen, aber er kam nicht mehr. Nach vier Wochen erst erreichte sie ein Brief aus Colombo. Er schrieb, daß er dieser Berufung folgen mußte, der er sich als Arzt nicht entziehen durfte. Er schrieb ferner, daß er die Stunden mit ihr nie vergessen würde und daß sie auf ihn warten solle, bis er sie rufen könne. Überglücklich war sie zuerst gewesen über diesen Brief. Natürlich würde sie warten! Ein ganzes Leben lang, wenn es sein mußte!

Eines Tages aber wußte sie, daß sie das Kind erwartete. Angst und Freude zugleich waren in ihr gewesen an jenem Tag. Sie wartete auf den Ruf, der sie zu ihm holen würde. Aber er kam nicht.

Und in ihr wuchsen Sorge, Zweifel und Angst. Sie wußte so wenig von ihm, nur, daß er einer gräflichen Familie entstammte. Und wer war sie? Eine Förstertochter, ein Chorgirl, das sein Kind nicht einmal ernähren konnte.

Das Kind unter ihrem Herzen wuchs. Im Theater konnte sie nicht mehr auftreten. Es blieb keine andere Wahl, sie mußte nach Hause zurück.

Trotz ihres Zustandes nahmen die Eltern sie auf, und eines Tages gebar sie dann ein kleines Mädchen. Die ganze Liebe, die sie einmal einem Mann schenkte, widmete sie jetzt ihrem Kind. Es war ein süßes, schönes Kind mit großen Augen.

Vor Christines Augen sind die Bilder in dieser Nacht so deutlich, daß sie aufstöhnt in der Erinnerung.

Der Vater war sehr streng gewesen. Er wollte sie zur Strafe zwingen, als Dienstmagd zu arbeiten. Als Strafe wofür? Für die Liebe, die ihr Herz erfüllte zu dem einen? Sie hatte es nicht ertragen. Dann kehrte sie zurück zur Musik.

Viele Nächte hindurch hatte sie mit sich gekämpft und geweint, bis ihr Entschluß feststand. Sie mußte noch einmal in die Welt und ihr Glück versuchen.

An einem Tag im April sprach sie zu ihren Eltern darüber. Der Vater war furchtbar böse gewesen und hatte sie aus dem Haus gewiesen. Ihr Kind aber, ihr kleines, süßes Kind, mußte sie zurücklassen. Mit wundem Herzen kehrte sie in die Stadt zurück.

Der Sprung zum Theater gelang. Ihre Stimme war voller und schöner geworden, und ein gewisser schmerzlicher Zauber lag darin, der bald die Herzen der Menschen eroberte.

Tag und Nacht hatte sie an sich gearbeitet. Den

Namen Helm legte sie damals ab und vertauschte ihn mit dem Namen Vandeburg. Damit hatte sie dann ihren Siegeszug um die Welt angetreten.

Viele Männer waren ihr im Laufe der Jahre begegnet, aber niemals hatte sie den einen vergessen und niemals ihr Kind. Eine unüberwindliche Scheu hielt sie zurück, sich ihrem Kind zu nähern. Bis sie Dorothea begegnet war. Sofort hatte sie gewußt, daß das ihr Kind war.

Christine Vandeburg läuft jetzt im Zimmer auf und ab.

Ekhard von Blaichingen! Er lebt also noch! Und er hat einen Sohn!

„Mein Gott, wie furchtbar strafst du mich", stöhnt sie leise. „Dorothea liebt ihn. Ich fühle es! Und er – er ist ihr Bruder! Ich darf das Unglück nicht geschehen lassen. Was kann ich tun?"

Ihr mütterliches Herz verzehrt sich in Sorge um ihr einziges Kind. Sie weiß, daß sie ihm Schmerz zufügen muß, wenn sie gezwungen ist, die Wahrheit zu gestehen.

Noch sträubt sie sich dagegen. Noch hofft sie, daß sie sich täuschen könnte und der junge Graf Herbert für Dorothea wirklich nicht mehr ist als ein Jugendfreund.

Ich muß abwarten und sie prüfen, denkt sie. Sonst bleibt mir nichts, als ihr die Wahrheit zu gestehen.

Wie aber wird Dorothea diese Wahrheit aufnehmen?

★

Etwa acht Tage später hält Herbert von Blaichingen ein Telegramm seines Vaters in Händen:

„Ankomme morgen nachmittag sechzehn Uhr."

Keine Erklärung, warum und weswegen. Papa hatte von ein paar Tagen Urlaub gesprochen, die er sich noch nehmen wollte, überlegt Herbert. Morgen ist Sonnabend. Ausgerechnet für morgen abend hatte er Dorothea und ihre Mutter nach Hohenhorst gebeten. Eigentlich trifft sich das wunderbar! Dann kann er Papa gleich mit ihr bekannt machen.

Gutgelaunt macht er sich an die nötigen Vorbereitungen. Gestern erst hat er mit Dorothea gesprochen. Nur fünf Minuten, aber immerhin …

Er hatte sich die Zusage für morgen abend geholt, und als er sich von ihr verabschiedete, hatte er noch rasch gefragt:

„Wirst du kommen und dein Herz mitbringen nach Hohenhorst, Dorothea?"

Und sie hatte geantwortet:

„Ich brauche es nicht erst mitzubringen. Es ist immer da."

Er hat dabei noch ihre Augen und ihren jungen scheuen Mund in Erinnerung, und übermütig wie ein Junge stellt er das ganze Haus jetzt auf den Kopf.

In den Weinkellern von Hohenhorst lagert noch edler Sekt. Die alte Marie erhält ein halbes Dutzend junger Hähnchen. Haus und Wirtschaftsräume blitzen.

Herbert selbst besorgt aus den Gewächshäusern herrliche Rosen, die er in den Vasen verteilt.

Am folgenden Morgen ist er bereits früh um fünf auf den Beinen. Heinrich, der alte Verwalter, schüttelt den Kopf, als er den jungen Herrn, die Büchse über die Schulter geworfen, die Hunde kurz an der Leine, in die Wälder wandern sieht.

„Dat is' de Jugend", murmelt der Alte und kratzt

sich den stoppeligen Hinterkopf. „Jau, dat is' de Jugend, de rennt mit'm Kopp dör de Wand. Aber ejal, wat de junge Herr is', de is' richtig."

Um acht ist Herbert wieder zurück. Aus seinem Rucksack ragen die Vorderläufe eines kapitalen Bokkes, und das Jagdfieber lacht ihm noch aus den Augen.

Mit keuchenden Flanken und hängender Zunge werfen sich die Hunde neben dem Rucksack zu Boden, als er diesen lachend abstellt.

„Wat sägst du nu, Hinrich? Er is' mir man so vor die Büchse gelaufen. In diesem Jahr gibt's eine Menge von ihnen."

„Dat stimmt, junger Herr, aber wenn der Herr Geheimrat aus die Stadt kommen tut mit einem Schwung Jäger, dann is' et bald alle."

„Dieses Jahr nicht, mein Lieber", lacht Herbert vergnügt. „Dieses Jahr haben wir hier oben etwas anderes vor."

Er klopft dem alten Heinrich auf die Schulter und geht ins Haus.

Der Tag vergeht schnell. Bereits um zwei Uhr mittags kleidet er sich um. Sorgfältig wählt er Oberhemd und Krawatte und nimmt dazu einen grauen Einreiher aus feinstem Kammgarn aus dem Schrank.

Während er das Wasser in die Wanne laufen läßt, pfeift er laut und falsch, aber das stört ihn nicht. Heute abend wird er Dorothea wiedersehen! Und heute abend wird er sie fragen, ob sie ...

Er atmet tief. Ihre strahlenden Augen halten ihn fest. „O Mädel, mein Mädel, wie lieb' ich dich!" schallt es durch das Haus, während er die letzten Vorbereitungen trifft.

Punkt vier Uhr am Nachmittag steht er dann mit

dem Wagen vor der Station des Bahnhofs in der Nachbarstadt. Drei Eilzüge laufen fast gleichzeitig aus verschiedenen Richtungen ein, und Herbert braucht seine ganze Aufmerksamkeit, bis er in dem dichten Gedränge die stattliche Gestalt seines Vaters entdeckt.

Auch Geheimrat von Blaichingen scheint bei bester Laune. Vergnügt winkt er seinem Sohn schon von weitem zu.

„Tag, mein Junge. Schön, daß du da bist."

„Papa, ich freue mich sehr, daß du ein paar Tage auf Hohenhorst bleiben willst. Hab' auch 'n paar Überraschungen für dich!"

„So? Na, mal sehen. Nimm mal meinen Koffer." Nebeneinander bahnen sie sich einen Weg durch die Menge und verlassen die Sperre.

Im Wagen dann macht Ekhard von Blaichingen es sich bequem und atmet gutgelaunt auf. Er schaut seinen Einzigen von der Seite an, der mit sicherer Hand den Wagen über die breiten Serpentinen durch die Berge Wendelberg zulenkt.

„Na, mein Junge, dann schieß mal los. Was gibt's denn Neues? Weiß auch nicht, was mit mir in der letzten Zeit los ist. Ich hab' den Betrieb in der Klinik satt. Wird Zeit, daß die jüngeren Kollegen drankommen und mir die Verantwortung abnehmen. Ein paar Jährchen möchte ich noch auf Hohenhorst leben."

Herbert nickt.

„Das ist eine glänzende Idee, Papa. Ich habe immer gehofft, daß du eines Tages zu Verstand kommen würdest. Aber nun rate mal, wen wir heute abend zu Gast haben."

„Keine Ahnung! Ich dachte eigentlich, 'n paar ruhige Tage zu verleben. Hoffentlich nicht 'n Haufen Jagdgäste?"

„Nein, Papa. Über den Besuch wirst auch du dich freuen. Ich bin ganz sicher. Es sind die neuen Bewohner vom alten Försterhaus am Wendelhang."

„Was? Das alte Forsthaus ist verkauft? Na, wer kann das schon sein? Wahrscheinlich doch Jagdgäste."

„Falsch geraten Papa. Die neuen Besitzer sind Christine Vandeburg und ihre Tochter Dorothea."

Herbert schaut aufmerksam nach vorn, und so kann er nicht sehen, wie Geheimrat von Blaichingen zusammenzuckt.

Christine Vandeburg! Da ist wieder die Erinnerung in ihm, die ihn sein ganzes Leben verfolgt, und nun wird er sie also doch noch wiedersehen. Er nimmt sich zusammen.

„So?" fragt er gleichgültig. „Sie haben das Forsthaus gekauft?"

„Ja, Papa, sie wollten hier eine Heimat haben. Du weißt, Frau Vandeburg ist viel unterwegs. Ich war zwei- oder dreimal bei ihnen oben zu Gast und wollte mich heute abend revanchieren. Ich denke, es wird auch dich freuen, oder?"

Der Geheimrat hat die letzten Worte des Sohnes gar nicht mehr gehört. Seine Gedanken sind woanders.

Christine Vandeburg! Wie fremd das klingt. Wird sie sich verändert haben? Werden die Jahre in ihr ausgelöscht haben, was einmal zwischen ihnen bestand?

Der Junge weiß gar nicht, was er da anrichtet, denkt er. Soll man sich freuen auf dieses Wiedersehen?

Herbert schaut seinen Vater von der Seite an. „Du hörst mir ja gar nicht zu, Papa."

„Ich – doch, doch, Junge! Natürlich freue ich mich. Sehr sogar. Fahr nicht so schnell, ich möchte noch lebend nach Hohenhorst kommen. Ach Junge, schau dich mal um. Wie schön doch hier die Welt ist. Wirklich, ich bin froh, daß wir Hohenhorst haben. Sag mal, und diese Dorothea – die kennst du wohl schon eine ganze Weile, wie?"

Herbert fühlt den prüfenden Blick. Am liebsten würde er schon jetzt sagen: Ja! Ich kenne und liebe sie! Aber er beherrscht sich und widmet seine Aufmerksamkeit der Straße, die in scharfen Windungen aufwärts strebt.

Um sieben Uhr dann, nachdem der Geheimrat sich erfrischt und umgezogen hat, holt Herbert die Damen mit dem Wagen ab.

Dorothea hat das goldene Haar diesmal geöffnet. Sie trägt ein zartblaues Sommerkleid mit gestickten Blumen darauf und sieht reizender aus denn je.

Christine, ihre schöne Mutter, bildet in einem eleganten Nachmittagskleid aus kostbarem Brokat einen wirksamen Kontrast zu so viel Jugend.

Mit dem Wagen ist es nur eine Viertelstunde, dann haben sie das Herrenhaus von Hohenhorst erreicht.

Erst als sie in den Schloßhof einfahren, gesteht Herbert:

„Mein Vater ist heute nachmittag aus der Stadt gekommen. Er freut sich sehr, Sie bei uns daheim willkommen zu heißen."

Er schaut dabei Dorothea an. Ihre Blicke treffen sich. Voll tiefer Bewunderung sind die Augen des jungen Grafen, und eine heiße Frage brennt ihr daraus entgegen. Dorothea schaut schnell zur Seite.

Christine Vandeburg fühlt sekundenlang ein Zittern durch ihren Körper gehen. Ekhard von Blaichingen hier! Das ist alles, was sie denken kann.

Dann fühlt sie sich schon an der Seite ihrer Tochter dem breiten Portal zugehen. Automatisch laufen ihre Beine. Sie nimmt sich zusammen. Und dann – stehen sie sich in der großen Halle plötzlich gegenüber.

Ekhard von Blaichingen macht einen Schritt auf die schöne Frau zu, beherrscht sich aber sogleich wieder.

„Darf ich Sie mit meinem Vater bekannt machen, gnädige Frau? Papa – das ist Frau Vandeburg. Dorothea kennst du ja bereits."

Geheimrat von Blaichingen beugt sich über die schlanke Frauenhand. Christine fühlt seine Lippen darauf. Sie schaut auf den angegrauten Kopf, der sich vor ihr beugt. Weiß ist er geworden. So viele Jahre liegen dazwischen. Und doch hat er noch die gleichen Augen. Sie ist jetzt ganz ruhig. Ihre Blicke begegnen sich. Es ist ein Wiederfinden nach mehr als zwanzig Jahren. Den beiden jungen Menschen ist diese kurze Begegnung nicht aufgefallen. Sie gehen voran in die hellen Gesellschaftsräume, wo die Speisetafel bereits gedeckt ist.

Der Diener schenkt köstlichen alten Sekt in die Schalen. Maries gebackene Hähnchen duften über den Tisch. Ein leichter Plauderton fliegt hin und her. Und doch liegt über allen eine geheime Spannung. Als sie sich dann endlich nach Mitternacht trennen, hat Ekhard von Blaichingen die erste Gelegenheit, einen Augenblick allein mit Christine zu sprechen.

Er hält die schöne Frauenhand noch eine Sekunde länger fest als üblich.

„Darf ich dich irgendwann wiedersehen, Christine?“ fragt er leise.

Christine Vandeburg senkt den Kopf. Mein Gott, sie ist eine Frau von fast fünfundvierzig. Vorbei sind der Jugend Schmelz und Schönheit. Und doch lebt in ihrem Herzen noch die geheime Sehnsucht nach der Erfüllung längst vergangener Stunden. Muß sie sich dessen schämen? Nein. Frei und stolz hebt sie die Augen zu ihm. Sie nickt. Dann zieht sie die Pelzstola enger um die Schultern und verläßt, ohne sich noch einmal umzuwenden, hinter Dorothea das Herrenhaus. Sie fahren die kurze Strecke bis zum Försterhaus, ohne ein Wort zu sprechen. Jeder hängt seinen eigenen Gedanken nach. Dann, als der Wagen hält und die beiden Damen sich anschicken, ins Haus zu treten, ist es Herbert, der Christine einen Augenblick länger festhält.

„Verzeihung, gnädige Frau, ich habe eine große Bitte an Sie. Darf ich Sie morgen für eine halbe Stunde allein sprechen? Ich bitte sehr darum.“

Eine Sekunde zögert Christine. Sie ahnt, was der junge Graf ihr zu sagen hat, und ihr Herz ist schwer von Sorge und Schmerz. Nun muß sie es Dorothea doch sagen! Wie wird sie es aufnehmen? Sie nickt kurz.

„Kommen Sie um fünf Uhr morgen nachmittag, Graf Herbert. Ich denke, dann sind wir ungestört. Und nun – gute Nacht!“

„Gute Nacht, gnädige Frau und vielen Dank!“ ruft Herbert ihr noch leise nach. Dann schließt sich die eichene Haustür. Der Motor heult auf. Über den Wäldern des Harzes liegt tiefe Nacht. Christine sitzt noch lange in ihrem Zimmer und denkt über den vergangenen Abend nach. Er ahnt nicht, daß Dorothea seine Tochter ist! Sagt es sein Herz ihm nicht? Wie brennend er sie angeschaut hat beim Abschied, Christine atmet tief. Ja, sie liebt ihn noch. Das Versprechen, welches sie ihm vor mehr als zwanzig Jahren gegeben, hat sie treulich gehalten. Aber auch jetzt darf es für sie kein Glück geben. Alles drängt auf eine Aussprache. Sie wird verzichten müssen für Dorothea, weil sie fühlt, daß ihr Kind an der Wahrheit zerbrechen wird. Erst gegen Morgen fällt sie in einen unruhigen Schlaf.

Der folgende Tag ist ein Sonntag. Es ist noch früh, als das erste Läuten der Glocken von der Dorfkirche heraufdringt. Dorothea öffnet die Blendläden.

Strahlende Bläue eines Spätsommertages breitet sich über ihnen aus. Munteres Vogelgezwitscher unterbricht die sonntägliche, feiertägliche Stille. Sie reckt sich. Jetzt ist es aus mit dem Schlafen. Bis zum Rande voll ist ihr Herz. Heute will er kommen! Sie weiß, was er fragen wird! Gestern nacht hat er es ihr zu verstehen gegeben. Beide Hände preßt sie auf ihr springendes Herz. Blank und leuchtend sind ihre Augen, erregt und rosig die Wangen. Sie horcht zum Schlafzimmer ihrer Mutter hinüber. Dort ist noch alles still. So schlüpft sie hinüber ins Bad und richtet anschließend draußen auf der Terrasse den Frühstückstisch. Waldmann kugelt sich übermütig im taufrischen Gras, warme Sonnenstrahlen kommen über die Berge.

Gerade als Dorothea den dampfenden Kaffee auf die Terrasse trägt, erscheint auch Christine.

„Guten Morgen, Mama! Schon auf? Schau nur, welch ein Tag!“

Christine küßt ihr Mädel zärtlich auf die Wange „Oh du hast schon alles gerichtet, Kind! Wie schön! Gut geschlafen?"

„Danke, Mama, ja!"

Sie wirft einen prüfenden Blick in das blühende Gesicht. So wie Dorothea sieht nur ein Mensch aus, der liebt. Heute, in dieser Stunde noch, muß sie ihr die Wahrheit sagen.

Gemeinsam nehmen sie am Frühstückstisch Platz. Die Sonne schickt ihre Strahlen über sie hin. Es ist ein Bild sommerlichen Friedens.

„Es war ein reizender Abend auf Hohenhorst, nicht wahr?

Dorothea errötet und nickt.

„Ja, Mama, sehr reizend."

„Ihr seid wohl schon sehr lange befreundet, Graf Herbert und du?"

Dorothea schaut offen auf.

„Ja, Mama. Wir kennen uns, seit Großpapa mit mir hierherzog."

Jetzt ist es Christine, die freundlich nickt und den Kaffee nachgießt. „Er bat mich um eine Unterredung für heute nachmittag. Kannst du dir vorstellen, was er mir zu sagen hat?"

„Ich glaube schon."

Dorotheas Stimme zittert ein wenig. Glück und Erwartung schwingen darin mit. Und ihre Augen strahlen so von innen heraus, daß es Christine weh tut.

„Dorothea", beginnt sie sehr ernst. „Hast du eigentlich nie darüber nachgedacht, wer dein Vater ist? Es könnte doch jetzt wichtig sein."

Das Mädchen macht eine rasche impulsive Bewegung. Ihre Hand streicht zärtlich über den Arm der Mutter.

„Ich werde dich nie danach fragen, Mama, wenn du es mir nicht sagen willst. Du wirst deine Gründe haben für das, was du getan hast. Mach dir keine Gedanken darüber, bitte."

„Doch, Kind. Ich muß mir diese Gedanken machen. Du weißt nicht, was ich weiß. Glaub mir, es ist mir furchtbar, was ich dir zu sagen habe. Wenn ich eher zurückgekommen wäre – dann wäre es nicht geschehen."

Dorothea ist blaß geworden. Welches Geheimnis kann ihre Mutter haben? Wer war der Mann, der ihr Vater ist? Wird sie sich seiner schämen müssen?

„Mama, bitte – ich – wer ist mein Vater?"

Nun steht die Frage doch im Raum. Drohend und schwer.

Christine schaut ernst auf das junge Gesicht ihrer Tochter.

„Wir wollen offen miteinander reden Kind. Es ist – Geheimrat von Blaichingen!"

Dorothea prallt zurück. Ihre Hand zuckt zum Hals, um den Schrei zu ersticken, der auf ihrer Zunge liegt. Groß und unnatürlich geweitet sind ihre Augen.

„Das – das kann doch nicht wahr sein, Mama! Es darf nicht wahr sein, hörst du! Er – er ist doch Herberts Vater! Das ist ... er wollte, daß ich seine Frau werde! Er hat mich geküßt, nicht wie seine – Schwester! – Mama!"

Es klingt wie ein Aufschrei. In den schönen blauen Augen des Mädchens liegt Nichtverstehen und Qual.

Christine Vandeburg schluckt. Sie hat es gewußt, aber es ist nicht ihre Schuld.

„Kind, du mußt dich beruhigen. Ich will dir alles erklären, dann wirst du es verstehen ..." Sie spricht beruhigend auf Dorothea ein. Aber die schüttelt wild den Kopf.

„Ich will das nicht verstehen. Das kann nicht wahr sein! Du mußt dich irren! Wenn ich dich nicht wiedergefunden hätte, dann hätte ich es nie erfahren und wäre vielleicht seine Frau geworden. Ich liebe ihn doch."

Dorothea hat die Hand vom Arm ihrer Mutter jäh zurückgezogen. Abwehr ist in ihr.

Christine spürt es, aber ihr mütterliches Herz schluckt den Schmerz, den ihr Kind ihr zufügt.

„Glaube mir, Dorothea, wenn ich das alles gewußt hätte – weiß Gott, ich hätte alles getan, um dir dies zu ersparen. Ich habe deinen Vater einmal sehr geliebt, mein Kind. Ich war so jung wie du damals, und das Leben war voller Hoffnungen für uns beide. Ich habe nicht gewußt, daß er einen Sohn hatte, und er weiß nicht, daß er eine Tochter hat. Ich will dir alles erzählen, wenn du ruhiger geworden bist. Ich verstehe dich, Kind. Bis zuletzt habe ich gehofft, dir das ersparen zu können. Aber du bist noch jung. Du sollst selbst entscheiden, was du nun tun willst. Siehst du nun, wie schnell das Wort gesagt ist: Ich werde dir niemals Vorwürfe machen? Wenn das Herz spricht, ist alles vergessen. Gott verzeih mir meine Schuld."

Sie hat sehr ernst und voll Verstehen gesprochen. Jetzt erhebt sie sich. Zart streicht ihre Hand über Dorotheas blonden Schopf.

„Es tut weh, Kind, ich weiß es. Aber man muß darüber hinweg."

Sie wartet auf eine Gebärde, auf eine winzige Bewegung ihres Kindes, die ihr zeigt, daß Dorothea ihr glaubt. Aber sie bleibt unbeweglich sitzen. Der Glanz in den blauen Augen ist erloschen.

Christine Vandeburg wendet sich nach einer kleinen Weile ab und geht ein wenig müde ins Haus zurück.

Dorothea schaut ihr nicht nach. Zu tief hat diese Erkenntnis sie getroffen. Wo ist das Blau des Himmels, wo das Zwitschern der Vögel und Waldmanns lustiges Balgen im Gras? Aller Zauber dieses Sommers ist für sie erloschen. Nur eine Gewißheit steht brennend vor ihren Augen: Er ist dein Bruder. Du liebst deinen eigenen Bruder! Plötzlich wirft sie die Arme auf den Tisch und drückt den Kopf hinein. Wildes, unbeherrschtes Schluchzen schüttelt den zarten Körper. Es ist das Aufbäumen des Herzens gegen das Unabänderliche.

Sie horcht in sich hinein. Fühlt sie für ihn wie für einen Bruder? Könnte sie ihn wiedersehen, ohne nach dem Blick seiner Augen zu suchen? Nein! Dorothea beißt sich auf die Lippen, um nicht laut aufzuschreien. Erst nach einer Stunde hat sie sich etwas gefaßt. Achtlos streicht sie das Haar aus der Stirn. Heiß und rot ist ihr Gesicht. Waldmann sitzt neben ihrem Stuhl und schaut sie unverwandt an.

Unter Tränen lächelt sie ihm zu.

„Wir waren schon einmal so allein, nicht wahr, du? Jetzt sind wir es wieder, nur du und ich. Alles ist aus und vorbei! Und wir haben ihn so unendlich liebgehabt."

Was soll nun geschehen? Sie sammelt die Gedanken auf diese Frage. Sie will ihn nicht mehr wiedersehen. Nein, sie kann es ihm auch nicht sagen. Gleichgültig, was er von ihr denkt.

Geheimrat von Blaichingen – ihr Vater! Eine scheue Zärtlichkeit erwacht in ihr für diesen Mann. Darum hat es sie so in seine Nähe gezogen, schon damals auf Lehmshausen. Es war die Stimme des Blutes gewesen.

Und plötzlich denkt sie auch an ihre Mutter. Sie hat ihn geliebt. Und bis heute ist sie ihm treu geblieben. Was mag der Grund gewesen sein, daß das Schicksal sie auseinandergetrieben? Und mit einem Male ist heißes Mitleid in ihr für ihre Mutter. Wo ist sie jetzt?

Rasch und entschlossen eilt Dorothea ins Haus. Unten in den Wohnräumen ist sie nicht. So läuft sie nach oben, klopft an die Tür zum Zimmer ihrer Mutter. Ein leises „Herein!" antwortet ihr.

„Mama! Mama, verzeih mir!"

Christine Vandeburg lächelt. Sie breitet die Arme aus, Dorothea drückt den Kopf hinein.

Eine Weile sind sich Mutter und Tochter im Schweigen nahe. Dann endlich findet Christine das erste Wort.

„Kind, die Zeit heilt alle Wunden. Ich bin ja bei dir. Ich lasse dich nie allein. Drüben in meiner Schublade liegen die neuen Verträge für eine Welttournee. Wir brauchen nur zuzusagen und können uns die schönsten Länder aussuchen. Wir brauchen uns auch nicht überhasten wie beim letztenmal. Liebling, die Zukunft liegt noch so offen vor dir!"

Dorothea nickt. „Ja, Mama! Aber ich kann ihn nicht wiedersehen. Ich kann nicht!"

„Was willst du tun, Dorothea?"

„Noch heute werde ich nach Lehmshausen fahren. Dort warte ich auf dich. Willst du es ihm sagen, wenn er kommt?"

Christine nickt schwer.

„Ja, Liebling! Ich glaube, es ist wohl besser, wenn er die ganze Wahrheit weiß. Fahr du nach Lehmshausen. Das ist wirklich eine gute Idee. Die Baronin von Plötz wird sich freuen, dich da zu haben und wird dich verstehen Und wenn hier alles geregelt ist, komme ich sofort nach."

Christine denkt flüchtig an Ekhard von Blaichingen. Auch er hat ein Anrecht auf die Wahrheit. Irgendwann wird er sie wiedersehen wollen. Es ist, als ob Dorothea ihre Gedanken erraten hätte.

„Mama, du – du liebst ihn noch? Ich meine – meinen Vater ..."

„Einen Menschen wie deinen Vater, Kind, den kann man so leicht nicht vergessen. Es waren wundervolle Wochen, die wir zusammen verbringen durften. Ich war so jung damals wie du und hab' nicht geglaubt, daß ich ein ganzes Leben lang davon zehren müßte", weicht Christine aus.

Dann sagt sie heiter: „Es ist richtig, wenn du heute noch fährst. Ich helfe dir deine Sachen packen. Komm!"

Bald schon sitzt Dorothea im Zug, der sie nach Westen bringt, Lehmshausen zu. Sie hält Waldmann im Schoß, und in ihren Wimpern schimmern Tränen, als sie zurückschaut, wo ihre Mutter allein auf dem Bahnsteig steht.

Christine Vandeburg ist nachdenklich in das alte Forsthaus zurückgekehrt. Langsam durchwandert sie die großen Räume, in denen Dorothea eine merkwürdige Leere hinterlassen hat. Die Unterredung mit dem jungen Grafen Herbert lastet schwer auf ihr. Was kann sie ihm sagen, ohne seinen Vater in seinen Augen herabzusetzen? Ist es nicht besser, vorher mit Ekhard zu sprechen? Sie gesteht sich ein, daß er auch heute noch auf sie eine gewisse Anziehung besitzt. Ihr Herz zuckt unruhig, wenn sie an ihn denkt.

Christine geht ins Erkerzimmer hinüber, von wo aus sie die Turmspitzen von Hohenhorst sieht. Dort oben wohnt er jetzt. Was tut er in diesem Augenblick? Wie wenig weiß sie doch von ihm! Mehr als zwanzig Jahre sind es her, daß er sie bat, für immer bei ihm zu bleiben. Damals schon besaß er einen Sohn, und sie wußte es nicht.

In tiefe Grübeleien versunken, hat sie die Zeit vergessen. Die Stunden vergehen rasch.

Um fünf Uhr hört sie draußen plötzlich das Geräusch eines Motors. Ihre Hände verkrampfen sich sekundenlang. Dann hat sie sich gefaßt. Ruhig und sicher geht sie dem jungen Grafen entgegen. Sein sympathisches Gesicht strahlt Entschlossenheit und Freude aus. Zwei riesige Blumensträuße hält er im Arm. Dunkelrote Rosen und weiße Nelken.

Er beugt sich über ihre Hand.

„Gnädige Frau, ich bin Ihnen so dankbar. Es wird auch bestimmt nicht lange dauern."

Christine nickt und öffnet die Tür zum Wohnzimmer. Er trägt feierliches Schwarz und eine silbergraue Krawatte. So sicher ist er, daß es ihr weh tut, auch seine Hoffnungen zerstören zu müssen. Sie läßt ihn eintreten. Mit geschickter Hand ordnet sie die weißen Nelken in eine kostbare Vase.

„Die Rosen sollen für Dorothea sein", sagt er verlegen.

Christine nickt und weist auf die Sesselgruppe am Gartenfenster.

„Bitte nehmen Sie Platz, Graf Herbert. Ich glaube, unsere Unterredung wird doch ein wenig länger dauern, als Sie vermuten können."

Er schaut sie fragend an, dann nickt er kurz. Fast gleichzeitig setzen sie sich. Einen Augenblick herrscht Schweigen zwischen ihnen. Christine überlegt noch fieberhaft, wie sie es ihm sagen soll. Sie sucht nach Worten.

„Graf Herbert, ich will offen sein – ich glaube zu wissen, warum Sie gekommen sind."

Er schaut überrascht auf.

„Hat Dorothea ...?"

„Ja, auch das. Dorothea hat es mir gesagt. Wir haben keine Geheimnisse voreinander. Ich hätte Ihnen und meinem Kind gern den Schmerz erspart, den ich Ihnen beiden zufügen muß. Dorothea kann niemals Ihre Frau werden, Herbert!" sagt sie fest. Jetzt ist es heraus. Jetzt muß das andere von alleine folgen.

Herbert von Blaichingen-Lintfort ist erregt aufgesprungen. Er holt tief Atem. Dann läßt er sich wieder langsam in den Sessel gleiten.

„Wollen Sie mir nicht erklären, gnädige Frau? Dorothea kann nicht ...? Ja, um Gottes willen, warum? Sie wissen vielleicht nicht, daß Dorothea und ich – ich meine, wir kennen uns schon lange. Wenn Sie an meiner aufrichtigen und ehrlichen Liebe zweifeln sollten ..."

Christine schüttelt den Kopf. „Nein, Graf Herbert, daran zweifle ich nicht. Und ich bin sicher, Sie hätten mein Kind glücklich gemacht. Sie hat genausowenig gewußt wie Sie, was ich Ihnen heute sagen muß. Dorotheas Vater ist auch Ihr Vater, Herbert!"

Der junge Mann prallt zurück.

Jähe Röte überfliegt sein Gesicht und weicht einer tiefen Blässe. „Das – ist doch – nicht möglich!" stammelt er fast unhörbar.

Christine schaut auf ihre Hände. „Doch, es ist möglich. Ihr Herr Vater und ich, wir haben uns einmal sehr gut gekannt. Aber das Schicksal hat es anders gewollt."

Herbert sitzt wie erstarrt. Er begreift es nicht. Sein Vater ist auch Dorotheas Vater. Sie sind also Blutsverwandte, und sie haben es nicht gewußt.

Ihre zarten, scheuen, hingebungsvollen Küsse an jenem Abend vor ein paar Jahren dürfen nichts weiter gewesen sein als ein Ausdruck schwesterlicher Liebe. Dabei hat er sich gesehnt nach ihr mit der ganzen Kraft und Begierde seines jungen Blutes. Er beißt die Zähne zusammen, daß die Backenknochen hervortreten.

„Weiß – sie – es?"

„Ja."

„Wie – hat sie es ertragen? Sagen Sie mir die Wahrheit!" preßt er erregt hevor.

Christine schaut in die dunklen, leidenschaftlichen Männeraugen. Nicht nach sich fragt er. Zuerst nach ihr. Wie hat sie es ertragen? Es ist die gleiche Liebe, die einst Ekhard und sie verband.

„Herbert, sie hat den Weg gewählt, den sie gehen muß. Es hat sie sehr getroffen, und es wird eine Weile dauern, bis sie alles überwunden hat. Wir werden zusammen wieder in die Welt gehen. Sie wird andere Länder kennenlernen und andere Menschen ..."

„... und andere Männer!" sagt er bitter. „Und eines Tages wird ein anderer ..."

Wieder ist er aufgesprungen. Mit großen Schritten läuft er im Zimmer auf und ab.

„Ich kann nicht! Ich kann sie nicht vergessen! Glauben Sie, daß man einen Menschen wie sie vergessen kann?"

Seine Worte überschlagen sich fast.

„Sie müssen, Herbert", antwortet Christine ruhig.

„Das Schicksal will es so. Lehnen Sie sich nicht dagegen auf."

Ein Stöhnen dringt aus seiner Brust. „Und ich werde sie nie mehr wiedersehen?"

„Vorläufig nicht. Es ist besser so, glauben Sie mir."

Er nickt. Tiefe Niedergeschlagenheit zeichnet sich auf seinem Gesicht. Er beugt sich über Christines Hand und schaut in das gütige Frauengesicht. „Ich kann meinen Vater verstehen", murmelt er leise. „Er hat Sie ein Leben lang geliebt. – Sagen Sie Dorothea, daß ich sie nie vergessen werde."

Dann dreht er sich um. Mit wenigen Schritten hat er das Zimmer verlassen.

Christine schaut ihm nach. Er stürmt den Weg hinab zum Wagen. Und Sekunden später braust der Motor auf.

Sie ist wieder allein.

Langsam sinkt die Dämmerung über die Berge. Dunkel und majestätisch stehen die hohen Tannen im Licht der untergehenden Sonne.

Christine Vandeburg seufzt. Selten hat sie sich von soviel wirren Gefühlen bedrängt gefühlt wie heute. Sie greift nach einem warmen Mantel, denn die Abende sind schon kühl. Sie schließt das Haus sorgfältig ab und nimmt dann den Weg ins Dorf. Durch das Seitenschiff tritt sie in die kleine, schmukke Kirche, die um diese späte Nachmittagsstunde leer ist. Sie verharrt vor dem Muttergottesaltar. Es ist lange her, daß sie die Gedanken gesammelt hat zum Gebet. Das Leben hat sie gejagt, und es blieb keine Zeit zur Besinnung. Jetzt aber empfindet sie die Kraft, die aus dem Glauben zu ihr strömt. Gibt es dort oben, hoch über den Sternen, nicht einen Gott, der alle Sorgen kennt? Ja! Er wird auch ihr Geschick lenken und Dorotheas Leben Erfüllung bringen. Nach einer halben Stunde verläßt sie den stillen Ort wieder und kehrt zurück ins Forsthaus. Achtlos liegt der Bund dunkelroter Rosen noch auf dem Rauchtisch. Sie ordnet sie in eine Vase und trägt sie hinauf in Dorotheas Zimmer. Dort steht sie noch eine Weile am Fenster und schaut in den sinkenden Abend.

★

Herbert von Blaichingen-Lintfort hatte den schweren Wagen in rasendem Tempo Hohenhorst zugelenkt, nachdem er das Forsthaus verlassen hatte. Er befand sich in einem Zustand tiefster Erregung, der ihn in eine Art Rausch versetzte.

Immer tiefer drückte sein Fuß den Gashebel. Es war ihm gleichgültig, daß der Wagen in den Kurven hin und her schleuderte, und es berührte ihn auch nicht, daß der steile Weg nach Hohenhorst an tiefen Schluchten und hohen Tannen vorbei nicht für rasende Geschwindigkeit paßte. Erst auf dem Schloßhof drückt er so jäh auf die Bremse, daß der Wagen knirschend steht.

Geheimrat von Blaichingen sitzt in seiner Arbeitsstube über einer Anzahl Dokumente, als er das harte Zuschlagen der Wagentür hört und aufschaut.

Er sieht Herbert gerade noch im Haus verschwinden, das Gesicht merkwürdig verzerrt, die Augen flackernd vor Aufregung. Nanu? Was mochte in den Jungen gefahren sein?

Ekhard von Blaichingen achtet nicht weiter darauf. Seine Gedanken gehören heute anderen Dingen. Es gilt vieles zu ordnen, damit die Zukunft endlich klar sei für ihn und – für – Christine! Es gibt eine Menge zu ordnen. Dinge aus der Vergangenheit, die nun nicht mehr länger verschwiegen werden dürfen.

Plötzlich aber schrickt er abermals durch das Schlagen einer Tür zusammen. Er hebt den Kopf. Dort sieht er Herbert – die Büchse über die Schulter geworfen, die Hunde an der Leine – im Jagdanzug eilig über den Hof streben.

Er schaut sich nicht mehr um. Ja, sein Schritt hat etwas so Stürmisches, daß die Hunde ihm kaum zu folgen vermögen.

Blaichingen erhebt sich aus dem Schreibtischsessel und tritt an das hohe Fenster. Von hier aus blickt er über den Schloßhof und die Allee weit hinein in die Wälder. Er sieht den Jungen darin verschwinden.

Kopfschüttelnd kehrt er an den Schreibtisch zurück. Er greift in die Tasche, entnimmt dem Etui eine der schweren Zigarren mit den goldenen Bauchbinden, schneidet mit ruhiger Hand das Mundstück ab und feuchtet es an. Eine Weile pafft er genießerisch blaue Wolken ins Zimmer. Seine Gedanken sind bei dem gestrigen Tag. Er hatte Christine wiedergesehen. Sie war schöner geworden im Laufe der Jahre. Schöner und reifer. Was hat er in diesen zwanzig Jahren an ihrer Seite verpaßt! Sie hatte sich nicht anmerken lassen, was einmal zwischen ihnen gewesen war. Stolz und hoheitsvoll war ihre Gestalt. Das Chorgirl von einst mit dem Schmelz unschuldiger Jugend war zum Idol des reifen Mannes geworden. Auch heute noch verspürt er die gleiche Anziehungskraft. Er hatte sein Leben nicht gelebt wie andere Männer. Die ganzen Jahre hindurch hatte er sich innerlich an sie gebunden gefühlt. Natürlich gab es Frauen um ihn, den berühmten Chirurgen. Aber sie interessierten ihn nicht. Nun, da er sie wiedergesehen hat, weiß er, daß er nicht ruhen wird, bis sie sein ist!

Wie Dorothea ihr ähnelt! Sogar das kleine braune Mal auf der Schulter hatte sie an der gleichen Stelle. Ob Christine den Mann geliebt hatte, von dem sie das Kind empfing?

Er wendet sich wieder seinen Akten zu. Zwei Stunden etwa noch arbeitet er an der Ordnung der Familienpapiere.

Nun ist es draußen vollends Abend geworden. Herbert ist nicht zurückgekehrt. Das leise Quietschen der Tür läßt Ekhard von Blaichingen aufschauen.

Es ist Niklas, der Diener.

„Klas, du mußt unbedingt mal die Türen schmieren. Das macht einen ja verrückt."

„Jawohl, gnädiger Herr. Befehlen der gnädige Herr heute abend Kerzen bei Tisch? Es ist angerichtet."

„Danke, Klas. Ich warte, bis mein Sohn kommt."

„Sehr wohl, gnädiger Herr!" Geräuschlos verschwindet Niklas wieder. Nur beim Quietschen der Tür zieht Blaichingen die Augenbrauen zusammen.

Langsam wandert er hinüber in die Bücherstube, bleibt dort am Fenster stehen.

Im Dorf sind zahlreiche Lichter aufgeflammt. Auch auf den Höfen ringsum in den Bergen leuchtet manches Fenster. Blaichingens Blick sucht die andere Seite vom Tal, den Wendelhang. Dort liegt das Forsthaus. Ein einziges, einsames Licht brennt da. Eine Weile steht er und schaut. Plötzlich strafft sich seine Gestalt. Warum die Stunde hinauszögern? Er hat lange genug gewartet. Der Abend ist reif, das rechte Wort zu finden. Er drückt auf die Klingel und befiehlt dem eintretenden Klas, Mantel und Hut zu bringen. Augenblicke später lenkt er selbst den schweren Wagen aus dem Schloßhof hinaus durch die breite, gepflegte Allee hinunter ins Tal. Von dort schlängelt sich der Weg nach rechts in die Wälder.

Christine hat den Abend lesend verbracht. Sie zwingt sich, auf andere Gedanken zu kommen und alles noch Schwebende dem Schicksal zu überlassen. Aber es will ihr nur schwer gelingen, sich von den Geschehnissen dieser Tage zu befreien. Die Jugend hat ihren Schmerz, und in diesem Schmerz hat sie nicht gefragt nach ihr. So nahe ist ihr der Mann, den sie einst geliebt, und doch muß sie wieder verzichten. Sie fügt sich darin, mahnt sich zur Vernunft. Aber auch mit fünfundvierzig ist man noch nicht alt. Das Herz rebelliert gegen den Verstand, will sich nicht zwingen lassen.

Ein rauschender Wind weht um das Haus. Unfreundlich und tief hängen die Wolken über den Bergen, und die Luft ist schwer wie vor einem Gewitter.

Seufzend legt sie jetzt das Buch beiseite. Gleich neun. Dorothea ist längst angekommen. Zu dumm, daß es hier oben kein Telefon gibt, sonst könnte man sich mit der Baronin von Plötz verständigen.

Plötzlich horcht sie auf.

Draußen ertönt Motorengeräusch, nähert sich dem Haus. Nanu? Sollen die Überraschungen dieses Tages kein Ende nehmen?

Müde und schwer erhebt sie sich und löscht das große Licht, so daß die gedämpfte Stehlampe einen milden Schein ins Zimmer wirft.

Draußen klingelt es jetzt. Christine geht durch die

Diele an die Haustür. Unwillkürlich macht sie einen Schritt zurück, als sie dort die hohe Männergestalt erkennt, die grüßend den Hut abnimmt.

Ihr Herz tut einen heftigen Schlag. Sie atmet tief.

„Christine! Guten Abend, Christine! Ich bin es. Verzeih die Störung zur nächtlichen Stunde. Ich – ich konnte nicht länger warten. Kann ich dich sprechen?"

Sie reicht ihm ihre schöne Hand und lächelt. „Guten Abend, Ekhard. Daß ich dich hier wiedersehen darf – ich freue mich wirklich. Bitte, trete ein. Ich bin allein. Dorothea ist verreist."

„Du bist allein? Verzeih, ich wußte nicht – konnte nicht ahnen ..."

Sie lächelt fein. Danach fragt er! Es gab einmal Stunden, in denen sie in seine Arme geflogen war. Und jetzt, da sie auf die Fünfzig zuging, war er um ihren Ruf besorgt!

Ekhard von Blaichingen weiß das Lächeln in dem schönen Frauenantlitz sofort zu deuten.

Umständlich legt er den Mantel ab. Mein Gott, zwanzig Jahre sind doch eine lange Zeit. Die stehen zwischen einem wie eine Mauer. Darüber springt man nicht einfach hinweg.

Er folgt ihr in den behaglichen Wohnraum.

Von einem der bequemen Klubsessel aus schaut er ihr zu, wie sie rasch und gewandt Aschenbecher und Feuerzeug bereitstellt und dann an den Wandschrank tritt.

„Magst du immer noch so gern Rum mit Zitrone?"

„Du hast es nicht vergessen, Christine?"

Wieder lächelt sie fein. Wie hätte sie auch nur die winzigste Gewohnheit von ihm vergessen können!

Sie bringt die hohen feingeschliffenen Rumgläser, entzündet das Wachslicht im Teekocher und setzt einen kleinen Kupferkessel darauf.

Als auch Zucker und Zitronenscheiben bereitstehen, läßt sie sich ihm gegenüber nieder.

„Du bist noch schöner geworden", sagt er andächtig. „Ich hatte dich in Erinnerung als ganz junge Frau."

„Ja", nickt sie und streicht das Haar aus der Stirn. „Älter bin ich wohl geworden. Die Jahre gehen nicht spurlos an einem vorüber."

„Das meine ich nicht, Christine. Auch an mir sind die Jahre nicht ohne Spuren vorübergegangen. Die Reife des Alters veredelt den Menschen. Als ich dich wiedersah, so schön, so blühend, da war es wie eine Offenbarung für mich! Das Schicksal meint es noch einmal gut mit uns. Ich habe lange Jahre nach dir gesucht. Du hattest deinen Namen geändert; so blieb die Suche erfolglos. Als ich Dorothea zum erstenmal auf Lehmshausen sah, da hatte ich diese Ahnung ..."

Christine ist blaß geworden. Ihre Finger schlingen sich ineinander.

„Welche Ahnung hattest du da, Ekhard?"

„Daß sie deine Tochter sein könnte", vollendet er versonnen seinen Satz und schaut in das brennende Wachslicht.

Sie erinnerte mich in allem so an dich, daß ich sie am liebsten mit mir fortgenommen hätte!"

Also hat das Blut doch gesprochen, und er hat es nicht gewußt! Wie wunderbar könnte jetzt alles sein, wenn nicht das andere wäre, das Furchtbare, daß ein Bruder seine Schwester liebt!

Nein! Sie darf nicht daran denken! Nicht mehr! Sie

preßt die Hände so hart gegeneinander, daß die Knöchel weiß hervortreten.

„Christine, ich bin gekommen – ich muß dich fragen – bist du noch frei? Darf ich ...“

Ekhard, bevor du weitersprichst, habe ich dir etwas zu sagen.“

Er hebt, betroffen von ihrem abwehrenden ernsten Ton, den Kopf.

Christine schluckt noch einmal, dann gibt sie sich einen Ruck.

„Herbert war vorhin hier“, sagt sie und schaut ihn fest an.

„So? Ich sah ihn mit dem Wagen heimkommen, aber ich hatte keine Ahnung.“

„Du fragst gar nicht, was er hier wollte?“

Ekhard von Blaichingen lehnt sich im Sessel zurück. Die Stimmung des Augenblicks, in dem er sie fragen wollte, ob es nicht noch einen Weg für sie beide in die Zukunft gäbe, ist zerstört. Er fühlt instinktiv die Abwehr, die von Christine ausgeht. Was hat sie denn nur? Warum weicht sie ihm aus? Herbert! Mein Gott, die Geschichte lastet ihm genug auf der Seele.

„Was wollte er von dir?“

„Er hat um Dorotheas Hand angehalten, Ekhard, und ich habe ihm eine bittere Enttäuschung bereiten müssen. Müssen, weil die Notwendigkeit mich dazu zwang, nicht, weil ich das wollte.“

Jetzt zeigt sich doch Überraschung auf dem Gesicht des Mannes.

„So weit ist es schon gediehen? Das wußte ich nicht. Aber warum hast du etwas dagegen?“ Er beugt sich ein wenig vor.

Nun muß es also gesagt werden. Christines Herz

macht einen Satz. Sie zwingt sich zur Ruhe und schaut ihn an.

„Weil – weil Dorothea dein Kind ist, Ekhard."

Einen Augenblick sitzt Geheimrat von Blaichingen ganz still, als dieser Satz im Raum hängt. Er muß die Worte erst verstehen lernen.

Dorothea sein Kind! Einundzwanzig Jahre lang hat es einen Menschen gegeben von seinem Blut, und er hat es nicht gewußt. Ein Kind von Christine – ein Kind der Liebe! Er fühlt sein Herz weich werden bei diesem Gedanken. Seine Augen werden feucht. Er wischt verlegen darüber weg.

Christine hat ihn angesehen. Sie ahnt, was in dem Männerherzen vor sich geht, und sie wird ein gewisses Gefühl von Schuld nicht los.

„Dorothea ist meine Tochter", wiederholt er leise. „Mein Leben ist also nicht sinnlos, wie ich es manchmal geglaubt. Ich habe eine Tochter. Und sie liebt Herbert?"

Christine nickt.

„Warum um alles in der Welt hast du ihn dann fortgeschickt? Man reißt doch nicht zwei Menschen auseinander, die sich lieben! Hast du denn alles vergessen?"

Er ist aufgesprungen. Die Hände tief in den Taschen vergraben, läuft er erregt hin und her. Genau so, wie sie ihn von früher her kennt, wenn etwas Drängendes ihn beschäftigt.

Aber in ihren Augen ist Befremden.

„Ja, Ekhard – begreifst du denn nicht? Sie ist doch vom gleichen Blut. Geschwister!"

„Unsinn!"

Eine scharfe Handbewegung schneidet ihr das Wort ab. In diesem Augenblick durchbricht ein greller Blitz die Dunkelheit der Wälder. Gewaltiges Donnern wird von den Bergen tausendfach zurückgeworfen. Der Wind hat zugenommen, steigert sich zum Sturm. Dunkel und drohend jagen Wolkenfetzen am Himmel.

Christine ist zusammengefahren.

Plötzlich steht Ekhard von Blaichingen dicht vor ihr und schaut sie streng an. Eine Sekunde nur, dann nimmt er seine Wanderung wieder auf. Nach einer Weile läßt er sich schweigend in den Sessel fallen. Er streicht sich durch das Gesicht und sagt dann: „Herbert ist nicht mein Sohn."

So ungeheuer trifft Christine dieses Wort, daß sie ihn anstarrt.

„Er ist nicht?"

„Nein!" schüttelt Ekhard von Blaichingen den Kopf. „Es ist eine lange Geschichte, und eigentlich hatte ich nie mehr daran rühren wollen. Nun muß es wohl sein, wenn es um das Glück der Kinder geht. Hör mir zu, Christine!"

Er macht eine kleine Pause, als überlege er, wo beginnen, und während draußen eine Sturzflut aus geöffneten Wolken herniederprasselt, beginnt er seine Erzählung.

„Ich war noch Student damals, da hatte ich einen sehr guten Freund: Ferdinand Woronsky. Wir besuchten alle Vorlesungen zusammen und alle Kneipabende. Wir gehörten der gleichen Bruderschaft an und waren sozusagen unzertrennlich. Ferdinands Vater war Rittmeister und führte zu Hause ein strenges Regiment. Sein einziger Sohn hatte ob seiner medizinischen Ambitionen nichts zu lachen gehabt bei ihm, und so war er ernster geworden, als für seine Jahre guttat. Dann, ich glaube, es waren zwei Semester vor dem Staatsexamen, liebte er ein Mädchen. Er hatte es mir zuerst lange verschwiegen. Sie war jung und bildschön, und obgleich sie einfacher Herkunft war, liebte und verstand sie ihren Freund aus ganzer Seele.

Eines Tages kam Ferdinand zu mir und erklärte mir, daß er Kathrin heiraten wolle. Ich riet ihm, bis nach dem Staatsexamen zu warten; aber wie die Dinge nun einmal lagen, war es doch besser, dem Mädchen seinen Namen zu geben. Er heiratete, ohne daß seine Eltern davon wußten. Es war für sie beide nicht einfach, sich durch die magere Zeit des Studiums mit Ferdinands geringen Wechseln durchzuschlagen, vor allen Dingen, als Kathrin nicht mehr arbeiten konnte, weil sie ein Kind erwartete.

Aber wir waren Freunde. Ich teilte mit ihm, was mir von zu Hause zukam. Es war trotz allem eine wunderschöne Zeit. Damals war das Gesetz an den Universitäten noch strenger als heute. Verheiratete Studenten, zumal Medizinstudenten, wurden nicht geduldet. Wir mußten also dauernd auf der Hut sein, und Ferdinand gab Kathrin, wenn nötig, nur als gute Bekannte aus. An einem Winterabend geschah es dann, daß einer unserer Kommilitonen, der Ferdinand seine gute Stellung beim Chefarzt neidete, hinter das Geheimnis kam und sich über die junge Frau lustig machte. Ich kann mich noch genau erinnern. Er nannte Kathrin im besoffenen Kopf eine hergelaufene Dirne, mit der man nicht länger als für drei Tage ein Verhältnis anbändele. Ferdinand geriet darüber außer sich. Als Sohn eines Rittmeisters an äußersten Ehrenkodex gewöhnt, kam es zum Duell. Ich versuchte alles, ihn davon abzuhalten. Ich appellierte an seine Vernunft. Zu spät. Er bat mich, für ihn die Verhandlungen zu führen. Sie wählten Pistolen, Ferdinand war ein guter Schütze, und ich war zuversichtlich. Am Vorabend des angesetzten Tages saßen wir beide noch lange zusammen. Kathrin hatte keine Ahnung von dem Bevorstehenden. Wir sprachen lange über vielerlei Dinge. Ferdinand wünschte, daß Kathrins Leben gesichert sei und weihte mich in alles ein. Ich höre noch heute seine Worte, als wir uns zum Abschied die Hand reichten: ‚Ekhard, du bist mein Freund. Du weißt, daß ich es tun muß, denn ich liebe Kathrin. Ich habe dein Wort, daß du ihr zur Seite stehen wirst, wenn mir was passiert. Ihr und – dem Kind.' So trennten wir uns an dem Abend.

Der folgende Morgen war der fünfzehnte November. Ein grauer, verhangener, unfreundlicher Tag. An einem Waldstück vor der Stadt trafen wir uns, wir, die Sekundanten, und die beiden Duellanten. Sie nahmen die Pistolen. Das Kommando ertönte. Fast zur gleichen Zeit peitschten die Schüsse, Augenblicke später sank Ferdinand in sich zusammen. Herzschuß. Er war sofort tot. Der andere, schwerverletzt, starb später im Krankenhaus."

Geheimrat von Blaichingen macht abermals eine kurze Pause. Die Erzählung geht ihm sichtlich nahe. Zu deutlich noch stehen die Bilder vor ihm.

Nach einer Weile fährt er fort:

„Sie brachten ihn Kathrin ins Haus. Fassungslos und stumm vor Schmerz stand sie an der Bahre des Toten. Nur in ihren Augen lag abgrundtiefe Verzweiflung und Nichtverstehen. Ich blieb den ganzen Tag bei ihr. Aber es gab so viele Dinge zu regeln, daß ich am Abend fort mußte. Sie war gefaßter, als ich dachte, und ich versprach, bald, spätestens aber am folgenden Morgen, wieder dazusein. An diesem Abend nahm sie eine Überdosis von den Schlaftabletten, die ich ihr verschrieb. Vollkommen angekleidet legte sie sich über das Bett und schlief ein. Etwa gegen Mitternacht wurde ich von einer seltsamen Unruhe getrieben. Wir saßen noch im Kreis der Freunde zusammen. Keiner wollte nach Hause, weil die Geschichte uns allen naheging. Aber plötzlich hielt es mich nicht mehr, ich mußte zu ihr, und ich fand sie.

Sie war noch nicht tot. Aber ihr Herz ging nur noch unmerklich. Ich brachte sie sofort in die Klinik. Es wurde alles menschenmögliche versucht. In der gleichen Nacht noch gebar sie einen Knaben: Herbert. Es war wohl die furchtbare Aufregung gewesen. Sie selbst hat das Kind nicht mehr gesehen. Noch in der Narkose starb sie. – Glaub mir, es waren entsetzliche Stunden für mich. Gewiß, mich traf keine Schuld, und doch sagte ich mir, ich hätte sie an jenem Abend nicht allein lassen dürfen. Ich selbst hatte ihr zu dem starken Schlafpulver geraten, damit sie zur Ruhe kam. Und während ich unter Freunden saß, war es geschehen. Wochenlang war ich sehr niedergeschlagen. Ja, ich litt an derartigen Depressionen, daß ich meinen Beruf schon aufgeben wollte. Aber da war das Kind! Ich schrieb an Woronskys Eltern. Ich schrieb ihnen die volle Wahrheit. Der alte Rittmeister Woronsky kam, regelte den Nachlaß seines Sohnes. Er erkannte die Ehe mit Kathrin nicht an, und das Kind blieb in der Klinik.

Nun aber meldete sich mein Gewissen. Ich hatte dem Freund das Versprechen gegeben, für Kathrin zu sorgen und für das Kind. Ich holte den Knaben und brachte ihn meiner Mutter, die damals noch auf Hohenhorst lebte.

Um nicht die schweren Schatten der Vergangenheit und die Schuld der Eltern auf das Leben des Kindes zu übertragen, gab ich ihm meinen Namen. Frei und stolz sollte er groß werden, nicht belastet von der tragischen Geschichte seiner Herkunft. Er ist mir ans Herz gewachsen wie ein eigener Sohn, und niemals wollte ich das Geheimnis lüften. Nun aber ist es wohl an der Zeit, daß er die Wahrheit erfährt."

Ekhard von Blaichingen erhebt sich schwerfällig. Plötzlich schlägt er sich gegen die Stirn.

„Darum war der Junge auch so verstört, als er vorhin heimkam! Er ist in die Wälder gelaufen!"

Sie schauen sich schweigend an. Draußen heult der Stirm. Wild klatscht der Regen gegen das Haus. Grelle Blitze zerschneiden den Himmel, und das dumpfe Grollen des Donners läßt die Erde erbeben.

Auch Christine hat sich erhoben. Auf ihrem Gesicht liegt Erschütterung und auch Erleichterung.

„Er wird sicher wieder daheim sein", sagt sie. „Willst du gehen und es ihm sagen?"

Ekhard von Blaichingen schaut kurz auf.

„Ja, ich glaube, das ist jetzt wohl am dringendsten. Hör nur, das Unwetter! Du kann unmöglich allein hierbleiben. Willst du mit mir kommen nach Hohenhorst?" Er schaut sie bittend und drängend zugleich an.

Sie nickt.

Augenblicke später verschließen sie das Haus. Langsam bahnt sich der Wagen den Weg durch die aufgewühlte Natur. Wie Schwefel, so hell und fremd ist der Himmel. Krachende Donnerschläge lassen die beiden Menschen im Fahrzeug zusammenfahren.

Endlich ist Hohenhorst erreicht. Klas, der Diener,

öffnet bereits die schwere Portaltür. Bestürzung und Sorge malen sich auf dem alten Gesicht.

„Ah, Sie sind's Herr Graf! Das ist ein Unwetter!"

„Wo ist mein Sohn?" fragt von Blaichingen kurz.

„Der junge Herr Graf ist noch nicht zurückgekehrt."

Der Geheimrat und Christine tauschen rasch einen Blick. Der Diener nimmt ihnen die nassen Mäntel ab. Sie gehen hinüber ins Arbeitszimmer des Hausherrn, Blaichingen zündet die Stehlampe an, befiehlt starken Kaffee. Dann greift er nach der Zigarrenkiste. Christine sieht, daß die Finger, die das Streichholz halten, zittern. Er hat Angst um seinen Sohn, denkt sie. Er kennt ihn besser als ich, und er hat Angst um ihn! Lieber Gott, laß nicht abermals ein Unglück geschehen!

Blaichingen läuft auf und ab – auf und ab. Der Diener bringt den starken Kaffee. Christine bereitet ihn mit Sahne und Zucker, so, wie sie es in der Erinnerung hat. Ekhard von Blaichingen nickt ihr dankbar zu.

„Er hat den Stutzen mit", sagt er unruhig, und dann horcht er wieder hinaus in das Unwetter. Es ist nichts mehr da von der hoheitlichen Stille weiter Wälder, von der Geborgenheit der Natur. Fremd und unheimlich ist die Landschaft geworden im Schein der Blitze, und immer noch hört das Krachen nicht auf. Blaichingen schaut auf die Uhr.

Christine sitzt in ihrem Sessel, unfähig, feste Gedanken zu formen. Flüchtig denkt sie an Dorothea. Wo ist sie jetzt? Wie trägt sie es?

Bunte Bilder stehen vor Christines Augen: die Geschichte jenes Studenten Woronsky und seiner kleinen Frau Kathrin – Herbert als Baby und später als heranwachsender junger Mann, verfallen in Liebe zu Dorothea, von der er in diesem Augenblick glauben muß, daß sie seine Schwester ist. Unbewußt stöhnt sie auf.

Blaichingen schaut zu ihr hinüber. Diese Stunde, das fühlt er, bringt sie einander nahe, so nahe, wie sie es einmal in der überschwenglichen Liebe ihrer Jugend gewesen. Heute aber ist es nicht mehr die Leidenschaft der Umarmung, die das Glück der Stunde ausmacht. Heute ist es das gemeinsame Tragen von Freud und Leid.

Stunden verrinnen. Der Zeiger der Uhr schleicht langsam vorwärts. Mitternacht ist vorbei, als das Grollen des Himmels langsam nachläßt und die Sturzflut des Regens endet.

Aber immer noch warten sie.

Endlich fragt Christine gepreßt: „Kann man denn gar nichts tun?"

Blaichingen schüttelt den Kopf. „Der Junge kennt die Wälder wie kein anderer. Man muß zumindest warten bis zum Morgen. Er hat die Hunde bei sich. Wenn etwas geschehen ist, werden sie den Weg nach Hause finden. Das ist meine einzige Hoffnung – Horch?!"

Er lauscht in die Nacht. Schritte von nagelbeschlagenen Schuhen werden auf dem Vorhof vernehmbar. Und Augenblicke später schlägt die schwere Portaltür ins Schloß.

Mit wenigen Schritten ist Blaichingen in der Diele. Er atmet tief.

Vollkommen durchnäßt, mit wirrem, zerzaustem Haar und entstelltem Gesicht steht er da: Herbert!

Er zieht sich das nasse Zeug von den Schultern und schaut kaum auf.

„Junge! Du bist es! Ich hatte Sorge um dich!"

„Völlig unnötig, Papa! Mit so einem Wetter werd' ich schon noch fertig. Bist du deshalb aufgeblieben?"

Müde und resigniert klingen die Worte.

Ekhard von Blaichingen geht auf seinen Sohn zu und legt ihm schwer die Hand auf die Schulter.

„Komm, Junge, ich habe mit dir zu reden. Du hast ein Recht auf eine Erklärung, die schon lange auf mir lastet. Willst du mich anhören?"

„Muß das gleich sein, Papa? Ich bin ziemlich erschöpft."

„Ich glaube, du solltest es heute nacht noch erfahren, Junge."

Herbert nickt. Ohne ein weiteres Wort folgt er seinem Vater mit schweren, müden Schritten.

Christine erhebt sich bei seinem Eintreten. Sie schauen sich an, der junge Herbert und sie.

„Sie hier, gnädige Frau? Ist was mit – Dorothea?"

Sie schüttelt den Kopf. Still und taktvoll verläßt sie das Zimmer und zieht die Tür hinter sich zu.

Jetzt schaut Herbert aufmerksam auf seinen Vater. Alle Müdigkeit ist verflogen.

Geheimrat von Blaichingen weist auf einen Sessel. Er selbst wandert im Zimmer auf und ab.

Wohl eine Stunde sprechen Vater und Sohn hinter der verschlossenen Tür, während die Frau in dem tiefen Sessel vor dem Kamin sitzt und auf das leise Ticken der Uhr horcht. Nun wird also Dorothea doch noch ihr Glück finden! Vielleicht liegt sie in dieser Stunde mit wachen Augen im Bett. Sie kann nicht ahnen, was sich da drinnen ereignet.

Und ihr eigenes Leben? Wie wird es weitergehen? Daheim liegen die Verträge für die neue Tournee. Noch nie hat sie ein so verlockendes Angebot gehabt wie diesmal, und doch würde sie freudig darauf verzichten, wenn ...

Sie mag den Gedanken nicht zu Ende denken. Zweiundzwanzig Jahre Sehnsucht – zweiundzwanzig Jahre tapferes Verdrängen der eigenen Gefühle! Das alles ist heute riesengroß da und macht ihr Angst vor der Zukunft.

Hinter ihr wird jetzt die Tür geöffnet.

Seite an Seite treten die beiden Männer ein. Im Gesicht des Jungen liegt ein helles Leuchten. Wohl ist er ernst, aber Hoffnung und Zuversicht leuchten aus seinen Augen. Er beugt sich über Christines Hände. Dann wendet er sich an seinen Vater.

Verzeih, Papa. Ich bin todmüde. Das war zuviel für mich heute. Ich möchte noch ein paar Stunden schlafen, damit ich morgen in aller Frühe fahren kann."

Geheimrat von Blaichingen nickt ihm verstehend zu. „Geh, mein Junge! Schlaf dich aus. Und morgen hole sie dir!" Er schaut seinem Jungen noch nach, wie er über die Empore nach oben verschwindet.

Christine und Ekhard von Blaichingen sind allein. Der Mann tritt hinter ihren Sessel. Einen Augenblick schweigen sie beide.

Dann sagt er: „Christine, ich glaube, die Stunde ist dazu angetan, die Vergangenheit wieder auferstehen zu lassen. Zweiundzwanzig Jahre habe ich auf diesen Augenblick gewartet und gehofft. Du weißt, mit welchen Gedanken und Gefühlen ich an diesem Abend zu dir kam. Ist dein Herz noch frei? Willst du meinem Leben letzte Erfüllung geben?"

Sie lauscht seinen Worten. Sekundenlang muß sie die Augen schließen vor der Fülle des Gefühls in ihrer Brust. Nun wird der Traum ihrer Jugend doch noch wahr werden! Stolz und frei hebt sie den Kopf, daß ihre Augen in den seinen ruhen.

„Ja, Ekhard, das will ich", erwidert sie mit einem lieben Lächeln. „Ich gehöre in dein Leben wie du in meins. Nichts hat sich darin geändert."

Er schaut sie an. Stark und heiß erblüht die Liebe in seinem Herzen. Er zieht sie zu sich und legt den Arm um sie.

Draußen um das Haus fegt eine leiser Wind. Vom Sturm gezeichnet ist die Landschaft. Hier drinnen aber herrscht das Glück.

★

Der folgende Morgen zeigt einen naßkalten Tag an. Auch über dem Münsterland hängen die Wolken tief und grau. An Sonnenschein ist nicht zu denken. Mit einem Wort: ein unfreundlicher Tag.

Dorothea ist am Morgen mit heftigen Kopfschmerzen in Lehmshausen erwacht. Ihre Glieder sind schwer wie Blei. Sie ist müde, und die Augen sind dick vom Weinen.

Am Nachmittag des Vortages war sie hier angekommen. Die Baronin von Plötz hatte ihr gleich angesehen, daß etwas Besonderes geschehen sein mußte. Mit liebevoller Fürsorge hat sie das junge Mädchen aufgenommen. Aber nicht eine einzige Frage war über ihre Lippen gekommen. Dorothea war ihr dankbar dafür.

Am Abend, als sie dann allein waren, war es ganz von selbst aus ihr herausgekommen. Brennend weh hatte es getan, von Herbert zu sprechen, aber zugleich war es eine Erleichterung gewesen.

Gegen Mitternacht erst waren sie zu Bett gegangen. Die Baronin hatte einen starken Rum gebraut, nach dem Dorothea in einen tiefen Schlaf gesunken war.

Und dies ist nun das Erwachen.

Dorothea beißt die Zähne aufeinander. Sie mag nicht mehr denken. Ihr Kopf ist müde von dem vielen Grübeln. Sie zwingt sich, aufzustehen und die Blendläden weit zu öffnen. Ein feiner Nieselregen sprüht ihr ins Gesicht. Sie schaut in den Spiegel über dem Waschbecken. Blaue Ringe zeichnen sich unter den Augen, weiß und blutleer sind die Lippen. Eiskalt läßt sie das Wasser über Schultern und Arme laufen. Es ist das erstemal, daß sie nach Rouge und Puder greift, aber diesmal muß es wohl sein. Sie schlüpft in ein schlichtes Hemdblusenkleid und legt den blonden Zopf um den Kopf

Unbeachtet liegt der hübsche Schmuck in ihrer Schublade. Wozu das alles? Es gibt doch keinen, für den es Freude macht, sich zu schmücken.

Langsam schlendert sie die Treppe hinunter, durchquert Halle und Salon und gelangt so ins Frühstückszimmer.

Baron und Baronin von Plötz schauen auf, als sie eintritt.

„Ah, guten Morgen, Kind. Wir wollten dich noch ein Weilchen schlafen lassen. Wie geht's denn heute morgen? Noch ein bißchen blaß schaust du aus, aber das gibt sich bald bei uns."

Dorothea zwingt sich zu einem dankbaren Lächeln, aber ihr sonst so sonniges Wesen bleibt still und verschlossen.

Baron und Baronin tauschen einen Blick. Sie verstehen sich ohne Worte und überlassen Dorothea ganz sich selbst. So vergeht die Frühstücksstunde.

Der Baron kehrt in sein Arbeitszimmer zurück. Auch die Baronin bedrängt Dorothea nicht. Unauffällig hält sie sich ganz im Hintergrund. Dennoch beobachtet sie ihren Liebling mit Sorge.

Diese erste Stunde ihres Besuches gehörte sonst den Tieren und Ställen. Heute aber steht Dorothea unschlüssig herum.

Schließlich nimmt sie lustlos am Flügel Platz. Zuerst gleiten ihre Hände suchend über die Tasten. Dann haben sie feste Motive gefunden. Dorothea spielt Sonaten von Beethoven, während ihre Gedanken weit forteilen.

Ob er es schon weiß? Wie hat er die grausame Wahrheit aufgenommen, die ihr Glück vernichtete? Niemals werden sie sich wiedersehen. Die Tränen laufen ihr über das Gesicht, während ihre Finger die Akkorde greifen.

Sie hört nicht draußen den schweren Wagen vorfahren. Ein großer, schlanker Mann entsteigt ihm, schaut sich suchend um und geht dann geradewegs auf das Portal des Herrenhauses zu. Augenblicke später steht er in der Diele der Baronin von Plötz gegenüber. Die alte Dame ist ehrlich erschrocken.

„Herbert! Sie hier? Ich weiß nicht …"

„Ist Dorothea bei Ihnen, Baronin? Ich muß sie sprechen!"

„Gewiß, gewiß! Aber – sie hat mir alles erzählt, Herbert. Sie ist vor Ihnen geflohen. Warum wollen Sie ihr jetzt nicht ihre Ruhe lassen? Das Mädel quält sich, weiß Gott genug."

Sie schaut in das offene, sympathische Gesicht des jungen Mannes. Ein Lächeln – nein, ein Strahlen liegt darauf. Was bedeutet das? Sie zuckt hilflos die Schultern.

Herbert schaut die alte Dame fest an.

Ich will Ihnen später alles erklären, Baronin. Es ist ein Irrtum, alles ist nicht wahr! Sie muß entsetzlich darunter leiden. Bitte – wo ist sie? Kann ich sie allein sprechen?"

Jetzt lächelt auch die alte Dame wie erlöst. „Allein, sagen Sie? Muß es allein sein? Na, dann gehen Sie schon, junger Freund. Im Musikzimmer sitzt sie. Hören Sie?"

Traurige Akkorde klingen zu ihnen herüber. Herbert drückt der alten Frau die Hand. Mit ein paar Schritten hat er die Halle durchquert. Leise drückt er die Klinke herunter.

Da sitzt sie. Sie kann ihn nicht sehen, denn sie kehrt ihm den Rücken zu. Einen Augenblick verweilt er versunken in ihrem Anblick und so nahe der Gewißheit, sie nun nie mehr zu verlieren. Dann geht er leise auf sie zu. Immer noch hat sie ihn nicht bemerkt.

„Dorothea!"

Mit einem gellenden Mißton bricht das Spiel ab. Sie wendet sich um. Abwehrend und angstvoll sind ihre Augen geöffnet, blaß und zuckend der Mund.

„Was willst du hier? Nein! Du hättest nicht kommen dürfen – ich ... Hat man es dir nicht gesagt?"

Dieses angstvolle Stammeln tut ihm wohl. Jetzt ist er dicht vor ihr!

„Dorothea!"

Seine Augen suchen die ihren. „Dorothea, ich muß dir das erklären. Es ist alles nicht wahr! Deine Mutter hat sich geirrt – nein, das heißt, ja. Sie kannte die Wahrheit genausowenig wie ich. Dein Vater, Geheimrat Ekhard von Blaichingen ist nicht mein Vater. Er hat mich nur adoptiert als seinen Sohn. Verstehst du? Keiner hat es gewußt, Dorothea! Wir dürfen uns liebhaben, wenn wir wollen!"

Sie zittert. Ungläubig schaut sie ihn an. Es soll alles nicht wahr sein? Herbert ist gar nicht ihr Bruder? Ja, dann – dann ist er ja ...

„Herbert!"

Aus tiefstem Herzen kommt dieser Seufzer. Dorothea atmet tief. Ein starkes, heißes Gefühl quillt in ihr auf. „Herbert! Ich verstehe das alles nicht. Kein Wort verstehe ich davon. Ich weiß nur, daß ich ..."

Sie bricht ab, verwirrt und verlegen.

„Was weißt du nur, Dorothea?"

Er hebt ihr Kinn zu sich empor, daß sie ihn anschauen muß. Sie liest in seinen Augen, was ihr Herz in langen Jahren ersehnt.

„Sag, Liebling! Was weißt du?" drängt er.

Ich weiß nur, daß ich nie mehr von dir gehen möchte, weil ich dich so furchtbar liebhabe."

Jetzt hat er sie hochgezogen. Seine starken Arme halten die zarte Gestalt umfangen. Sein Mund ist dem ihren so nah. Sie schauen sich an. Und dann versinkt die Welt für sie.

Erst nach einer ganzen Weile gibt er sie atemlos frei. „Dorothea! Vor ein paar Jahren schon hatte ich dein Versprechen, daß du auf mich warten würdest. Ich habe immer nur daran gedacht, daß ich eines Tages zu dir kommen und dich fragen dürfte. Heute kann ich es. Willst du meine Frau werden und Freud und Leid mit mir teilen?"

Voll Zutrauen und Innigkeit legt sie den Kopf an seine Brust.

„Ja, Herbert! Ich will alles tun, um dich glücklich zu machen und dir eine gute Frau zu sein."

Bis zum Mittag sitzen sie noch zusammen. Herbert muß ausführlich erzählen, was sich ereignet hat. Als er von seinen toten Eltern und ihrem tragischen Schicksal spricht, ist seine Stimme belegt. Aber da ist Dorotheas Hand in der seinen. Er fühlt ihre Nähe und ihre Bereitschaft, alles mit ihm zu teilen, was ihnen das Leben auch bringen mag. Dieses Gefühl gibt ihm Kraft.

Nach dem Essen sitzen sie dann im Wagen und fahren zurück.

In der Ferne leuchten die Berge des Harzes auf mit ihren dunklen Wäldern. Dorothea hat sich tief in die Polster gekuschelt und schaut mit großen Augen nach vorn. Wenn sie den Kopf etwas nach links wendet, dann schaut sie in sein männliches, offenes Gesicht, und ihr Herz ist bis obenhin voll von Glück und Seligkeit.

Es geht bergauf und bergab in schmalen Windungen. Langsam schlängelt sich der Wagen immer weiter hinein ins Gebirge. Vor ihnen tauchen die Turmspitzen von Hohenhorst auf. Eine kleine Viertelstunde noch, dann haben sie das Schloß dicht vor sich. In einem schwungvollen Bogen fährt Herbert in den Schloßhof ein.

Vor dem Portal mit dem gräflichen Wappen stehen zwei Menschen Hand in Hand. In Christines Augen liegt tiefes Leuchten. Auch Geheimrat von Blaichingen sieht völlig verändert aus.

Dorothea und Herbert sehen sich glücklich an. Jetzt macht Christine ein paar Schritte auf ihre Tochter zu. „Kind!“ sagt sie leise. Dann legt sie ihren Arm um Dorothea und führt sie auf Ekhard von Blaichingen zu.

„Unser Kind, Ekhard!“

Es ist das erstemal, daß Dorothea den Namen Vater gebraucht. Aber ihre ganze Zuneigung liegt in dem einen Wort, als sie sich in seinen Arm schmiegt: „Papa! Du bist mein Papa!"

★

Vier Wochen später steht das kleine Dorf im Harz in vollem Festtagsschmuck. Es gibt kein Haus weit und breit, das nicht blitzt vor Sauberkeit und in dem nicht köstlicher Bratengeruch und der Duft feinen Gebäcks die Stuben erfüllt. So ist es Sitte in Wendelberg, wenn auf dem Schloß Hochzeit ist, und diesmal ist es sogar eine doppelte Hochzeit.

Vom Schloß her wehen die Fahnen mit dem gräflichen Wappen. Auf dem Schloßhof wimmelt es von Wagen und Kutschen. Viele Menschen sind gekommen von nah und fern. Anverwandte und Freunde.

In kleinen Gruppen stehen sie in dieser frühen Morgenstunde beieinander, teils in den alten Offiziersuniformen mit den bunten Ordensketten, teils in Fracks mit weißer Weste.

Die Damen tragen große dekolletierte Abendkleider mit kostbaren Pelzen darüber. Selten nur hat man so viel blitzende Edelsteine gesehen wie in dieser Runde. Haus und Gesellschaftsräume sind erfüllt mit frohem Leben.

Jetzt ordnen sich die Paare.

Dorothea, am Arm ihres Vaters wunderschön anzusehen im weißen Brautkleid, nimmt im ersten Wagen Platz.

Herbert von Blaichingen aber, männlich, groß und stattlich, führt seine Schwiegermutter zum zweiten Wagen. Christine trägt ein schlichtes schwarzes

Abendkleid aus einem erstklassigen Pariser Salon. Ihre Erscheinung ist ganz Dame von Welt. An ihrer Hand blitzt ein großer Brillant, das Hochzeitsgeschenk ihres Mannes

Nachdem sich die beiden ersten Wagen langsam im Schrittempo in Bewegung gesetzt haben, füllen sich die nächsten und folgen nach.

Das ganze Dorf ist auf den Beinen, als die Wagen auf dem Kirchenvorplatz auffahren.

Das Hauptportal der Kirche ist weit geöffnet. Köstlicher Blumengeruch erfüllt den sonst so stillen, ehrwürdigen Raum. Unter brausenden Orgelklängen betreten die beiden Paare die Kirche, wo Pfarrer Niemeier bereits wartet. Nebeneinander knien sie in der Bank vor dem Hochaltar.

Langsam füllt sich die Kirche bis auf den letzten Platz. Das heilige Meßopfer beginnt.

Der Pfarrer traut zunächst Christine und Ekhard von Blaichingen. Er spricht von Gottes seltsamen Wegen, die die Menschen zusammenführen, und von der Treue im Herzen. Er findet auch Worte für das alte Geschlecht derer von Blaichingen, das in so würdiger Weise fortgesetzt würde. Dann tauscht er die Ringe und wechselt hinüber zu dem jungen Paar.

Dorotheas Herz klopft zum Zerspringen. Ihre Hände zittern, als Herbert ihr den Ring aufschiebt. Sekundenlang liegen die Blicke der beiden jungen Menschen ineinander, als die Frage des Pfarrers an sie gerichtet wird, ob sie sich in Liebe und Treue verbinden wollen, bis daß der Tod sie scheidet?

In ihrem Herzen ist der feste Wille, dieses Versprechen zu halten.

Herberts Hand umfängt beruhigend die zitternden Finger seiner jungen Frau.

Keiner hat bemerkt, daß Christine unauffällig im Seitenschiff verschwunden ist

Plötzlich horcht alles auf. Oben von der Empore klingt der warme Sopran einer wunderbaren Frauenstimme. „Ave Maria!" schallt es durch den Raum.

Christine singt für ihr Kind. Das ist ihr Hochzeitswunsch gewesen. Sie singt so voll verhaltener Liebe und überströmender Wärme, daß die Zuhörer tiefergriffen lauschen.

Abermals öffnen sich die Kirchtüren. Die Menschen strömen hinaus, bilden eine dichte Gasse. Arm in Arm treten die beiden Paare hinaus in den klaren Morgen eines neuen Lebens.

Der Weg zum Wagen ist mit Blumen bestreut. Die Dörfler kehren langsam zurück in ihre Häuser, wo das Fest noch bis nach Mitternacht seinen Fortgang nimmt, und die Gäste kehren zurück aufs Schloß. Auch hier herrscht den ganzen Tag geschäftiges Treiben. Am Abend brennen in sämtlichen Gesellschaftszimmern die riesigen Kronleuchter und verschwenden gleißendes Licht. Spiegelblank ist der große Ahnensaal, wo die Jugend diesen Tag bei Tanz begeht, während die älteren Herrschaften sich überall in den gemütlichen Klubecken verstreut haben und die Paare hochleben lassen.

Christine und der Geheimrat sitzen mit Baron und Baronin von Plötz zusammen. Die beiden Frauen haben sich in der Liebe zu Dorothea gefunden, und ihre Freundschaft erfährt heute eine feste Bindung.

Drüben aber, im Spiegelsaal, tanzen Dorothea und Herbert einen Walzer. Dorotheas Wangen sind gerötet. In ihren tiefblauen Augen liegt ein leuchtender Schein. Verliebt beugt Herbert sich zu ihr herunter.

„Kleine Frau, weißt du, daß ich dich wahnsinnig liebhabe?"

„Du hast es mir noch nicht gesagt!" lächelt sie.

„Das kommt durch diese langweilige Gesellschaft, die uns keine Minute aus den Augen iäßt."

„Diese langweilige Gesellschaft ist deine Familie, Liebster!" neckt Dorothea.

„Familie hin – Familie her. Ich will jetzt endlich einmal fühlen, daß ich die schönste Frau hab', die es gibt, und daß sie mich so liebt wie ich sie. Weißt du was – wir verdrücken uns. Oben im Wald gibt es eine kleine Jagdhütte. Dort sind wir ungestört. Willst du?"

Dorothea nickt glücklich.

Ihr Herz ist voll Musik und voll Zauber, während sie in seinem Arm liegt und sich nach den Klängen des Walzers durch den Saal führen läßt. Ach ja, mit ihm allein sein. Ganz allein.

„Verschwinde du zuerst, Liebling. Zieh dich aber um, draußen ist es kalt."

„Ja."

Sie nickt. Wenige Augenblicke später ist sie oben verschwunden. Rasch schlüpft sie in ihr grünes Jägerkostüm, vertauscht die hohen Absätze mit ein paar kräftigen Schnürschuhen. Eine Viertelstunde später wartet sie draußen bei den Ställen.

Augenblicke später taucht Herberts Gesicht in der Dunkelheit auf.

Er zieht sie mit sich fort, tiefer hinein in den Wald. Über ihnen leuchtet ein klarer Sternenhimmel. Klar und kalt auch ist die Nacht und voll heimlichem Zauber der Wald. Unten im Tal sehen sie viele Lichter. Hell erleuchtet liegt das Schloß am Berghang.

Sie steigen weiter hinauf in die Wälder. Manchmal bleibt Herbert stehen. Dann schaut er sie an, und in seinen Augen liegt etwas, vor dem sie erzittert.

Nach einer Stunde haben sie die Jagdhütte erreicht. Herbert stößt die Tür auf. Im Kamin knistert ein herrliches Feuer. Warm ist die Halle. Auf dem Tisch vor dem Kamin steht herrliches Gebäck und kostbarer Sekt bereit. Er lacht.

„Was sagst du nun?“ Sie wendet sich nach ihm um.

„Du hast es gewußt, du!“

Mit dem Fuß stößt er die Tür zu. Und dann gibt es für sie kein Entweichen mehr. Seine Arme umschlingen sie, halten sie ganz fest.

„Liebes“, murmelt er leise. „Ich liebe dich!“

Dorothea hat die Augen geschlossen. Sie schmiegt sich ganz in seine Arrne. In ihrem Herzen springt etwas auf – eine Tür, die sie nie gekannt und die ihn einläßt.

Über den Wäldern liegt eine eiskalte, klare Nacht. Von Osten her geht der Morgen auf. Rot und voller Hoffnung.